"中国现当代名家散文典藏"编辑委员会

主　任：阎晶明
副主任：丁　帆
委　员（以姓氏笔画为序）：
　　　　止　庵　孔令燕　何　平　何向阳
　　　　李红强　张　莉　周立民　施战军
　　　　贺绍俊　臧永清

中国现当代
名家散文
典藏

冯骥才散文

人民文学出版社

图书在版编目（CIP）数据

冯骥才散文/冯骥才著. —北京：人民文学出版社，2022（2023.7重印）
（中国现当代名家散文典藏）
ISBN 978-7-02-017100-2

Ⅰ.①冯… Ⅱ.①冯… Ⅲ.①散文集—中国—当代 Ⅳ.①I267

中国版本图书馆 CIP 数据核字（2022）第 044226 号

责任编辑　杜　丽
装帧设计　陶　雷
责任印制　宋佳月

出版发行　人民文学出版社
社　　址　北京市朝内大街 166 号
邮政编码　100705

印　　刷　河北环京美印刷有限公司
经　　销　全国新华书店等

字　　数　249 千字
开　　本　880 毫米×1230 毫米　1/32
印　　张　11.5　插页 4
印　　数　8001—11000
版　　次　1995 年 12 月北京第 1 版
印　　次　2023 年 7 月第 3 次印刷

书　　号　978-7-02-017100-2
定　　价　40.00 元

如有印装质量问题，请与本社图书销售中心调换。电话:010-65233595

作者像

它就摆在我窗前，我从窗子远远的先就望着它。我窗外是一棵大槐树。这树冠择盖的影子总和阳光一起投照在我这山的桌面上。

每当这树荫倒映窗前是中黑点时，那是春天；黑点点则是大槐树初发的嫩芽儿的候鸟，这期间，偶尔还有一种俗名叫做"绿叶儿"的候鸟，夏天在这我倒会倒映蹦跳的影子出现在桌面上了，树影日浓，渐渐变成一堆蘑菇，密密营营地遮盖我的小桌。等到这浓厚的荫浮动辞了，透现出一些晃动的阳光的斑点儿时，秋风悄悄会把一届片变黄的叶子吹送来，像几只金黄色的舢船，泊在我这如同无风的水面一般平光光的桌面上。

作者手迹

做梦的季节，曾经踌躇满志（1964年）

初恋时节，心里全是诗，眼里全是画（1964年）

出版缘起

中国现代文学开启自一百多年前的一场文学革命。从此，与社会现实密切相关，普通大众可以接受、可以欣赏、可以从中得到思想启蒙和艺术享受的新文学，就如雨后春笋般生长，涌现出一篇又一篇、一部又一部影响当时、传之久远的经典作品。自"五四"新文学以来的中国现当代文学发展进程中，散文无疑是耀人眼目的明星。

散文既能直抒胸臆，又能描摹万物，因此被视为自由多样的文体；散文语言贴近日常，最易触动人们的情感，可以直接地陶冶人们的心灵。这也是经典散文被誉为美文、拥有广泛读者、历经岁月更迭仍让人捧读的原因。百余年来的中国现当代散文创作云蒸霞蔚，已莽莽如浩瀚的文学森林，人们若贸然闯入这片森林之中，时有乱花迷眼、茫然难辨之困扰。为了让广大喜爱散文的读者能够更迅捷地读到中国现当代散文的经典性作品，我们精心编选了这套"中国现当代名家散文典藏"丛书。本丛书编选过程中，我们邀请了文学界的专家学者组成编委会，在认真商讨的基础上，汇集、编选了20世纪以来中国现当代散文史上的名家、名作。目的就是方便广大读者感受散文经典的艺术魅力，有利于集中欣赏、比较阅读、收藏，以及进行相关研究。

在研究、讨论过程中，编委会形成了经典性的编选宗旨。卷帙浩繁的现当代散文作品中,以经典作家、经典作品的筛选为编选原则,是为读者提供阅读便利的需要,也是为百余年散文创作所做的某种回顾和总结。我们深知,任何一部文学经典都并非一蹴而就,也非任由某个权威命名而成,文学经典是经过时间的淘洗,经受了社会和读者等各个方面的考验,自然形成的。这个淘洗和考验的过程就是一部文学作品被经典化的过程。经典,是经典化过程的结晶。中国现代文学是中国当代文学的前身,当代文学是活在我们身边的文学,这是一件非常有趣的事,因为这样一来,我们也许就能亲眼看到一部文学作品是如何诞生的,又是如何引起社会的热议、得到不断深入阐释的,我们对一部当代散文的喜爱,往往也是在这一过程中不断地得以强化。经典便是在这样不断被阅读、被热议、被阐释的过程中得到人们的广泛肯定从而成为大家公认的经典。当我们要编选一套现当代散文经典的丛书时,就应该考虑到当代文学的这一特点,要意识到当代文学的经典并不是凝固不变的,它仍处在不断丰富和不断成熟的经典化过程之中。这就确定了我们的基本编辑思路,即我们自觉地将"中国现当代名家散文典藏"的编选和出版,视为参与到现当代散文的经典化过程的一次积极行动。经典化,为我们的编选打通了一条通往经典性的最佳通道。我们从经典化的角度来审视现当代散文,就要更强调发展和辩证的眼光,更需要发现和辨析那些正在茁壮生长中的新现象和新作品;这也提醒我们,在经典标准的确认上不能墨守成规。我们既要关注作为文学史的经典,同时又要更看重历经岁月变幻始终在广大读者中拥有良好口碑的作品。我们认为,读者是经典化过程中不可忽视的参与者,因此也希望这次"中国现当代名家散文典藏"的编选和出版,能够为广大读者参与到现当代散文经典化进程中来提供一次良好的机会。

经典化的编选思路,自然决定了这套丛书有另一特征:开放性。中国现当代文学作为活在我们身边的文学,这就意味着它是一种具有旺盛生命力的,仍在茁壮生长的文学。回望过去的一百余年,现当代散文已经产生了不少的经典性作品;凝视当下的现实,仍有许多正行走在经典化道路上的优秀作品;放眼未来,我们相信,将会有更多的经典脱颖而出。我们这套散文典藏丛书不光要"回望",而且还要有"凝视"和"放眼",也就是说,我们不光要推出已有定论的经典性作品,而且还要把那些正行走在经典化道路上的,以及刚刚萌芽即将脱颖而出的优秀作品也纳入丛书的视野,因此我们必须采取开放性的编选方针。我们不是一次性地编选数十本书就宣布大功告成了,我们还要在此基础上继续延伸下去,把在经典化进程中逐渐成熟了的作家和作品吸纳进来,作为系列丛书、长期工作、"长河"计划而接连不断地出版下去。

本丛书编辑过程中,坚持优中选优原则,同时也充分尊重作家意愿和相关版权要求。在编辑"中国现当代名家散文典藏"过程中,由于版权限制等因素,使得一些名家名作还没有如期纳入丛书当中,我们也将努力创造条件,争取将更多的优秀散文佳作奉献给读者,以呈现中国现当代散文创作的整体成就和总体风貌。

感谢广大作家的支持,感谢广大读者的厚爱。

人民文学出版社
"中国现当代名家散文典藏"编辑委员会

目 录

1　　导读

1　　逼来的春天

5　　苦夏

8　　秋天的音乐

13　　冬日絮语

16　　时光

19　　日历

23　　往事如"烟"

28　　马年的滋味

31　　白发

34　　书斋一日

38　　书桌

46　　猫婆

52　　空屋

57　　花脸

61　　快手刘

66	捅马蜂窝
69	谜
75	歪儿
78	书架
82	乡魂
86	珍珠鸟
88	麻雀
92	空信箱
95	烛光
99	花巷
101	长衫老者
103	挑山工
108	进香
113	鼻子的轶事
116	无书的日子
120	遵从生命
122	水墨文字
130	画枝条说
132	画飞瀑记
134	我的书法生活
136	行间笔墨
140	天一阁观画记

143	致大海
151	记韦君宜
157	永恒的震撼
161	留下长江的人
166	灵魂的巢
169	带血的句号
174	命运的驱使
179	燃烧的石头
188	最后的梵·高
200	地铁中的乐手
204	拉丁区，我们那条小街
220	看望老柴
225	维也纳春天的三个画面
229	说美国人
236	游佛光寺记
240	杨家埠的画儿
245	中国的雪绒花在哪里？
249	癸未手记
297	小雨入端午
300	老母为我"扎红"带
303	双倍的悼念
306	金婚有感

309　母亲百岁记

313　太行山的老村子

317　半浦村记

320　中国最古老的村落在哪里?

324　胡卜村的乡愁与创举

328　白洋淀之忧

331　城市要有旧书市场

334　我们的生活为什么没有诗?

导 读

显然，作为画家的冯骥才是敏锐的。这从他的散文可以见出。一般而言，20世纪后的作家对于自然风物已经稍显迟钝，更不用说在文字中加以强调和刻描。那个"自然"真就叠印进了史籍之中，成为19世纪的旧物？

如同对这"旧物"的缅怀，《逼来的春天》中湖上的冰层，雪与风，绿意与春光以及破土而出的苇芽，虽然它们是年年靠近我们的，但也因为"年年"而被熟视无睹，作家笔下的春天是"闻"到的，从视觉到嗅觉的打开，再进一步，是《苦夏》中的"苦"——这又是味觉了，而一大半写作在夏天完成，则又牵出了一种触觉——"我太熟悉那种写作久了，汗湿的胳膊粘在书桌玻璃上的美妙无比的感觉。"则是由触觉而引起的"心念"了。

《秋天的音乐》是听觉，作者戴着耳机，"近景从眼前疾掠而过，远景跟着我缓缓向前，大地像唱片慢慢旋转"，他听出了秋天的抗拒和庄严，"为了再生而奉献自己的伟大的死亡啊"，艺术对于人生的安慰，使得心景可以互换，正如《冬日絮语》中所言，"万古以来，是谁不停歇地从一个驿站奔向下一个驿站？为谁送信？为了宇宙间那一桩永恒的爱吗？"《时光》《日历》《马年的滋味》等写的都是时间,然而在这自然的时间之上还有人文的充实,比若:"艺术家生命是用他艺术的生命计量的。每个艺术家都有可能达到永恒,放弃掉的只能是自己。是不是?"

我很喜欢这个"是不是?",这个问句让诸多酸甜苦辣、驳杂种种都有了尘埃落定的意味。

除了对于时间的感怀,冯骥才有更多的篇章写空间或物象。《书斋一日》《书桌》《空屋》《书架》以及《乡魂》等,它们同时书写了一种力量——来自人文和故乡的——"它像一块巨大的磁石,牢牢吸住一切属于它的人们,不管背离它多久多远。似乎愈远愈久便愈感到它不可抗拒的引力……"

文学的吸引力,之于冯骥才的意义是不一般的,它的纯度,从"我可不是拿写书当做一种消遣。我在做上帝做过的事:创造生命"(《无书的日子》)可见一斑。《遵从生命》《水墨文字》等记载了往返于文学与绘画之间的甜蜜,而由于两个身份的"挪动",使得冯骥才的散文呈现出两个"区间"的视点。文学家和艺术家的"人"的关注,体现了他与其他散文家的不同。就是说,别人可能只有一个区间,而他是在两个或者更多的舞台上起舞。

《致大海——为冰心送行而作》《记韦君宜》都是记人的深情之作。这里所说的"深情"不仅指文章本身的艺术,还包含着文章所记录人物的人格。尤其是《致大海——为冰心送行而作》。"拿了人民的钱就得为人民说话。"冰心的眼神是如此有力，以至作家对这种气概和威风心生敬佩，"您吐字和您写字一样，一笔一划，从不含混。您一生都明达透彻，思想在脑海里如一颗颗美丽的石子沉在清亮见底的水中。您享受着清晰，从来不委身于糊涂"。文章写出冰心风骨的同时，也写出了冰心的童心——那改77编号为99的孩子一样的赤子之心。这种对于前辈作家品格的礼敬，也渗透于对韦君宜的记述中。真诚与无私的品格，能够写出它们，也意味着这种品格已然传递到了写作者的血脉中。

《永恒的震撼》《留下长江的人》是冯骥才散文中为数不多记述当代艺术家的篇章，无论是对于画家李伯安长卷《走出巴颜喀拉》的书写，还是对摄影家郑云峰投入多年的长江文化意义抢救的行为与创作，他都给予高度的评价。于此，我们看到冯骥才在对于中华文化保护中的那份投入和深情。"深情"是成就一切艺术和文学的关键，如果我们对我们祖先和前辈留下的文化不爱了，那么艺术和文学也就没有了传递和创造的可能了。而那一天也一定是文化的末日，是区别于其他物种的人类的末日，但愿那一天永不到来。所以我们所要做的就是像前辈一样，不仅是把文化传下去，而且是把对文化的热爱传下去。

这是一个艺术家必须做的，也是一个知识分子必须做的。

理解了这一点，也就理解了冯骥才对人类共同创造和拥有的文化的珍惜和热爱。《燃烧的石头》《最后的梵·高》《看望老柴》是他谈艺术家的名篇,而《燃烧的石头》中的罗丹,作家对于罗丹和克洛岱尔关系的处理中,其实带有很强的站在女性角度说话的勇气,这是大多数作家做不到的;而《最后的梵·高》写的是画家梵·高生命最后一年半时间中为艺术燃烧的激情和痛苦,世俗生活的失败与艺术殉道者的伟大,交织出艺术的崇高和辉煌;《看望老柴》写对于作曲家柴可夫斯基的感受。三篇都是有"我"的写作,"我"作为记述者在看,在读,在听,在路上,在追寻与感受,使得"我"获得艺术的真谛,"艺术家就像上帝那样,把个人的苦难变成世界的光明"。

理解了这一点,也就理解了为什么冯骥才会不惜暂且放下个人小说创作,而投入到非物质文化遗产的保护事业中。他在80岁时接受记者访谈讲,"如果回到60岁,我还是要放下小说,去做文化遗产保护"。为什么?答案就藏在他的散文中。

绘画、写作、教育、文化遗产保护,这四驾马车的奔驰,构成了冯骥才的生活。

我想起20多年前,在天津和冯先生见面,他对我讲起的文化遗产抢救和保护工作。我仍记得在并不宽阔的书房里他谈起即将消失的民间文化的热切,他是为了文化敢于把一己暂时搁置的人,这样的人,心有大爱,而这大爱,大多数时间是没有时间去过多叙述的,相比于一个叙述人,那时到现在的他,更是一个行动者。

这由生命而叠加进去的行动,当然,在《游佛光寺记》《杨家埠的画儿》和《癸未手记》中可以看出来。之于文明,他已深入其中,并正在成为其中的一部分。

他做到了。

何向阳

2022 年 3 月 11 日　贺冯先生八十大寿

逼来的春天

那时，大地依然一派毫无松动的严冬景象，土地梆硬，树枝全抽搐着，害病似的打着冷颤；雀儿们晒太阳时，羽毛乍开好像绒球，紧挤一起，彼此借着体温。你呢，面颊和耳朵边儿像要冻裂那样的疼痛……然而，你那冻得通红的鼻尖，迎着冷冽的风，却忽然闻到了春天的气味！

春天最先是闻到的。

这是一种什么气味？它令你一阵惊喜，一阵激动，一下子找到了明天也找到了昨天——那充满诱惑的明天和同样季节、同样感觉却流逝难返的昨天。可是，当你用力再去吸吮这空气时，这气味竟又没了！你放眼这死气沉沉冻结的世界，准会怀疑它不过是瞬间的错觉罢了。春天还被远远隔绝在地平线之外吧。

但最先来到人间的春意，总是被雄踞大地的严冬所拒绝、所稀释、所泯灭。正因为这样，每逢这春之将至的日子，人们会格外地兴奋、敏感和好奇。

如果你有这样的机会多好——天天来到这小湖边，你就能亲眼看到冬天究竟怎样退去，春天怎样到来，大自然究竟怎样完成这一年一度起死回生的最奇妙和最伟大的过渡。

但开始时，每瞧它一眼，都会换来绝望。这小湖干脆就是整整一块巨大无比的冰，牢牢实实，坚不可摧；它一直冻到湖底了吧？鱼儿全死了吧？灰白色的冰面在阳光反射里光芒刺目；小鸟从不敢在这寒气逼人的冰面上站一站。

逢到好天气，一连多天的日晒，冰面某些地方会融化成水，别以为春天就从这里开始。忽然一夜寒飙过去，转日又冻结成冰，恢复了那严酷肃杀的景象。若是风雪交加，冰面再盖上一层厚厚雪被，春天真像天边的情人，愈期待愈迷茫。

然而，一天，湖面一处，一大片冰面竟像沉船那样陷落下去，破碎的冰片斜插水里，好像出了什么事！这除非是用重物砸开的，可什么人、又为什么要这样做呢？但除此之外，并没发现任何异常的细节。那么你从这冰面无缘无故的坍塌中是否隐隐感到了什么……刚刚从裂开的冰洞里露出的湖水，漆黑又明亮，使你想起一双因为爱你而无限深邃又默默的眼睛。

这坍塌的冰洞是个奇迹，尽管寒潮来临，水面重新结冰，但在白日阳光的照耀下又很快地融化和洞开。冬的伤口难以愈合。冬的黑子出现了。

冬天与春天的界限是瓦解。

冰的坍塌不是冬的风景，而是隐形的春所创造的第一幅壮丽的图画。

跟着，另一处湖面，冰层又坍塌下去。一个、两个、三个……随后湖面中间闪现一条长长的裂痕，不等你确认它的原因和走向，居然又发现几条粗壮的裂痕从斜刺里交叉过来。开始这些裂痕发白，渐渐变黑，这表明裂痕里已经浸进湖水。某一天，你来到湖边，会止不住出声地惊叫起来，巨冰已经裂开！黑黑的湖水像打开两扇沉重的大门，把一分为二的巨冰推向两旁，终于袒露出自己阔大、光滑而迷人的胸膛……

这期间，你应该在岸边多呆些时候。你就会发现，这漆黑而依旧冰冷的湖水泛起的涟漪，柔软又轻灵，与冬日的寒浪全然两样了。那些仍然覆盖湖面的冰层，不再光芒夺目，它们黯淡、晦涩、粗糙和发脏，表面一块块凹下去。有时，忽然"咔嚓"清脆的一响，跟着某一处，断裂的冰块应声漂移而去……尤其动人的，是那些在冰层下憋闷了长长一冬的大鱼，它们时而激情难捺，猛地蹿出水面，在阳光下银光闪烁打个"挺儿"，"哗啦"落入水中。你会深深感到，春天不是由远方来到眼前，不是由天外来到人间；它原是深藏在万物的生命之中的，它是从生命深处爆发出来的，它是生的欲望、生的能源与生的激情。它永远是死亡的背面。唯此，春天才是不可遏制的。它把酷烈的严冬作为自己的序曲，不管这序曲多么漫长。

追逐着凛冽的朔风的尾巴，总是明媚的春光；所有冻凝的冰的核儿，都是一滴春天的露珠；那封闭大地的白雪下边是什么？你挥动大帚，扫去白雪，一准是连天的醉人的绿意……

你眼前终于出现这般景象：宽展的湖面上到处浮动着大大小小的冰块。这些冬的残骸被解脱出来的湖水戏弄着，今儿推到湖这边儿，明日又推到湖那边儿。早来的候鸟常常一群群落在浮冰上，像乘载游船，欣赏着日渐稀薄的冬意。这些浮冰不会马上消失，有时还会给一场春寒冻结一起，霸道地凌驾湖上，重温昔日威严的梦。然而，春天的湖水既自信又有耐性，有信心才有耐性。它在这浮冰四周，扬起小小的浪头，好似许许多多温和而透明的小舌头，去舔弄着这些渐软渐松渐小的冰块……最后，整个湖中只剩下一块肥皂大小的冰片片了，湖水反而不急于吞没它，而是把它托举在浪波之上，摇摇晃晃，一起一伏，展示着严冬最终的悲哀、无助和无可奈何……终于，它消失了。冬，顿时也消失于天地间。这时你会发现，湖水并不黝黑，而是湛蓝湛蓝。它和天空一样的颜色。

天空是永远宁静的湖水，湖水是永难平静的天空。

春天一旦跨到地平线这边来，大地便换了一番风景，明朗又朦胧。它日日夜夜散发着一种气息，就像青年人身体散发出的气息。清新的、充沛的、诱惑而撩人的，这是生命本身的气息。大地的肌肤——泥土，松软而柔和；树枝再不抽搐，软软地在空中自由舒展，那纤细的枝梢无风时也颤悠悠地摇动，招呼着一个万物萌芽的季节的到来。小鸟们不必再乍开羽毛，个个变得光溜精灵，在高天上扇动阳光飞翔……湖水因为春潮涨满，仿佛与天更近；静静的云，说不清在天上还是在水里……湖边，湿漉漉的泥滩上，那些东倒西歪的去年的枯苇棵里，一些鲜绿夺目、又尖又硬的苇芽，破土而出，愈看愈多，有的地方竟已簇密成片了。你真惊奇！在这之前，它们竟逃过你细心的留意，一旦发现即已充满咄咄的生气了！难道这是一夜的春风、一阵春雨或一日春晒，便齐刷刷钻出地面？来得又何其神速！这分明预示着，大自然囚禁了整整一冬的生命，要重新开始新的一轮竞争了。而它们，这些碧绿的针尖一般的苇芽，不仅叫你看到了崭新的生命，还叫你深刻地感受到生命的锐气、坚韧、迫切，还有生命和春的必然。

苦　夏

这一日，终于撂下扇子。来自天上干燥清爽的风，忽吹得我衣飞举，并从袖口和裤管钻进来，把周身滑溜溜地抚动。我惊讶地看着阳光下依旧夺目的风景，不明白数日前那个酷烈非常的夏天突然到哪里去了。

是我逃遁似的一步跳出了夏天，还是它就像七六年的"文革"那样——在一夜之间崩溃？

身居北方的人最大的福分，便是能感受到大自然的四季分明。我特别能理解一位新加坡朋友，每年冬天要到中国北方住上十天半个月，否则会一年里周身不适。好像不经过一次冷处理，他的身体就会发酵。他生在新加坡，祖籍中国河北；虽然人在"终年都是夏"的新加坡长大，血液里肯定还执著地潜在着大自然四季的节奏。

四季是来自于宇宙的最大的拍节。在每一个拍节里，大地的景观便全然变换与更新。四季还赋予地球以诗，故而悟性极强的中国人，在四言绝句中确立的法则是：起，承，转，合。这四个字恰恰就是四季的本质。起始如春，承续似夏，转变若秋，合拢为冬。合在一起，不正是地球生命完整的一轮？为此，天地间一切生命全都依从着这一拍节，无论岁岁枯荣与生死的花草百虫，还是长命百岁的漫漫人生。然而在这生命的四季里，最壮美和最热烈的不是这长长的夏么？

女人们孩提时的记忆散布在四季；男人们的童年往事大多是在

夏天里。这由于，我们儿时的伴侣总是各种各样的昆虫。蜻蜓、天牛、蚂蚱、螳螂、蝴蝶、蝉、蚂蚁、蚯蚓，此外还有青蛙和鱼儿。它们都是夏日生活的主角；每种昆虫都给我们带来无穷的快乐。甚至我对家人和朋友们记忆最深刻的细节，也都与昆虫有关。比如妹妹一见到壁虎就发出一种特别恐怖的尖叫，比如邻家那个斜眼的男孩子专门残害蜻蜓，比如同班一个最好看的女生头上花形的发卡，总招来蝴蝶落在上边；再比如，父亲睡在铺了凉席的地板上，夜里翻身居然压死了一只蝎子。这不可思议的事使我感到父亲的无比强大。后来父亲挨斗、挨整，写检查；我劝慰和宽解他，怕他自杀，替他写检查——那是我最初写作的内容之一。这时候父亲那种强大感便不复存在。生活中的一切事物，包括夏天的意味全都发生了变化。

　　在快乐的童年里，根本不会感到蒸笼般夏天的难耐与难熬。唯有在此后艰难的人生里，才体会到苦夏的滋味。快乐把时光缩短，苦难把岁月拉长，一如这长长的仿佛没有尽头的苦夏。但我至今不喜欢谈自己往日的苦楚与磨砺。相反，我却从中领悟到"苦"字的分量。苦，原是生活中的蜜。人生的一切收获都压在这沉甸甸的苦字的下边。然而一半的苦字下边又是一无所有。你用尽平生的力气，最终所获与初始时的愿望竟然去之千里。你该怎么想？

　　于是我懂得了这苦夏——它不是无尽头的暑热的折磨，而是我们顶着毒日头默默又坚忍的苦斗的本身。人生的力量全是对手给的，那就是要把对手的压力吸入自己的骨头里。强者之力最主要的是承受力。只有在匪夷所思的承受中才会感到自己属于强者，也许为此，我的写作一大半是在夏季。很多作家包括普希金不都是在爽朗而惬意的秋天里开花结果？我却每每进入炎热的夏季，反而写作力加倍地旺盛。我想，这一定是那些沉重的人生的苦夏，煅造出我这个反常的性格习惯。我太熟悉那种写作久了，汗湿的胳膊粘在书桌玻璃上的美妙无比的感觉。

在维瓦尔第的《四季》中，我常常只听"夏"的一章。它使我激动，胜过春之蓬发、秋之灿烂、冬之静穆。友人说夏的一章，极尽华丽之美。我说我从中感受到的，却是夏的苦涩与艰辛，甚至还有一点儿悲壮。友人说，我在这音乐情境里已经放进去太多自己的故事。我点点头，并告诉他我的音乐体验。音乐的最高境界是超越听觉；不只是它给你，更是你给它。

年年夏日，我都会这样体验一次夏的意义，从而激情迸发，心境昂然。一手撑着滚烫的酷暑，一手写下许多文字来。

今年我还发现，这伏夏不是被秋风吹去的，更不是给我们的扇子轰走的——

夏天是被它自己融化掉的。

因为，夏天的最后一刻，总是它酷热的极致。我明白了，它是耗尽自己的一切，才显示出夏的无边的威力。生命的快乐是能量淋漓尽致的发挥。但谁能像它这样，用一种自焚的形式，创造出这火一样辉煌的顶点？

于是，我充满了夏之崇拜！我要一连跨过眼前的辽阔的秋，悠长的冬和遥远的春，再一次邂逅你，我精神的无上境界——苦夏！

秋天的音乐

你每次上路出远门千万别忘记带上音乐，只要耳朵里有音乐，你一路上对景物的感受就全然变了。它不再是远远呆在那里、无动于衷的样子，在音乐撩拨你心灵的同时，也把窗外的景物调弄得易感而动情。你被种种旋律和音响唤起的丰富的内心情绪，这些景物也全部神会地感应到了，它还随着你的情绪奇妙地进行自我再造，你振作它雄浑，你宁静它温存，你伤感它忧患，也许同时还给你加上一点人生甜蜜的慰藉，这是真正知友心神相融的交谈……它河湾、山脚、烟光、云影、一草一木，所有细节都浓浓浸透你随同音乐而流动的情感，甚至它一切都在为你变形，一幅幅不断变换地呈现出你心灵深处的画面。它使你一下子看到了久藏心底那些不具体、不成形、朦胧模糊或被时间湮没了的感受，于是你更深深坠入被感动的漩涡里，享受这画面、音乐和自己灵魂三者融为一体的特殊感受……

秋天十月，我松松垮垮套上一件粗线毛衣，背个大挎包，去往东北最北部的大兴安岭。赶往火车站的路上，忽然发觉只带了录音机，却把音乐磁带忘记在家，恰巧路过一个朋友的住处，他是音乐迷，便跑进去向他借。他给我一盘说是新翻录的，都是"背景音乐"。我问他这是什么曲子，他怔了怔，看我一眼说：

"秋天的音乐。"

他多半随意一说，搪塞我。这曲名，也许是他看到我被秋风吹得松散飘扬的头发，灵机一动得来的。

火车一出山海关，我便戴上耳机听起这秋天的音乐。开端的旋律似乎熟悉，没等我怀疑它是不是真正地描述秋天，下巴发懒地一蹭粗软的毛衣领口；两只手搓一搓，让干燥的凉手背给湿润的热手心舒服地摩擦摩擦，整个身心就进入秋天才有的一种异样温暖甜醉的感受里了。

我把脸颊贴在窗玻璃上，挺凉，带着享受的渴望往车窗外望去，秋天的大自然展开一片辉煌灿烂的景象。阳光像钢琴明亮的音色洒在这收割过的田野上，整个大地像生过婴儿的母亲，幸福地舒展在开阔的晴空下，躺着，丰满而柔韧的躯体！从麦茬里裸露出浓厚的红褐色是大地母亲健壮的肤色；所有树林都在炎夏的竞争中把自己的精力膨胀到头，此刻自在自如地伸展它优美的枝条；所有金色的叶子都是它的果实，一任秋风翻动，煌煌夸耀着秋天的富有。真正的富有感，是属于创造者的；真正的创造者，才有这种潇洒而悠然的风度……一只鸟儿随着一个轻扬的小提琴旋律腾空飞起，它把我引向无穷纯净的天空。任何情绪一入天空便化作一片博大的安寂。这愈看愈大的天空有如伟大哲人恢宏的头颅，白云是他的思想。有时风云交会，会闪出一道智慧的灵光，响起一句警示世人的哲理。此时，哲人也累了，沉浸在秋天的松弛里。它高远，平和，神秘无限。大大小小、松松散散的云彩是他思想的片断，而片断才是最美的，无论思想还是情感……这千形万状精美的片断伴同空灵的音响，在我眼前流过，还在阳光里洁白耀眼。那乘着小提琴旋律的鸟儿一直钻向云天，愈高愈小，最后变成一个极小的黑点儿，忽然"噗"地扎入一个巨大、蓬松、发亮的云团……

我陡然想起一句话：

"我一扑向你，就感到无限温柔呵。"

我还想起我的一句话：

"我睡在你的梦里。"

那是一个清明的早晨，在实实在在酣睡一夜醒来时，正好看见枕旁你朦胧的、散发着香气的脸说的。你笑了，就像荷塘里、雨里、雾里悄然张开的一朵淡淡的花。

接下去的温情和弦，带来一片疏淡的田园风景。秋天消解了大地的绿，用它中性的调子，把一切色泽调匀。和谐又高贵，平稳又舒畅，只有收获过了的秋天才能这样静谧安详。几座闪闪发光的麦秸垛，一缕银蓝色半透明的炊烟，这儿一棵那儿一棵怡然自得站在平原上的树，这儿一只那儿一只慢吞吞吃草的杂色的牛。在弦乐的烘托中，我心底渐渐浮起一张又静又美的脸。我曾经用吻像画家用笔那样勾勒过这张脸：轮廓、眉毛、眼睛、嘴唇……这样的勾画异常奇妙，无形却深刻地记住。你嘴角的小涡、颤动的睫毛、鼓脑门和尖俏下巴上那极小而光洁的平面……近景从眼前疾掠而过，远景跟着我缓缓向前，大地像唱片慢慢旋转，耳朵里不绝地响着这曲人间牧歌。

一株垂死的老树一点点走进这巨大唱片的中间来。它的根像唱针，在大自然深处划出一支忧伤的曲调。心中的光线和风景的光线一同转暗，即使一湾河水强烈的反光，也清冷，也刺目，也凄凉。一切阴影都化为行将垂暮秋天的愁绪；萧疏的万物失去往日共荣的激情，各自挽着生命的孤单；篱笆后一朵迟开的小葵花，像你告别时在人群中伸出的最后一次招手，跟着被轰隆隆前奔的列车甩到后边……春的萌动、颤栗、骚乱，夏的喧闹、蓬勃、繁华，全都消匿而去，无可挽回。不管它曾经怎样辉煌，怎样骄傲，怎样光芒四射，怎样自豪地挥霍自己的精力与才华，毕竟过往不复。人生是一

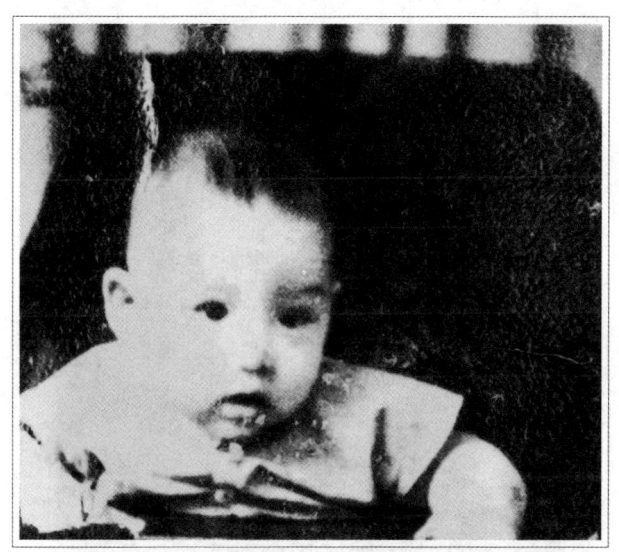

不满周岁的我,眼睛对世界已充满问号

与母亲和我的姐妹们在一起(1946年)

次性的；生命以时间为载体，这就决定人类以死亡为结局的必然悲剧。谁能把昨天和前天追回来，哪怕再经受一次痛苦的诀别也是幸福，还有那做过许多傻事的童年，年轻的母亲和初恋的梦，都与这老了的秋天去之遥远了。一种浓重的忧伤混同音乐漫无边际地散开，渲染着满目风光。我忽然想喊，想叫这列车停住，倒回去！

突然，一条大道纵向冲出去，黄昏中它闪闪发光，如同一支号角嘹亮吹响，声音唤来一大片拔地而起的森林，像一支金灿灿的铜管乐队，奏着庄严的乐曲走进视野。来不及分清这是音乐还是画面变换的原故，心境陡然一变，刚刚的忧愁一扫而光。当浓林深处一棵棵依然葱绿的幼树晃过，我忽然醒悟，秋天的凋谢全是假象！

它不过在寒飙来临之前把生命掩藏起来，把绿意埋在地下，在冬日的雪被下积蓄与浓缩，等待下一个春天里，再一次加倍地挥洒与铺张！远远山坡上，坟茔，在夕照里像一堆火，神奇又神秘，它哪里是埋葬的一具尸体或一个孤魂？既然每个生命都在创造，另一个生命离去，什么叫做死亡？死亡，不仅仅是一种生命的转换，旋律的变化，画面的更迭吗？那么世间还有什么比死亡更庄严、更神圣、更迷人！为了再生而奉献自己的伟大的死亡啊……

秋天的音乐已如圣殿的声音；这壮美崇高的轰响，把我全部身心都裹住、都净化了。我惊奇地感觉自己像玻璃一样透明。

这时，忽见对面坐着两位老人，正在亲密交谈。残阳把他俩的脸晒得好红，条条皱纹都像画上去的那么清楚。人生的秋天！他们把自己的青春年华、所有精力为这世界付出，连同头发里的色素也将耗尽，那满头银丝不是人间最值得珍惜的么？我瞧着他俩相互凑近、轻轻谈话的样子，不觉生出满心的爱来，真想对他俩说些美好的话。我摘下耳机，未及开口，却听他们正议论关于单位里上级和下级的事,哪个连着哪个,哪个与哪个明争暗斗,哪个可靠和哪个更不可靠,哪个是后患而必须……我惊呆了,以致再不能听下去,赶快重新戴上耳机,打开音乐,再听,再放眼窗外的景物,奇怪!这一次,秋天的音乐,那些感觉,全没了。

"艺术原本是欺骗人生的。"

在我返回家,把这盘录音带送还给我那朋友时,把这话告他。他不知道我为何得到这样的结论,我也不知道他为何对我说:

"艺术其实是安慰人生的。"

冬日絮语

每每到了冬日，才能实实在在触摸到了岁月。年是冬日中间的分界。有了这分界，便在年前感到岁月一天天变短，直到残剩无多！过了年忽然又有大把的日子，成了时光的富翁，一下子真的大有可为了。

岁月是用时光来计算的。那么时光又在哪里？在钟表上，日历上，还是行走在窗前的阳光里？

窗子是房屋最迷人的镜框。节候变换着镜框里的风景。冬意最浓的那些天，屋里的热气和窗外的阳光一起努力，将冻结玻璃上的冰雪融化；它总是先从中间化开，向四边蔓延。透过这美妙的冰洞，我发现原来严冬的世界才是最明亮的。那一如人的青春的盛夏，总有阴影遮翳，葱茏却幽暗。小树林又何曾有这般光明？我忽然对老人这个概念生了敬意。只有阅尽人生，脱净了生命年华的叶子，才会有眼前这小树林一般明彻。只有这彻底的通彻，才能有此无边的安宁。安宁不是安谧，而是一种博大而丰实的自享。世中唯有创造者所拥有的自享才是人生真正的幸福。

朋友送来一盆"香棒"，放在我的窗台上说："看吧，多漂亮的大叶子！"

这叶子像一只只绿色光亮的大手，伸出来，叫人欣赏。逆光中，它的叶筋舒展着舒畅又潇洒的线条。一种奇特的感觉出现了！严寒占据窗外，丰腴的春天却在我的房中怡然自得。

自从有了这盆"香棒"，我才发现我的书房竟有如此灿烂的阳光。它照进并充满每一片叶子和每一根叶梗，把它们变得像碧玉一样纯净、通亮、圣洁。我还看见绿色的汁液在通明的叶子里流动。这汁液就是血液。人的血液是鲜红的，植物的血液是碧绿的，心灵的血液是透明的，因为世界的纯洁来自于心灵的透明。但是为什么我们每个人都说自己纯洁，而整个世界却仍旧一片混沌呢？

我还发现，这光亮的叶子并不是为了表示自己的存在，而是为了证实阳光的明媚、阳光的魅力、阳光的神奇。任何事物都同时证实着另一个事物的存在。伟大的出现说明庸人的无所不在；分离愈远的情人，愈显示了他们的心丝毫没有分离；小人的恶言恶语不恰好表达你的高不可攀和无法企及吗？而骗子无法从你身上骗走的，正是你那无比珍贵的单纯。老人的生命愈来愈短，还是他生命的道路愈来愈长？生命的计量，在于它的长度，还是宽度与深度？

冬日里，太阳环绕地球的轨道变得又斜又低。夏天里，阳光的双足最多只是站在我的窗台上，现在却长驱直入，直射在我北面的墙壁上。一尊唐代的木佛一直伫立在阴影里沉思，此刻迎着一束光芒无声地微笑了。

阳光还要充满我的世界，它化为闪闪烁烁的光雾，朝着四周的阴暗的地方浸染。阴影又执著又调皮，阳光照到哪里，它就立刻躲到光的背后。而愈是幽暗的地方，愈能看见被阳光照得晶晶发光的游动的尘埃。这令我十分迷惑：黑暗与光明的界限究竟在哪里？黑夜与晨曦的界限呢？来自于早醒的鸟第一声的啼叫吗？……这叫声由于被晨露滋润而异样地清亮。

但是，有一种光可以透入幽闭的暗处，那便是从音箱里散发出来的闪光的琴音。鲁宾斯坦的手不是在弹琴，而是在摸索你的心灵；他还用手思索，用手感应，用手触动色彩，用手试探生命世界最敏感的悟性……琴音是不同的亮色，它们像明明灭灭、强强弱弱的光束，散布在空间！那些旋律片断好似一些金色的鸟，扇着翅膀，飞进布满阴影的地方。有时，它会在一阵轰响里，关闭了整个地球上的灯或者创造出一个辉煌夺目的太阳。我便在一张寄给远方的失意朋友的新年贺卡上，写了一句话：

你想得到的一切安慰都在音乐里。

冬日里最令人莫解的还是天空。

盛夏里，有时乌云四合，那即将被峥嵘的云吞没的最后一块蓝天，好似天空的一个洞，无穷的深远。而现在整个天空全成了这样，在你头顶上无边无际地展开！空阔、高远、清澈、庄严！除去少有的飘雪的日子，大多数时间连一点点云丝也没有，鸟儿也不敢飞上去，这不仅由于它冷冽寥廓，还是因为它大得……大得叫你一仰起头就感到自己的渺小。只有在夜间，寒空中才有星星闪烁。这星星是宇宙间点灯的驿站。万古以来，是谁不停歇地从一个驿站奔向下一个驿站？为谁送信？为了宇宙间那一桩永恒的爱吗？

我从大地注视着这冬天的脚步，看看它究竟怎样一步步、沿着哪个方向一直走到春天？

时　光

　　一岁将尽，便进入一种此间特有的情氛中。平日里奔波忙碌，只觉得时间的紧迫，很难感受到"时光"的存在。时间属于现实，时光属于人生。然而到了年终时分，时光的感觉乍然出现。它短促、有限、性急，你在后边追它，却始终抓不到它飘举的衣袂。它飞也似的向着年的终点扎去。等到你真的将它超越，年已经过去，那一大片时光便留在过往不复的岁月里了。

　　今晚突然停电，摸黑点起蜡烛。烛光如同光明的花苞，宁静地浮在漆黑的空间里；室内无风，这光之花苞便分外优雅与美丽；些许的光散布开来，朦胧依稀地勾勒出周边的事物。没有电就没有音乐相伴，但我有比音乐更好的伴侣——思考。

　　可是对于生活最具悟性的，不是思想者，而是普通大众。比如大众俗语中，把临近年终这几天称作"年根儿"，多么真切和形象！它叫我们顿时发觉，一棵本来是绿意盈盈的岁月之树，已被我们消耗殆尽，只剩下一点点根底。时光竟然这样的紧迫、拮据与深浓……

　　一下子，一年里经历过的种种事物的影像全都重叠地堆在眼前。不管这些事情怎样庞杂与艰辛，无奈与突兀。我更想从中找到自己的足痕。从春天落英缤纷的京都退藏到冬日小雨空漾的雅典德尔菲遗址；从重庆荒芜的红卫兵墓到津南那条神奇的蛤蜊堤；从一个会场到另一个会场，一个活动到另一个活动中；究竟哪一些足迹至今清晰犹在，哪一些足迹杂沓模糊甚至早被时光干干净净一抹而去?

　　我瞪着眼前的重重黑影,使劲看去。就在烛光散布的尽头,忽然看到一双眼睛正直对着我。目光冷峻锐利,逼视而来。这原是我放在那里的一尊木雕的北宋天王像。然而此刻他的目光却变得分外有力。它何以穿过夜的浓雾,穿过漫长的八百年,锐不可当、考问似的直视着任何敢于朝他瞧上一眼的人?显然,是由于八百年前那位不知名的民间雕工传神的本领、非凡的才气;他还把一种阳刚正气和直逼邪恶的精神注入其中。如今那位无名雕工早已了无踪影,然而他那令人震撼的生命精神却保存下来。

　　在这里,时光不是分毫不曾消逝么?

　　植物死了,把它的生命留在种子里;诗人离去,把他的生命留在诗句里。

　　时光对于人,其实就是生命的过程。当生命走到终点,不一定消失得没有痕迹,有时它还会转化为另一种形态存在或再生。母与子的生命的转换,不就在延续着整个人类吗?再造生命,才是最伟大的生命奇迹。而此中,艺术家们应是最幸福的一种。唯有他们能用自己的生命去再造一个新的生命。小说家再造的是代代相传的人物;作曲家再造的是他们那个可以听到的迷人而永在的灵魂。

　　此刻,我的眸子闪闪发亮,视野开阔,房间里的一切艺术珍品都一点点地呈现。它们不是被烛光照亮,而是被我陡然觉醒的心智召唤出来的。

　　其实我最清晰和最深刻的足迹,应是书桌下边,水泥的地面上那两个被自己的双足磨成的浅坑。我的时光只有被安顿在这里,它才不会消失,而被我转化成一个个独异又鲜活的生命,以及一行行永不褪色的文字。然而我一年里把多少时光抛入尘嚣,或是支付给种种一闪即逝的虚幻的社会场景。甚至有时属于自己的时光反成了别人的恩赐。检阅一下自己创造的人物吧,掂量他们的寿命有多长。艺术家的生命是用他艺术的生命计量的。每个艺术家都有可能达到永恒,放弃掉的只能是自己。是不是?

迎面那宋代天王瞪着我,等我回答。

我无言以对,尴尬到了自感狼狈。

忽然,电来了,灯光大亮,事物通明,恍如更换天地。刚才那片幽阔深远的思想世界顿时不在,唯有烛火空自燃烧,显得多余。再看那宋代的天王像,在灯光里仿佛换了一个神气,不再那样咄咄逼人了。

我也不用回答他,因为我已经回答自己了。

日　历

　　我喜欢用日历，不用月历。为什么？

　　厚厚一本日历是整整一年的日子。每扯下一页，它新的一页——光亮而开阔的一天便笑嘻嘻地等着我去填满。我喜欢日历每一页后边的"明天"的未知，还隐含着一种希望。"明天"乃是人生中最富魅力的字眼儿。生命的定义就是拥有明天。它不像"未来"那么过于遥远与空洞。它就守候在门外。走出了今天便进入了全新的明天。白天和黑夜的界线是灯光；明天与今天的界线还是灯光。每一个明天都是从灯光熄灭时开始的。那么明天会怎样呢？当然，多半还要看你自己的。你快乐它就是快乐的一天，你无聊它就是无聊的一天，你匆忙它就是匆忙的一天；如果你静下心来就会发现，你不能改变昨天，但你可以决定明天。有时看起来你很被动，你被生活所选择，其实你也在选择生活，是不是？

　　每年元月元日，我都把一本新日历挂在墙上。随手一翻，光溜溜的纸页花花绿绿滑过手心，散着油墨的芬芳。这一刹那我心头十分快活。我居然有这么大把大把的日子！我可以做多少事情！前边的日子就像一个个空间，生机勃勃，宽阔无边，迎面而来。我发现时间也是一种空间。历史不是一种空间吗？人的一生不是一个漫长又巨大的空间吗？一个个"明天"，不就像是一间间空屋子吗？那就要看你把什么东西搬进来。可是，时间的空间是无形的，触摸不到的。凡是使用过的日子，立即就会消失，抓也抓不住，而且了无痕迹。也许正是这样，我们便会感受到岁月的匆匆与虚无。

有一次，一位很著名的表演艺术家对我讲她和她的丈夫的一件事。她唱戏，丈夫拉弦。他们很敬业。天天忙着上妆上台，下台下妆，谁也顾不上认真看对方一眼，几十年就这样过去了。一天老伴忽然惊讶地对她说："哎哟，你怎么老了呢！你什么时候才老的呀？我一直都在你身边怎么也没发现哪！"她受不了老伴脸上那种伤感的神情。她就去做了美容，除了皱，还除去眼袋。但老伴一看，竟然流下泪来。时针是从来不会逆转的。倒行逆施的只有人类自己的社会与历史。于是，光阴岁月，就像一阵阵呼呼的风或是闪闪烁烁的流光；它最终留给你的只有是无奈而频生的白发和消耗中日见衰弱的身躯。为此，你每扯去一页用过的日历时，是不是觉得有点像扯掉一个生命的页码？

我不能天天都从容地扯下一页。特别是忙碌起来，或者从什么地方开会、活动、考察、访问归来，看见几页或十几页过往的日子挂在那里，黯淡、沉寂和没用；被时间掀过的日历好似废纸。可是当我把这一叠用过的日子扯下来，往往不忍丢掉，而把它们塞在书架的缝隙或夹在画册中间。就像从地上拾起的落叶。它们是我生命的落叶！

别忘了，我们的每一天都曾经生活在这一页一页的日历上。

记得1976年唐山大地震那天，我住在长沙路思治里十二号那个顶层上的亭子间被彻底摇散，震毁。我一家三口像老鼠那样找一个洞爬了出来。当我的双腿血淋淋地站在洞外，那感觉真像从死神的指缝里侥幸地逃脱出来。转过两天，我向朋友借了一架方形铁盒子般的海鸥牌相机，爬上我那座狼咬狗啃废墟般的破楼，钻进我的房间——实际上已经没有屋顶。我将自己命运所遭遇的惨状拍摄下来。我要记下这一切。我清楚地知道这是我个人独有的经历。这时，突然发现一堵残墙上居然还挂着日历——那蒙满灰土的日历的日子正是地震那一天：1976年7月28日，星期三，丙辰年七月初二。我伸手把它小心地扯下来。如今，它和我当时拍下的照片，已经成了我个人生命史刻骨铭心的珍藏了。

由此，我懂得了日历的意义。它原是我们生命忠实的记录。从"隐形写作"的含义上说，日历是一本日记。它无形地记载我每一天遭遇的、面临的、经受的，以及我本人的应对与所作所为，还有改变我的和被我改变的。

然而人生的大部分日子是重复的——重复的工作与人际，重复的事物与相同的事物都很难被记忆。所以我们的日历大多页码都是黯淡无光。过后想起来，好似空洞无物。于是，我们就碰到一个非常重要的关于人本话题——记忆。人因为记忆而厚重、智慧和变得理智。更重要的是，记忆使人变得独特。因为记忆排斥平庸。记忆的事物都是纯粹而深刻个人化的。所有个人都是一个独特的"个案"。记忆很像艺术家，潜在心中，专事刻画我们自己的独特性。你是否把自己这个"独特"看得很重要？广义的说，精神事物的真正价值正是它的独特性。无论是一个人，还是一种文化。记忆依靠载体。一个城市的记忆留在它历史的街区与建筑上，一个人的记忆在他的照片上、物品里、老歌老曲中，也在日历上。

然而，人不能只是被动地被记忆，我们还要用行为去创造记忆。我们要用情感、忠诚、爱心、责任感，以及创造性的劳动去书写每一天的日历。把这一天深深嵌入记忆里。我们不是有能力使自己的人生丰富、充实以及具有深度和分量吗？

所以我写过：

"生活就是创造每一天。"

我还在一次艺术家的聚会中说：

"我们今天为之努力的，都是为了明天的回忆。"

为此，每每到了一年最后的几天，我都是不肯再去扯日历。我总把这最后几页保存下来。这可能出于生命的本能。我不愿意把日子花得净光。你一定会笑我，并问我这样就能保存住日子吗？我便把自己在今年日历的最后一页上写的四句诗拿给你看：

　　岁月何其速，
　　哎呀又一年，
　　花叶全无迹，
　　存世唯诗篇。

正像保存葡萄最好的方式是把葡萄变为酒；保存岁月最好的方式是致力把岁月变为永存的诗篇或画卷。

现在我来回答文章开始时那个问题：为什么我喜欢日历？因为日历具有生命感。或者说日历叫我随时感知自己的生命并叫我思考如何珍惜它。

往事如"烟"

从家族史的意义上说，抽烟没有遗传。虽然我父亲抽烟，我也抽过烟，但在烟上我们没有基因关系。我曾经大抽其烟，我儿子却绝不沾烟，儿子坚定地认为不抽烟是一种文明。看来个人的烟史是一段绝对属于自己的人生故事。而且在开始成为烟民时，就像好小说那样，各自还都有一个"非凡"的开头。

记得上小学时，我做肺部的X光透视检查。医生一看我肺部的影像，竟然朝我瞪大双眼，那神气好像发现了奇迹。他对我说："你的肺简直跟玻璃的一样，太干净太透亮了。记住，孩子，长大可绝对不要吸烟！"

可是，后来步入艰难的社会。我从事仿制古画的单位被"文革"的大锤击碎。我必须为一家塑料印刷的小作坊跑业务，天天像沿街乞讨一样，钻进一家家工厂去寻找活计。而接洽业务，打开局面，与对方沟通，先要敬上一支烟。烟是市井中一把打开对方大门的钥匙。可最初我敬上烟时，却只是看着对方抽，自己不抽。这样反倒有些尴尬。敬烟成了生硬的"送礼"。于是，我便硬着头皮开始了抽烟的生涯。为了敬烟而吸烟。应该说，我抽烟完全是被迫的。

儿时，那位医生叮嘱我的话，那句金玉良言，我至今未忘。但生活的警句常常被生活本身击碎。因为现实总是至高无上的。甚至还会叫真理甘拜下风。当然，如果说起我对生活严酷性的体验，这还只是九牛一毛呢！

古人以为诗人离不开酒，酒后的放纵会给诗人招来意外的灵感；今人以为作家的写作离不开烟，看看他们写作时脑袋顶上那纷纭缭绕的烟缕，多么像他们头脑中翻滚的思绪呵。但这全是误解！好的诗句都是在清明的头脑中跳跃出来的；而"无烟作家"也一样写出大作品。

他们并不是为了写作才抽烟。他们只是写作时也要抽烟而已。

真正的烟民全都是无时不抽的。

他们闲时抽，忙时抽；舒服时抽，疲乏时抽；苦闷时抽，兴奋时抽；一个人时抽，一群人时更抽；喝茶时抽，喝酒时抽；饭前抽几口，饭后抽一支；睡前抽几口，醒来抽一支。右手空着时用右手抽，右手忙着时用左手抽。如果坐着抽，走着抽，躺着也抽，那一准是头一流的烟民。记得我在自己烟史的高峰期，半夜起来还要点上烟，抽半支，再睡。我们误以为烟有消闲、解闷、镇定、提神和助兴的功能，其实不然。对于烟民来说，不过是这无时不伴随着他们的小小的烟卷，参与了他们大大小小一切的人生苦乐罢了。

我至今记得父亲挨整时，总躲在屋角不停地抽烟。那个浓烟包裹着的一动不动的蜷曲的身影，是我见到过的世间最愁苦的形象。烟，到底是消解了还是加重了他的忧愁和抑郁？

那么，人们的烟瘾又是从何而来？

烟瘾来自烟的魅力。我看烟的魅力，就是在你把一支雪白和崭新的烟卷从烟盒抽出来，性感地夹在唇间，点上，然后深深地将雾化了的带着刺激性香味的烟丝吸入身体而略感精神一爽的那一刻。即抽第一口烟的那一刻。随后，便是这吸烟动作的不断重复。而烟的魅力在这不断重复的吸烟中消失。

其实，世界上大部分事物的魅力，都在这最初接触的那一刻。

我们总想去再感受一下那一刻，于是就有了瘾。所以说，烟瘾就是不断燃起的"抽上一口"——也就是第一口烟的欲求。这第一口之后再吸下去，就成了一种毫无意义的习惯性的行为。我的一位好友张贤亮深谙此理，所以他每次点上烟，抽上两三口，就把烟按死在烟缸里。有人说，他才是最懂得抽烟的。他抽烟一如赏烟。并说他是"最高品位的烟民"。但也有人说，这第一口所受尼古丁的伤害最大，最具冲击性，所以笑称他是"自残意识最清醒的烟鬼"。但是，不管怎么样，烟最终留给我们的是发黄的牙和夹烟卷的手指，熏黑的肺，咳嗽和痰喘，还有难以谢绝的烟瘾本身。

父亲抽了一辈子烟。抽得够凶。他年轻时最爱抽英国老牌的"红光"，后来专抽"恒大"。"文革"时发给他的生活费只够吃饭，但他还是要挤出钱来，抽一种军绿色封皮的最廉价的"战斗"牌纸烟。如果偶尔得到一支"墨菊"、"牡丹"，便像今天中了彩那样，立刻眉开眼笑。这烟一直抽得他晚年患"肺气肿"，肺叶成了筒形，呼吸很费力，才把烟扔掉。

十多年前，我抽得也凶，尤其是写作中。我住在北京人民文学出版社写长篇时，四五个作家挤在一间屋里，连写作带睡觉。我们全抽烟。天天把小屋抽成一片云海。灰白色厚厚的云层静静地浮在屋子中间。烟民之间全是有福同享。一人有烟大家抽，抽完这人抽那人。全抽完了，就趴在地上找烟头。凑几个烟头，剥出烟丝，撕一条稿纸卷上，又一支烟。可有时晚上躺下来，忽然害怕桌上烟火未熄，犯起了神经质，爬起来查看查看，还不放心。索性把新写的稿纸拿到枕边，怕把自己的心血烧掉。

烟民做到这个份儿，后来戒烟的过程必然十分艰难。单用意志远远不够，还得使出各种办法对付自己。比方，一方面我在面前故意摆一盒烟，用激将法来捶打自己的意志；一方面，在烟瘾上来时，又不得不把一支不装烟丝的空烟斗叼在嘴上。好像在戒奶的孩子的嘴里塞上一个奶嘴，致使来访的朋友们哈哈大笑。

只有在戒烟的时候，才会感受到烟的厉害。

最厉害的事物是一种看不见的习惯。当你与一种有害的习惯诀别之后，又找不到新的事物并成为一种习惯时，最容易出现的便是返回去。从生活习惯到思想习惯全是如此。这一点也是我在小说《三寸金莲》中"放足"那部分着意写的。

如今我已经戒烟十年有余。屋内烟消云散，一片清明，空气里只有观音竹细密的小叶散出的优雅而高逸的气息。至于架上的书，历史的界线更显分明；凡是发黄的书脊，全是我吸烟时代就立在书架上的；此后来者，则一律鲜明夺目，毫无污染。今天，写作时不再吸烟，思维一样灵动如水，活泼而光亮。往往看到电视片中出现一位奋笔写作的作家，一边皱眉深思，一边喷云吐雾，我会哑然失笑。并庆幸自己已然和这种糟糕的样子永久地告别了。

一个边儿磨毛的皮烟盒，一个老式的有机玻璃烟嘴，陈放在我的玻璃柜里。这是我生命的文物。但在它们成为文物之后，所证实的不仅仅是我做过烟民的履历，它还会忽然鲜活地把昨天生活中某一个画面唤醒，就像我上边描述的那种种的细节和种种的滋味。

去年，我去北欧。在爱尔兰首都都柏林的一个小烟摊前。忽然一个圆形红色的形象跳到眼中。我马上认出这是父亲半个世纪前常抽的那种英国名牌烟"红光"。一种十分特别和久违的亲切感拥到我的身上。我马上买了一盒。回津后，在父亲祭日那天，用一束淡雅的花衬托着，将它放在父亲的墓前。这一瞬竟叫我感到了父亲在世一般的音容，很生动，很贴近。这真是奇妙的事！虽然我明明知道这烟曾经有害于父亲的身体,在父亲活着的时候,我希望彻底撤掉它。但在父亲离去后,我为什么又把它十分珍惜地自万里之外捧了回来?

我明白了,这烟其实早已经是父亲生命的一部分。

从属于生命的事物,一定会永远地记忆着生命的内容。特别是在生命消失之后。我这句话是广义的。

物本无情,物皆有情,这两句话中间的道理便是本文深在的主题。

马年的滋味

龙年颂龙,猴年夸猴,牛年赞牛,马年呢?友人说,你脱脱俗套说点真实的吧,你属马,也最知马年的滋味。

我回头一看,倏忽已过了五个马年。咀嚼一下,每个本命年的滋味竟然全不一样。

我的第一个马年是1942年,我出生。本来母亲先怀一个孩子,不料小产了,不久就怀上我,倘若那孩子——据说也是个男孩子"地位稳固",便不会有我。我的出生乃是一种幸中之幸。第一个马年里我一落地,就是匹幸运之马。

第二个马年是1954年,我十二岁。这一年天下太平。世界上没有大战争,吾国没有政治运动。我一家人没病没灾没祸没有意外的不幸。今天回忆起那个马年来,每一天都是笑容。我则无忧无虑地踢球、钓鱼、捉蟋蟀、爬房、画画、钻到对门大院内去偷摘苹果。并且第一次感觉到邻桌的女孩有种动人的香味。这个马年我是快乐之马。

第三个马年是1966年,我二十四岁。这年大地变成大海。黑风白浪,翻天覆地。我的家被红卫兵占领四十天,占领者每人执一木棒或铁棍,将我的一切,包括我的理想与梦想全都淋漓尽致地捣个粉碎。那一年我看到了生活的反面,人的负面,并发现只有在漆黑的夜里才是最安全的。我还有三分钟的精神错乱。这一马年我是受难之马。

第四个马年是1978年,我三十六岁。这一年我住在北京的人民文学出版社里写小说。第一次拿到了散发着油墨香味的自己的书《义和拳》。但我真正走进文学还是因为投入了当时思想解放的洪流。到处参加座谈会，每个会都是激情洋溢，人人发言都有耀眼的火花。那是个热血沸腾的时代。作家们都为自己的思想而写作。我"胆大妄为"地写了伤痕文学《铺花的歧路》。这小说原名叫《创伤》，由于书稿在人民文学出版社引起激烈争论，误了发表，而卢新华的《伤痕》出来了，便改名为《铺花的歧路》。这情况直到11月才有转机。一是由于茅盾先生表示对我的支持，二是被李小林要走，拿到刚刚复刊的《收获》上发表。我便一下子站到当时文学的"风口浪尖"上。这一马年对于我，是从挣扎之马到脱缰之马。

第五个马年是1990年，我四十八岁。我的创作出现困顿，无人解惑，便暂停了写作。打算理一理自己的脑袋，再走下边的路。在迷惘与焦灼中重拾画笔，却意外地开始了阔别久矣的绘画生涯。世人不知我的"前身"为画家，吃惊于我；我却不知这些年竟积累如此深厚的人生感受，万般情境，挥笔即来，我也吃惊于自己。在艺术创作中最美好的感觉莫过于叫自己吃惊。于是发现，稿纸之外还有一片无涯的天地，心情随之豁然。这一年的我，可谓突围之马。

回首五个马年才知，这马年的滋味，酸甜苦辣，驳杂种种。何况本命年只是人生的驿站。各站之间长长的十二年的征程中，还有说不尽的曲折婉转。我不知别人的本命马年是何滋味，反正人生况味，都是五味俱全。五味之中，苦味为首。那么，在这个将至的马年里，我这匹马又该如何？

前几天，请友人治印两方，皆属闲文。一方是"一甲子"，一方是"老骥"。这"老骥"二字,不过是乘一时之兴,借用曹操的诗,以寓志在千里罢了。可是反过来,我又笑自己不肯甘守寂寞,总用种种近忧远虑来折磨自己。看来这一年我注定是奔波之马了?

白　发

人生入秋，便开始被友人指着脑袋说：

"呀，你怎么也有白发了？"

听罢笑而不答。偶尔笑答一句："因为头发里的色素都跑到稿纸上去了。"

就这样，嘻嘻哈哈、糊里糊涂地翻过了生命的山脊，开始渐渐下坡来。或者再努力，往上登一登。

对镜看白发，有时也会认真起来：这白发中的第一根是何时出现的？为了什么？思绪往往会超越时空，一下子回到了少年时——那次同母亲聊天，母亲背窗而坐，窗子敞着，微风无声地轻轻掀动母亲的头发，忽见母亲的一根头发被吹立起来，在夕照里竟然银亮银亮，是一根白发！这根细细的白发在风里柔弱摇曳，却不肯倒下，好似对我召唤。我第一次看见母亲的白发，第一次强烈地感受到母亲也会老，这是多可怕的事啊！我禁不住过去扑在母亲怀里。母亲不知出了什么事，问我，用力想托我起来，我却紧紧抱住母亲，好似生怕她离去……事后，我一直没有告诉母亲这究竟为了什么。最浓烈的感情难以表达出来，最脆弱的感情只能珍藏在自己心里。如今，母亲已是满头白发，但初见她白发的感受却深刻难忘。那种人生感，那种凄然，那种无可奈何，正像我们无法把地上的落叶抛回树枝上去……

当妻子把一小酒盅染发剂和一支扁头油画笔拿到我面前，叫我帮她染发，我心里一动，怎么，我们这一代生命的森林也开始落叶了？我瞥一眼她的头发，笑道："不过两三根白头发，也要这样小题大做？"可是待我用手指撩开她的头发，我惊讶了，在这黑黑的头发里怎么会埋藏这么多的白发！我竟如此粗心大意，至今才发现才看到。也正是由于这样多的白发，才迫使她动用这遮掩青春衰退的颜色。可是她明明一头乌黑而清香的秀发呀，究竟怎样一根根悄悄变白的？是在我不停歇的忙忙碌碌中，侃侃而谈中，还是在不舍昼夜的埋头写作中？是那些年在大地震后寄人篱下的茹苦含辛的生活所致？是为了我那次重病内心焦虑而催白的？还是那件事……几乎伤透了她的心，一夜间骤然生出这多白发？

黑发如同绿草，白发犹如枯草；黑发像绿草那样散发着生命诱人的气息，白发却像枯草那样晃动着刺目的、凄凉的、枯竭的颜色。我怎样做才能还给她一如当年那一头美丽的黑发？我急于把她所有变白的头发染黑。她却说：

"你是不是把染发剂滴在我头顶上了？"

我一怔。赶忙用眼皮噙住泪水，不叫它再滴落下来。

一次，我把剩下的染发剂交给她，请她也给我的头发染一染。这一染，居然年轻许多！谁说时光难返，谁说青春难再，就这样我也加入了用染发剂追回岁月的行列。谁知染发是件愈来愈艰难的事情。不仅日日增多的白发需要加工，而且这时才知道，白发并不是由黑发变的，它们是从走向衰老的生命深处滋生出来的。当染过的头发看上去一片乌黑青黛，它们的根部又齐刷刷冒出一茬雪白。任你怎样去染，去遮盖，它还是茬茬涌现。人生的秋天和大自然的春天一样顽强。挡不住的白发呵！

开始时精心细染，不肯漏掉一根。但事情忙起来，没有闲暇染发，只好任由它花白。染又麻烦，不染难看，渐而成了负担。

这日，邻家一位老者来访。这老者阅历深，博学，又健朗，鹤发童颜，很有神采。他进屋，正坐在阳光里。一个画面令我震惊——他不单头发通白，连胡须眉毛也一概全白；在强光的照耀下，蓬松柔和，光明透彻，亮如银丝，竟没有一根灰黑色，真是美极了！我禁不住说，将来我也修炼出您这一头漂亮潇洒的白发就好了，现在的我，染和不染，成了两难。老者听了，朗声大笑，然后对我说：

"小老弟，你挺明白的人，怎么在白发面前糊涂了？孩童有稚嫩的美，青年有健旺的美，你有中年成熟的美，我有老来冲淡自如的美。这就像大自然的四季——春天葱茏，夏天繁盛，秋天斑斓，冬天纯净。各有各的美感，各有各的优势，谁也不必羡慕谁，更不能模仿谁，模仿必累，勉强更累。人的事，生而尽其动，死而尽其静。听其自然，对！所谓听其自然，就是到什么季节享受什么季节。哎，我这话不知对你有没有用，小老弟？"

我听罢，顿觉地阔天宽，心情快活。摆一摆脑袋，头上花发来回一晃，宛如摇动一片秋光中的芦花。

书斋一日

——新岁开篇

一如日日那样,晨起之后,沏一杯清茶坐进书房里。书房是我的心房,坐在里边的感觉真是神奇之极。听得见自己心跳的节率,感受得到热血的流动,还有心之温暖。书房的电话与传真还通向天南地北。于是朋友们把他们富于灵气的话送了进来。昨天与身在地冻天寒的哈尔滨的迟子建通话。谈到我一个月前在地中海边寻找梵·高的踪迹之行。谈到她的鸿篇巨制《满洲图》。谈到大雪纷飞中躲在屋内写作的感觉。她说唯冬天书房里的阳光才真正算得上是一种享受。我说,夏天的阳光照在身上,冬天的阳光照在心里。书房里的谈话总是更近于文字。

书桌对面的一架书,全是我的各种版本。面对它,有时自我的感觉很好很踏实,由此想到可以扔下笔放松一下喘息一下了;有时却觉得自己的作为不过如此,那么多文学想象远没有写出来,这便恨不得给自己抽上一鞭子,再加一把劲儿。

人回过头时才会发现:做过的事总是十分有限。

今天坐在书房里,这感觉更是强烈。甚至有一种浩大的空荡。陌生,未知,莫名,一片白晃晃,虚无而不定;我从未有此感受;房中一切如旧,这从何而来?难道这就是"新世纪"之感么?

静坐与凝思中,渐渐悟出,这新世纪并不是一种可见的物质,而是无形的未曾经历过的时间。现在,以百年划分的时间已经无声地涌进我的书房。但它并没有把我的书房填满,相反却将原先的一切辛劳全都排挤出去。昨天的一切全不算数了！此刻我站在这个全新的巨大的时间里，两手空空如也，我还没有为二十一世纪做一件事呢！

　　时间只是一个载体。你给它制造什么，它就具有什么。时间不会带给你任何"美好的未来"。它是空的。它给你的只是时间本身。然而这已经足够了！其实生命最根本的意义，不就是任凭你使用和支配的短短的一段时间吗？

　　来不及去推想生命的时间意义。却见眼前的事物竟发生着一种非常奇妙的变化——

　　屋中的一切。除去那些历时久远的古物。现今的这些家具器物，书籍报刊，乃至桌上的钢笔、台灯、水杯等等，在世纪的转换中，一下子都属于了那个过往的百年。从明天的角度看，眼前这一切全都是二十世纪的文化。而我现在不正是坐在一种具有二十世纪风格的迷人"历史文化"中吗？这感觉竟然这么奇妙！

　　我们的生命跨进了新的世纪。然而我们的身体却置身于昨天的物质中。再去体验我们的生命的深处，那里边也带着重重叠叠与翻滚的历史？于是我明白，历史不是过去时。历史依然鲜活地存在现实中，存在我们的生命中。历史应该是我们经验过和创造过的生活的一种升华。它升华为一种精神，一种信念，并结晶为一种财富，和我们的血肉生机勃勃地混在一起。我们在历史中成长，因历史而成熟，我们永远受益于历史——无论这历史是光荣还是耻辱甚至是罪恶的。这因为历史的顽疾总是要反复发作的。

　　屋角的一盆绿萝长得旺足，本来它是朝着照入阳光的窗子伸展去的。我却用细绳把它牵引到挂在屋顶的一块清代木雕的檐板上。它碧绿可爱的叶子在这镂空的雕版间游戏般地穿来绕去。那雕版上古老的木刻小鸟竟然美妙地站在这弯曲而翠绿的茎蔓上了。这一来，历史变得生意盈盈。

不断电话铃响，把我线性的思绪切断，接连到远远近近各种话题。这些话题无不叫我关切。王蒙照例是轻轻松松像戏说三国那样笑谈文坛，天大的事在他嘴里也会烟消云散；奇怪的是今天他的嗓门分外的大，中气足，挺冲，好像刚打了一场球，还赢了分，是不是因为他方才闯进了新世纪的大门？李小林在电话中说，九十六岁高龄的巴老今天真的跨世纪了，而且身体状况十分平稳，这可是件喜事，叫我高兴了好一阵子；欧洲一位媒体的朋友来电祝贺新年，当她听说国内的市面上已绽露出春节的气象，便勾起回忆，情真意切地说起她儿时的种种年俗，使我忽然懂得最深刻的民间文化原来在最严格的风俗里。由此我滔滔不绝谈起我那个"恪守风俗"的文化观。说着说着，忽然想到是对方花钱打来这个越洋电话的，于是匆忙说声"对不起"便撂下话筒……

这时传真机嗒嗒地响。一张雪白的带字的传真纸送出机器。原来是山西作家哲夫传来的。他昨天夜里传来的一纸也是同样的内容，看来他很急迫。他还是那样十万火急地为中国危难重重的自然生态呼吁。他说他写在长篇纪实《中国档案》里所谓淮河将在二十世纪结束时变清的那句话已经完全落空。淮河如今差不多成了一条臭河。我们的大自然真的已是"鸡皮鹤发"，脆弱之极。他要我帮他一齐呐喊。他相信我会担此道义。他还说，他已经无力再喊下去了，他想不干了。

他这份传真叫我陡然变得沉重。一下子，我的书斋变暗变小，我好像被紧紧夹在了中间。我想到这些年我固执地为保护人文生态而竭尽全力地发出的那些呼喊，最终成效几何？接着我又想到梁思成先生。他曾经也激情昂然地呼喊过，北京城还不是照样拆了。梁思成是不是白喊了？当然不是——我忽然明白——他的呼喊，并不只是一种声音，而是一种精神。一种知识精神和文化精神。我们今天的呼喊不是在延续和坚持着这种精神么？于是我抓起电话打给哲夫。我说：

"如果我们闭住嘴，那才真正是一种绝望。你应当看到，现在这呼声已经愈来愈大，未来的社会一定会在这呼喊中醒来。你要坚持下去！"

通过电话，我忽然想，这大概是我在跨世纪的书房做的第一件事。或者说，我首先使我们要做的事情跨过了世纪。因为我坚信，上世纪没有做成的事，下个世纪一定会做成的。

此时，我感觉，我的书斋在一点点发亮，一点点阔大起来。

书 桌

我有张小小的书桌。它又窄又矮,破旧极了。在外人眼里简直不成样子。上边的漆成片地剥落下来,残余的漆色变得晦黯发黑,连我自己都认不准它最新是什么颜色。桌面又满是划痕、硬伤,还有热水杯烫成的一个个套起来的深深浅浅的白圈儿。它一边只有三个小抽屉,抽屉的把手早不是原套了。一个是从破箱子上移来的铜把手,另两个是后钉上去的硬木条。别看它这副模样,三十年来,却一直放在我的窗前,我房间透进光来的地方。我搬过几次家,换过几件家具,但从来没有想到处理掉它……

"这么难看还要它干吗?!要是我早劈掉生火了!"

"它又不实用。你这么大人将就这样一个小桌子,早晚得驼背!"

"你怎么就是不肯扔掉这破玩意儿。难道它是件宝?你说呀……"

我笑而不答。那淡淡的笑意里包含着任何知己都难以理解、难以体会到的一种,一种……一种什么呢?

没有共同的经历就不会有同感。有时,同感能发挥出非常奇妙的作用,它能成为两颗心相融的最短、最直接的通道。如果没有同感,说它做什么?还不如独自一人到树林里,踩着落叶、自己对自己默默地说它一阵子,排遣出来,倒是一种慰安。

我无法想起,究竟是什么时候,我开始使用这小桌的。我只模模糊糊记得，最初，我是站在它前面写写画画，而不是坐着。待我要坐下时，屁股下边必须垫上书包、枕头或一大叠画报，才能够得上桌面……

记忆里，幼时的事，都是穿不成串儿的珠子。这珠子却在记忆的深井的底儿滴溜溜、闪闪发光地打转，很难抓住它们——

我把"人"字总误写成"入"字，就在这桌上吧！

我一排排地晾干弹弓子用的小泥球儿，就在这桌上吧！

我在小木板上钉钉子，就在这桌上吧！

对，就在这儿。桌面上原来有一块能够照见自己脸儿的光光的玻璃板，给我钉钉子时打碎了——这件事我可记得清清楚楚，为此我还挨爸爸一通好打呢！也许打得太疼，我才记得十分牢。但过后我却一点也不后悔。因为，从此我做过的、经历过、经受过的许许多多事，都在这没有玻璃板保护的桌面上留下了痕迹。

桌面上净是些小瘪坑。有的坑儿挺深，像个洞眼，蚂蚁爬到那儿，得停一下，迟疑片刻，最后绕过去……细细瞧吧，还满是划痕呢，横竖歪斜，有的深，如一道沟；有的轻浅，还有的比蛛丝还细。这细细的印痕，是不是当初刮铅笔尖留下的？那一条条长长的道道儿，是不是随意用指甲划上去的？那儿黑糊糊的一块，是不是过年做灯笼，烤弯竹条时碰倒了蜡烛烧的？分辨不清了，原因不明了，全搅在一起了；这中间还混着许多字迹。钢笔的、铅笔的、墨笔的，还有用什么硬东西刻上去的。也有画上去的形象，有的完整，有的破碎——一只靴子啦，枪啦，一张侧面脸啦，这是不是我的自画像？年深日久，早都给磨得模糊一片。痕迹斑驳的桌面，有如一块风化得相当厉害、漫漶不清的碑石。

但我从中细心查辨，也能认出某些痕迹的来由，想起这里边包含着的、只有我才知道的故事，并联想到与此有关或无关的、早已融进往昔岁月中的童年生活。

为此，我很少用湿布去拭抹它。

只有一次例外。那是我上小学四年级时。我前排坐着一个女同学，十分瘦弱。她年龄与我一般大，个子却比我矮一头。两条短短的黄辫儿，简直是两根麻绳头。一天，上语文课，我没听讲，却悄悄把眼前的两条黄辫子拴在这女同学的椅子背儿上。正巧老师叫她回答问题，她一起身，拴住的辫子扯得她头痛得大叫。我的语文老师姓李，瘦削的脸满是黑胡茬，连脸颊上都是。一副黑边的近视镜遮住他的眼神，使我头次见到他时以为他挺凶，其实他温和极了。他对我们调皮的忍耐限度比别的老师都大。但不知为什么，那天他好厉害，把我一把拉到课堂前，叫我伸出双手，狠狠打了十多板子。他真生气呢！气呼呼地直喘，什么话也说不出来了，只指着门瞪圆眼对我吼道："走！快走！"我离开了课堂，一路跑回家。我手疼倒没什么，但当众挨打受罚，我的自尊心受不了。于是，我眼泪汪汪地在桌上写了"李老师是狗！"几个字。我写得那么痛快和解气，好像这几个字给我报了什么"仇"似的。这几个字就相当威风地在我桌上保留了好长时间。

在表的滴答声中，在上下课的铃声中，在雨和雪轮番交替地敲打窗子声中，我长大起来，事也懂得多了。桌上那几个字却不那么神气了。反而怕被人瞧见，似乎成了一种不光彩、甚至是耻辱的污迹，我带着一种说不清是对李老师、还是对长大后再也遇不到那个瘦弱的女同学的愧疚心情，用手巾尖儿蘸些水使劲把这几个字抹下去。

真奇怪！字儿抹掉了，好像心里干净了一些。

我上了中学，毕业了，参加了工作。我的许多事，写信、写文章、画画、吃东西，做些什么零七八碎的事都在这桌上，它一直伴随着我。

但它在我长大起来的身躯前，渐渐显得矮小，不合用了；而且用久了，愈来愈破旧，在后来买进来的新家具中间，显得寒伧和过时。它似乎老了，早完成了使命，在人世间物换星移的常规里等待着接受取代。

有一天我画画。画幅大，桌面小。不得不把一半画纸垂到桌下，先画铺在桌面上的一半；待画得差不多时，再拉上纸来画另一半。这样就很难照顾到画面的整体感，我画得那么别扭，真急了，止不住愤愤地骂道：

"真该死，这破桌子！"

它听着，不吭一声。等我画好了画儿，张挂起来；画面却意外地好。我十分快活，早把桌子忘在一旁。它呢？依然默默旁立。它就是这样与我为伴，好像我不抛掉它，它就一心而从无二意地跟随着我。是不是由于它仅仅是无生命的物品，我从未把它作为一只小猫、小鸟、小兔那样的伴侣？但是，小兔死了，小猫跑了，小鸟飞了，它却不声不响地有心地记下我生活经历过的许多酸甜苦辣。并顺从地任我做任何有损于它的事。当一次，我听说自己遭遇不幸，是因为被一位多年来与我非常要好的朋友出卖时，我忍受不住，发疯似的猛地一拍桌面：

"啪！"

桌面上出现一条长长的裂缝；我那颗初入社会纯真的心上，也暗暗出现一条裂痕。它竟同我一样。

从此，我便不觉地爱护起它来了。

我有过一个女朋友。她是一只快乐的小鸟——那早晨站在沾着露水的枝头抖动翅膀、在阳光里飞来飞去、在烟囱上探头探脑的小鸟。她总笑。她整天似乎除去快乐什么也不知道。她在任何一群人中出现，都能极快地把快乐通过笑、通过活泼的目光、通过喜气洋洋的俊俏的小脸儿、通过率真的动作，传染给每一个人。我说她的快乐是照眼的、悦耳的、香喷喷的；是魔术。我称她为"快乐女神"。

她一双腿长长。爱穿一条淡蓝色的短裙。她一进屋来，常常是一蹦就坐到小书桌上——这或许是她还带着些孩子气儿；或许她腿长，桌子矮，坐上去正合适。

我呢？过去吻她高矮也正好。我吻她，她不让。一忽儿把脸甩向左边，一忽儿又甩到右边，还调皮地笑着。她那光滑的短发像穗子一样在我笨拙的嘴唇上蹭来蹭去。

以后，由于挺复杂的原因，她终于说："我们的爱没有物质土壤，幻想的种子连幻想也结不出来了。"这句话，她说了许多遍，一次比一次肯定，最后她无可奈何又断然地离去了。

稀奇的是，那快乐女神始终与我这哑巴桌子连在一起。每当我的目光碰到桌沿，就会幻觉出她当初坐在桌上的样子。浅蓝色的短裙扇状地铺开，一双直直又顺溜儿的长腿垂下来，两只小巧的脚交叉地别着。这时她那动听的笑声好似又在桌上的空间里发出来。

我需要记着的，这桌儿都给我记着了。而那女神与我临别时掉在桌上的泪滴，却一点痕迹也没留下。大概那不是泪，而是水滴。

爷爷抱着弟，我立在一旁，我当时六岁（1948年）

在初中的年级代表队里,我是中锋(后排左三),曾经也威风过(1955年)

桌上唯有一处大硬伤。那是——那天，一群穿绿服装、臂套红色袖章的男女孩子们闯进我家来。每人拿一把斧头，说要"砸烂旧世界"，我被迫站在门口表示欢迎，并木然地瞅着他们在顷刻间，把我房间里的一切胡乱砸一通。其中有个姑娘，模样挺端正，但她的眼神叫我害怕。她不吵不闹，砸起东西来异乎寻常地细致。她在屋里转来转去，把尚且完整的东西翻出来，一件件、有条不紊地敲得粉碎。然后，她翻出我一本相册，把里面的照片一张张抽出来，全都撕成两半。她做这些事时，脸上没有任何表情。

她忽然把一张照片面对我，问：

"这是谁？"

这是我那"快乐女神"的。我说：

"一个朋友。"

她微微现出一种冷笑，一双秀气的眼睛直盯着我，两只白白的手把这照片撕成细小的碎片。我至今不明白，在那时为什么一些女孩子干这种事时，反比男孩子们干得更彻底、更狠心、更无情。相册中所有女人的照片——我姐姐、妻子、母亲的，她撕得尤其凶，"刷、刷、刷"地响。仿佛此刻她心里有什么受不了的情感折磨着她，迫使她这样做。

最后，她临去时，一眼瞥见我的书桌。大约这书桌过于破旧，开始时并没引起他们的兴趣。此刻在一堆碎物中间，反而惹眼了。她撇向一边的薄薄的唇缝里含着一种讥讽：

"你还有这么个破玩意儿！"

随手一斧子，正砍在桌角上。掉下一块挺大的木茬。

就这样，我过去生活的一切，无论是快乐和幸福的，还是忧愁和不幸的，都留在桌上了。哪怕我忘了，它会无声地提醒我。

它就摆在我窗前。从窗子透进的光笼罩着它。我窗外是一棵大槐树的树冠。这树冠摇曳婆娑的影子总是和阳光一起投照在我这小小的桌面上。

每当这树冠的枝影间满是小小的黑点时，那是春天；黑点点儿则是大槐树初发的芽豆豆。这期间，偶尔还有一种俗名叫做"绿叶儿"的候鸟，在枝间伶俐地蹦跳的影子出现在桌面上。夏天来了，树影日浓，渐渐变成一块阴凉，密密实实地遮盖住我的小桌。等到那块厚厚的阴凉破碎了，透现出一些晃动着的阳光的斑点时，秋风还会把一两片变黄的叶子吹进窗；像几只金色的小船，落在我这如同无风的水面一般平光光的桌面上。随后该关窗子了，玻璃蒙上了薄薄的水蒸气。那片叶无存、光秃秃、只剩下枝桠的树影，便像一张朦胧模糊的大网，把我的小桌罩住……

我常常被这些情景弄得发呆。谁说它丑？它无用？它应当被丢弃？它有着任何华贵的物品都无法代替的风韵和诗意。在它的更深处，甚至还潜藏着思想。

尤其是在阴雨的日子里，乌云像拉上的厚帘子把窗户遮暗了，小桌变成黑影，很像一块浓雾里的礁石，黑黝黝的，沉默无语。忽然一道闪电把它整个照亮，它那桌面上反射着可怕的蓝色的电光。但在这一瞬间的强光里，它上边的一切痕迹都清晰地显现出来，留在这中间的往事一下子全都复活了……

我闭上眼，情愿被再现在幻觉中的往事深深地感动着。

我终于失去了它。

在地震中，塌落下来的屋顶把它压垮。我的孩子正好躲在桌下，给它保护住了生命。它才是真正地为我献出了一切呢！等我从废墟中把它找出来，只是一堆碎木板、木条和木块了。我请来一个能干的木匠，想把它复原。木匠师傅瞅着它，抽着烟，最后摇了摇头。并且莫名其妙地瞧了我一眼，显然他不明白我何以有此意图——又不是复原一件破损的稀世古物。

它就这样在我的生活中没了。

我需要书桌，只得另买一张。新买的桌子宽大、实用、漆得锃亮，高矮也挺合适。我每每坐在这崭新却陌生的大书桌前，就觉得过去的一切像那不能再生的书桌一样，烟消云散，虚无缥缈，再也无从抓住似的⋯⋯

我因此感到隐隐的忧伤。不由得想起几句话，却想不起是谁说的了：

"呵，生活，你真迷人⋯⋯哪怕是久已过去的，也叫人割舍不得；哪怕是不幸的，也渐渐能化为深沉的诗。"

猫　婆

我那小阁楼的后墙外，居高临下是一条又长又深的胡同，我称它为猫胡同。每日夜半，这里是猫儿们无法无天的世界。它们戏耍、求偶、追逐、打架，叫得厉害时有如小孩扯着嗓子嚎哭。吵得人无法入睡时，便常有人推开窗大吼一声"去——"，或者扔块石头瓦片轰赶它们。我在忍无可忍时也这样怒气冲冲干过不少次，每每把它们赶跑，静不多时，它们又换个什么地方接着闹，通宵不绝。为了逃避这群讨厌的家伙，我真想换房子搬家。奇怪，哪来这么多猫，为什么偏偏都跑到这胡同里来聚会闹事？

一天，我到一位朋友家去串门，聊天，他养猫，而且视猫如命。

我说："我挺讨厌猫的。"

他一怔，扭身从墙角纸箱里掏出个白色的东西放在我手上。呀，一只毛线球大小雪白的小猫！大概它有点怕，缩成个团儿，小耳朵紧紧贴在脑袋上，一双纯蓝色亮亮的圆眼睛柔和又胆怯地望着我。我情不自禁赶快把它捧在怀里，拿下巴爱抚它蹭它毛茸茸的小脸，竟然对这朋友说："太可爱了，把它送给我吧！"

我这朋友笑了，笑得挺得意，仿佛他用一种爱战胜了我不该有的一种怨恨。他家大猫这次一窝生了一对小猫——一只一双金黄眼儿，一只一双天蓝色眼儿。尽管他不舍得送人，对我却例外地割爱了。似乎为了要在我身上培养出一种与他同样的爱心来；真正的爱总希望大家共享，尤其对我这个厌猫者。

　　小猫一入我家，便成了我全家人的情感中心。起初它小，趴在我手掌上打盹睡觉，我儿子拿手绢当被子盖在它身上，我妻子拿眼药瓶吸牛奶喂它。它呢，喜欢像婴儿那样仰面躺着吃奶，吃得高兴时便用四只小毛腿抱着你的手，伸出柔软的、细砂纸似的小红舌头亲昵地舔你的手指尖……这样，它长大了，成为我家中的一员，并有着为所欲为的权利——睡觉可以钻进任何人的被窝儿，吃饭可以跳到桌上，蹲在桌角，想吃什么就朝什么叫，哪怕最美味的一块鱼肚或鹅肝，我们都会毫不犹豫地让给它。嘿，它夺去我儿子受宠的位置，我儿子却毫不妒忌它，反给它起了顶漂亮、顶漂亮的名字，叫蓝眼睛。这名字起得真好！每当蓝眼睛闯祸——砸了杯子或摔了花瓶，我发火了，要打它，但只要一瞅它那纯净光澈、惊慌失措的蓝眼睛，心中的火气顿时全消，反而会把它拥在怀里，用手捂着它那双惊恐瞪大的蓝眼睛，不叫它看，怕它被自己的冒失吓着……
　　我也是视猫如命了。

　　入秋，天一黑，不断有些大野猫出现在我家的房顶上，大概都是从后面猫胡同爬上来的吧。它们个个很丑，神头鬼脸向屋里张望。它们一来，蓝眼睛立即冲出去，从晾台蹿上屋顶，和它们对吼、厮打，互相穷追不舍。我担心蓝眼睛被这些大野猫咬死，关紧通向晾台的门，蓝眼睛便发疯似的抓门，还哀哀地向我乞求，后来我知道蓝眼睛是小母猫，它在发狂地爱，我便打开门不再阻拦。它天天夜出晨归，归来时，浑身滚满尘土，两眼却分外兴奋明亮，像蓝宝石。就这样，在很冷的一天夜里出去了，没再回来，我妻子站在晾台上拿根竹筷子"当当"敲着它的小饭盆，叫它，一连三天，期待落空。意想不到的灾难降临——蓝眼睛丢了！

情感的中心突然失去，家中每个人全空了。

我不忍看妻子和儿子噙泪的红眼圈，便房前房后去找。黑猫、白猫、黄猫、花猫、大猫、小猫，各种模样的猫从我眼前跑过，唯独没有蓝眼睛……懊丧中，一个孩子告诉我，猫胡同顶里边一座楼的后门里，住着一个老婆子，养了一二十只猫，人称猫婆，蓝眼睛多半是叫她的猫勾去的。这话点亮了我的希望。

当夜，我钻进猫胡同，在没有灯光的黑暗里寻到猫婆家的门，正想察看情形，忽听墙头有动静，抬头吓一跳，几只硕大的猫影黑黑地蹲在墙上。我轻声一唤"蓝眼睛"，猫影全都微动，眼睛处灯光似的一闪一闪，并不怕人。我细看，没有蓝眼睛，就守在墙根下等候，不时一只走开，跳进院里，不时又从院里爬上一只来，一直没等到蓝眼睛，但这院里似乎是个大猫洞，我那可怜的宝贝多半就在里边猫婆的魔掌之中了。我冒冒失失地拍门，非要进去看个究竟不可。

门打开，一个高高的老婆子出现——这就是猫婆了。里边亮灯，她背光，看不清面孔，只是一条墨黑墨黑神秘的身影。

我说我找猫，她非但没拦我，反倒立刻请我进屋去。我随她穿过小院，又低头穿过一道小门，是间阴冷的地下室。一股浓重噎人的猫味马上扑鼻而来。屋顶很低，正中吊下一个很脏的小灯泡，把屋内照得昏黄。一个柜子，一座生铁炉子，一张大床，地上几只放猫食的破瓷碗，再没别的，连一把椅子也没有。

猫婆上床盘腿而坐，她叫我也坐在床上。我忽见一团灰涂涂的棉被上，东一只西一只横躺竖卧着几只猫。我扫一眼这些猫，还是没有蓝眼睛。猫婆问我："你丢那猫什么样儿？"我描述一遍，她立即叫道："那大白波斯猫吧？长毛？大尾巴？蓝眼睛？见过见过，常从房上下来找我们玩，还在我们这儿吃过东西呢，多疼人的宝贝！丢几天了？"我盯住她那略显浮肿、苍白无光的老脸看，只有焦急，却无半点装假的神气。我说："五六天了。"她的脸顿时阴沉下来，停了片刻才说："您甭找了，回不来了！"我很疑心这话为了骗我，目光搜寻可能藏匿蓝眼睛的地方。这时，猫婆的手忽向上一指，呀，迎面横着的铁烟囱上，竟然还趴着好一大长排各种各样的猫！有的眼睛看我，有的闭眼睡觉，它们是在借着烟囱的热气取暖。

　　猫婆说："您瞧瞧吧，这都是叫人打残的猫！从高楼上摔坏的猫！我把它们拾回来养活的。您瞧那只小黄猫，那天在胡同口叫孩子们按着批斗，还要烧死它，我急了，一把从孩子们手里抢出来的！您想想，您那宝贝丢了这么多天，哪还有好？现在乡下常来一伙人，下笼子逮猫吃，造孽呀！他们在笼里放了鸟儿，把猫引进去，笼门就关上……前几天我的一只三花猫就没了。我的猫个个喂得饱饱的，不用鸟儿绝对引不走，那些狼心狗肺的家伙，吃猫肉，叫他们吃！吃得烂嘴、烂舌头、浑身烂、长疮、烂死！"

　　她说得脸抖，手也抖，点烟时，烟卷抖落在地。烟囱上那小黄猫，瘦瘦的，尖脸，很灵，立刻跳下来，叼起烟，仰起嘴，递给她。猫婆笑脸开花，咧着嘴不住地说："瞧，您瞧，这小东西多懂事！"像在夸赞她的一个小孙子。

　　我还有什么理由疑惑她？面对这天下受难猫儿们的救护神，告别出来时，不觉带着一点惭愧和狼狈的感觉。

蓝眼睛的丢失虽使我伤心很久,但从此不知不觉我竟开始关切所有猫儿的命运。猫胡同再吵再闹也不再打扰我的睡眠,似乎有一只猫叫,就说明有一只猫活着,反而令我心安。猫叫成了我的安眠曲……

转过一年,到了猫儿们求偶时节,猫胡同却忽然安静下来。

我妻子无意间从邻居那里听到一个不幸的消息:猫婆死了。同时——在她死后——才知道关于她在世时的一点点经历。

据说,猫婆本是先前一个开米铺老板的小婆,被老板的大婆赶出家门,住在猫胡同那座楼第一层的两间房子里。后又被当做资本家老婆,轰到地下室,她无亲无故,孑然一身,拾纸为生,以猫为伴,但她所养的猫没有一个良种好猫,都是拾来的弃猫、病猫和残猫。她天天从水产店拣些臭鱼烂虾煮了,放在院里喂猫,也就招引一些无家可归的野猫来填肚充饥,有的干脆在她家落脚。她有猫必留,谁也不知道她家到底有多少只猫。

"文革"前,曾有人为她找个伴儿,是个卖肉的老汉。结婚不过两个月,老汉忍受不了这些猫闹、猫叫、猫味儿,就搬出去住。人们劝她扔掉这些猫,接回老汉,她执意不肯,坚持与这些猫共享着无人能解的快乐。

前两个月,猫婆急病猝死,老汉搬回来,第一件事便是把这些猫统统轰走,被赶跑的猫儿依恋故人故土,每每回来,必遭老汉一顿死打,这就是猫胡同忽然不明不白静下来的根由了。

这消息使我的心一揪。那些猫,那些在猫婆床上、被上、烟囱上的猫,那些残的、病的、瞎的猫儿们呢?那只尖脸的、瘦瘦的、为猫婆叼烟卷的小黄猫呢?如今漂泊街头、饿死他乡,被孩子弄死,还是叫人用笼子捉去吃掉了?一种伤感与忧虑从我心里漫无边际地散开,散出去,随后留下的是一片沉重的空茫。这夜,我推开后窗向猫胡同望下去,只见月光下,猫婆家四周的房顶墙头趴着一只只猫影,大约有七八只,黑黑的,全都默不作声。这都是猫婆那些生死相依的伙伴,它们等待着什么呀?

从这天起,我常常把吃剩下的一些东西,一块馒头、一个鱼头或一片饼扔进猫胡同里去,这是我仅能做到的了,但这年里,我也不断听到一些猫这样或那样死去的消息,即使街上一只猫被轧死,我都认定必是那些从猫婆家里被驱赶出来的流浪儿。入冬后,我听到一个令人颤栗的故事——

我家对面一座破楼修理瓦顶。白天里瓦工们换瓦时活没干完,留下个洞,一只猫为了御寒钻了进去,第二天瓦工们盖上瓦走了,这只猫无法出来,急得在里边叫。住在这楼顶层的五六户人家都听到猫叫,还有在顶棚上跑来跑去的声音,但谁家也不肯将自家的顶棚捅坏,放它出来。这猫叫了三整天,开头声音很大,很惨,瘆人,但一天比一天声音微弱下来,直至消失!

听到这故事,我彻夜难眠。

更深夜半,天降大雪,猫胡同里一片死寂,这寂静化为一股寒气透进我的肌骨。忽然,后墙下传来一声猫叫,在大雪涂白了的胡同深处,猫婆故居那墙头上,孤零零趴着一只猫影,在凛冽中蜷缩一团,时不时哀叫一声,甚是凄婉。我心一动,是那尖脸小黄猫吗?忙叫声:"咪咪!"想下楼去把它抱上来,谁知一声唤,将它惊动,起身慌张跑掉。

猫胡同里便空无一物。只剩下一片夜的漆黑和雪的惨白,还有奇冷的风在这又长又深的空间里呼啸。

空 屋

　　好像家里人谁也不肯说,为什么后院那间小屋一直空着,锁着,甚至连院子也很少人去。这空屋便常常隐在几株大梧桐深幽的、湿漉漉的阴影里,红砖墙几乎被苔涂绿,黝黑的檐下总是挂着一些亮闪闪的大蜘蛛网。一入秋,大片大片黄黄的落叶就粘在蛛网上,片片姿态都美,它们还把地面铺得又厚又软,奇怪的是很少有鸟儿飞到这院里来,这便在它的荒芜中加进一点阴森的感觉;影影绰绰,好像听说这屋闹鬼——空屋里常有人走动,还有女人咯咯笑,茶壶自己竟会抬起来斟水……弄不清这是从哪个鬼故事里听来的,还就是这空屋里发生过的令人毛骨悚然的事。那时我小,儿时常把真假混记在一起。

　　一个夏夜,我隔窗清晰听到后院这空屋突然发出"叭"的一声,好像谁用劲把一根棍子掰断,分明有人!鬼?当时,只觉得自己身子缩得很小很小,眼睛瞪得老大老大,脖子不敢也不能转动了。母亲以为我得了什么急病,问我,我不敢说,最可怕的事都是怕说出来的。从这次起我连通往后院的小门都不敢接近,以致一穿过那段走廊,两条胳膊的鸡皮疙瘩马上全鼓起来。但上楼梯必须横穿过这走廊,每次都是慌慌张张连蹿带跳冲过去,不止一次滑倒跌跤,还跌断过一颗门牙,做了半年多的"没牙佬"。在我的童年里,这空屋是我的一个阴影、威胁、精神包袱,和各种可怕的想像与噩梦的来源。

　　后来,长大一些,父亲叫我随他去后院这空屋里拿东西,我慑于父亲的威严，被迫第一次走进这鬼的世界。

我紧贴在父亲的身后，左右胆战心惊地瞅这屋，竟然和我生来对它所有猜想都绝然不同。没有骷髅、白骨、血手印和任何怪物，而是一间静得要死的素雅的小书房：几架子书，一个书桌，一张小床，一个带椭圆形镜子的小衣柜。屋里的主人好像突然在某一个时候离去——桌上的铜墨盒打开着，床上的被子没叠，地上的果核也没清扫，便被时间的灰尘一层层封闭了。我从来没见过哪一间屋子有这么厚的尘土，积在玻璃杯里的灰尘足有半寸厚，杯子外边的灰尘也同样厚，一切物品都陷没并凝固在逝去的岁月里。灰蒙蒙的，看上去像一幅淡淡而又冷漠的水墨画。

灰尘是时间的物质。它隔离人与物，今与昔，但灰尘下边呢？什么东西暗暗相连？

一间房子里如果有人住，虽然天天使用房中的一切，它们反而不会损坏，这大概是由于人的精神照射在这些物品上，它们带着活人的气息，与人的生命有光、有色、有声、有机地混合一起；但如果这房子久无人住，它们便全死了，呆在那儿自己竟然会开裂、脱落、散架、坏掉……奇怪吗？不不，人创造的一切因人而在。人旺而物荣，人灭而物毁。只见这书桌前的座椅已经散成一堆木棍，有如零落的尸骨；蚊帐粉化了，依稀还有些丝缕耷拉在床架上，好像吹口气便化成一股烟；头顶上双股灯线断了一根，灯儿带着伞状的灯罩斜垂着；迎面的几个书架最惨，木框大多脱开，上边的书歪歪斜斜或成堆地掉落在尘埃里……忽然，吓我一跳！什么东西在动？那椭圆镜子里的自己？鬼！我看见了一个人！我的叫声刚到嗓子眼儿，再瞧，原来是墙上旧式镜框里一个陌生的男青年的照片——他隔着尘污的玻璃炯炯望着我，目光直视，冷冷的，有点怕人。他是谁？这空屋原先的主人吗？我可从来没见过这个梳中分头、穿西装、领口系黑色蝴蝶结的人！他早死了吗？空屋里那些吓人的动静莫非就是他的幽灵作祟？

父亲拿了一盏台灯和字典，把那铜墨盒和铜笔架放在我手里。我抢在父亲前面赶快走出这空屋。经我再三追问，母亲才告诉我——

墙上那照片里的青年确实早已死去。他竟是我的堂兄！他在上大学时，被他痴爱的女友抛弃，从此每当上哲学课，就对一位不相干的教哲学的女教师嘿嘿傻笑，这才知道他疯了。那女友与他分手时送给他一支双朵的芭兰花。那是用细铁丝拧成的双杈的小叉子，把一对芭兰花插在上边。他便天天捏着这对花忽笑忽哭，直到花儿烂掉，没了，他依旧举着这光光的小叉子用鼻子闻，后来大概他意识到没有花了，就把小叉往鼻孔里插，常常鼻孔被插出血来，终于一天，他把这小叉子插在电插座上，结束了痛苦绝望的人生。据说那一瞬间，我家电闸的保险丝断了，所有灯齐灭，全楼一片漆黑。

我那时还不懂爱情这东西如此厉害，但它的刺激性全部感受到了。虽然我对这位堂兄全无印象，他是在我三岁时去世的，可随着我渐渐长大，就一点点悟出我这同胞灵魂中曾经承受和不能承受的是些什么。对鬼的幻觉与惧怕也就随之消失，但我仍不肯再走进这空屋。在我那同胞与世绝决之时，这空屋里的一切都不曾给他一点牵挂与挽留呵！这是个无情的空间，一如漠漠人生。我讨厌那屋里所有东西，似乎都是冰冷的、不祥的，像一堆尸骨。我不明白父亲为什么要用那台灯、墨盒和笔架。尤其当那台灯在父亲的书案上亮起，一看这惨白清冷的灯光，我心里便禁不住打个寒噤。世界上所有台灯的灯光都有一种温情呵。

我认定自己终生不会走进这空屋，但第二次进去却是另一种更加意想不到的感受。

"文革"初的一天，突如其来，我家被彻底捣毁，父亲被弄到屋顶上批斗，他随时可能被推下来或者自己跳下来；母亲给拉到大街上，被迫和几个挨整的妇女跪着赛跑。许多陌生人围在门外喊口号，一个老邻居家的孩子带领红卫兵用棍棒斧头把我家扫荡得粉粉碎，直到天黑他们才退去。我一家人坐在被砸毁的成堆成堆的破烂东西上，战战兢兢，不知何时会有人闯进来，再发生什么祸事。这世界变得无法无天，无论谁都可以对我们构成致命的威胁。更深夜半时，近处和远处还在响着喊斗呼打声，我们不敢开灯，不敢出音，黑夜有如恐怖无边地、紧紧地包裹着我……

后来，疲惫不堪的父母和妹妹卧在地上睡着了，不知为什么，我独自起身悄悄穿过走廊和后院，走进那一向被我拒绝的空屋。脚一踏入，那是怎样一个异样宁静的空间呵。

我先在屋中央，月光射入的银白照眼的一块地上蹲下来，瞅着一片片清晰而如墨的梧桐叶影；四周，透过黑色透明的空气，书架家具一件件朦朦胧胧地显现出来。随之而来的是一种很奇怪的感觉，屋中这些陌生的、无生命、本来被我看做是无情无义的死东西，此刻对我反而都是这世上独有的无伤害和保护的了。一切有关的都不安全、一切无关的才最安全。隐隐约约，黑糊糊的墙上、我那疯了并死了的堂兄正冷冷地瞅着我；镜框可能被抄家的人打歪，堂兄的脸也歪着，更添一种活生生的神情，我丝毫不怕、却很想他能像鬼那样走下来，和我说话，反倒会驱散现实压在我心上非常具体的恐怖。我紧紧盯着他，等他，盼他的鬼魂出现……不知不觉进入一种从未经验过的境界：安慰、逃脱与超然。

整整一夜，我享受着这空屋。

花　脸

做孩子的时候，盼过年的心情比大人来得迫切，吃穿玩乐花样都多，还可以把拜年来的亲友塞到手心里的一小红包压岁钱都积攒起来，做个小富翁。但对于孩子们来说，过年的魅力还有更一层深在的缘故，便是我要写在这几张纸上的。

每逢年至，小闺女们闹着戴绒花、穿红袄、嘴巴涂上浓浓的胭脂团儿；男孩子们的兴趣都在鞭炮上，我则不然，最喜欢的是买个花脸戴。这是种纸浆轧制成的面具，用渗胶的彩粉画上戏里边那些有名有姓、威风十足的大花脸。后边拴根橡皮条，往头上一套，自己俨然就变成那员虎将了。这花脸是依脸形扎的，眼睛处挖两个孔，可以从里边往外看。但鼻子和嘴的地方不通气儿，一戴上，好闷，还有股臭胶和纸浆的味儿；说出话来，声音变得低粗，却有大将威武不凡的气概，神气得很。

一年年根，舅舅带我去娘娘宫前年货集市上买花脸。过年时人都分外有劲，挤在人群里好费力，终于从挂满在一条横竿上的花花绿绿几十种花脸中，惊喜地发现一个。这花脸好大，好特别！通面赤红，一双墨眉，眼角雄俊地吊起，头上边突起一块绿包头，长巾贴脸垂下，脸下边是用马尾做的很长的胡须。这花脸与那些愣头愣脑、傻头傻脑、神头鬼脸的都不一样。虽然毫不凶恶，却有股子凛然不可侵犯的庄重之气，咄咄逼人。叫我看得直缩脖子，要是把它戴在脸上，管叫别人也吓得缩脖子。我竟不敢用手指它，只是朝它扬下巴，说："我要那个大红脸！"

卖花脸的小罗锅儿，举竿儿挑下这花脸给我，龇着黄牙笑嘻嘻说："还是这小少爷有眼力，要做关老爷！关老爷还得拿把青龙偃月刀呢！我给您挑把顶精神的！"说着从戳在地上的一捆刀枪里，抽出一柄最漂亮的大刀给我。大红漆杆，金黄刀面，刀面上嵌着几块闪闪发光的小镜片，中间画一条碧绿的小龙，还拴一朵红缨子。这刀！这花脸！没想到一下得到两件宝贝。我高兴得只是笑，话都说不出。舅舅付了钱，坐三轮车回家时，我就戴着花脸，倚着舅舅的大棉袍执刀而立，一路引来不少人瞧我，特别是那些与我般般大的男孩子们投来艳羡的目光时，使我快活之极。舅舅给我讲了许多关公的故事，过五关、斩六将、温酒斩华雄。边讲边说："你好英雄呀！"好像在说我的光荣史。当他告我这把青龙偃月刀重八十斤，我简直觉得自己力大无穷。舅舅还教我用京剧自报家门的腔调说：

"我——姓关，名羽，字云长。"

到家，人人见人人夸，妈妈似乎比我更高兴。连总是厉害地板着脸的爸爸也含笑称我"小关公"。我推开人们，跑到穿衣镜前，横刀立马地一照，呀，哪里是小关公，我是大关公哪！

这样，整个大年三十我一直戴着花脸，谁说都不肯摘，睡觉时也戴着它，还是睡着后我妈妈轻轻摘下放在我枕边的，转天醒来头件事便是马上戴上，恢复我这"关老爷"的本来面貌。

大年初一，客人们陆陆续续来拜年，妈妈喊我去，好叫客人们见识见识我这关老爷。我手握大刀，摇晃着肩膀，威风地走进客厅，憋足嗓门叫道："我——姓关，名羽，字云长。"

客人们哄堂大笑，都说："好个关老爷，有你守家，保管大鬼小鬼进不来！"

我愈发神气，大刀呼呼抡两圈，摆个张牙舞爪的架势，逗得客人们笑个不停。只要客人来，妈妈就喊我出场表演。妈妈还给我换上只有三十夜拜祖宗时才能穿的那件青缎金花的小袍子。我成了全家过年的主角。连爸爸对我也另眼看待了。

我下楼一向不走楼梯。我家楼梯扶手是整根的光亮的圆木。下楼时便一条腿跨上去，"哧溜"一下滑到底。这时我就故意躲在楼上，等客人来突然由天而降，叫他们惊奇，效果会更响亮！

初一下午，来客进入客厅，妈妈一喊我，我跨上楼梯扶手飞骑而下，呜呀呀大叫一声闯进客厅，大刀上下一抡，谁知用力过猛，脚底没根，身子栽出去，"叭"地巨响，大刀正砍在花架上一尊插桃枝的大瓷瓶上，哗啦啦粉粉碎，只见瓷片、桃枝和瓶里的水飞向满屋，一个瓷片从二姑脸旁飞过，险些擦上了；屋内如淋急雨，所有人穿的新衣裳都是水渍；再看爸爸，他像老虎一样直望着我，哎哟，一根开花的小桃枝迎面飞去，正插在他梳得油光光的头发里。后来才知道被我打碎的是一尊祖传的乾隆官窑百蝶瓶，这简直是死罪！我坐在地上吓傻了，等候爸爸上来一顿狠狠的揪打。妈妈的神气好像比我更紧张，她一下抓不着办法救我，瞪大眼睛等待爸爸的爆发。

就在这生死关头，二姑忽然破颜而笑，拍着一双雪白的手说道：

"好呵，好呵，今年大吉大利，岁（碎）岁（碎）平安呀！哎，关老爷，干吗傻坐在地上，快起来，二姑还要看你耍大刀哪！"

谁知二姑这是使什么法术，绷紧的气势霎时就松开了。另一位姨婆马上应和说："旧的不去，新的不来，不除旧，不迎新。您等着瞧吧，今年非抱个大金娃娃不成，是吧！"她满脸欢笑朝我爸爸说，叫他应声。其他客人也一拥而上，说吉祥话，哄爸爸乐。

这些话平时根本压不住爸爸的火气，此刻竟有神奇的效力，迫使他不乐也得乐。过年乐，没灾祸。爸爸只得嘿嘿两声，点头说：

"呵，好、好、好……"

尽管他脸上的笑纹明显含着被克制的怒意，我却奇迹般地因此逃脱开一次严惩。妈妈对我丢了眼色，我立刻爬起来，拖着大刀，狼狈而逃。身后还响着客人们着意的拍手声、叫好声和笑声。

往后几天里，再有拜年的客人来，妈妈不再喊我，节目被取消了。我躲在自己屋里很少露面，那把大刀也掖在床底下，只是花脸依旧戴着，大概躲在这硬纸后边再碰到爸爸时有种安全感。每每从眼孔里望见爸爸那张阴沉含怒的脸，不再觉得自己是关老爷，而是个可怜虫了！

过了正月十五，大年就算过去了。我因为和妹妹争吃撤下来的祭灶用的糖瓜，被爸爸抓着腰提起来，按在床上死揍了一顿。我心里清楚，他是把打碎花瓶的罪过加在这件事上一起清算，因为他盛怒时，向我要来那把惹祸的大刀，用力折成段，大花脸也撕成碎片片。

从这事，我悟到一个祖传的概念：一年之中唯有过年这几天是孩子们的自由日，在这几天里无论怎样放胆去闹，也不会立刻得到惩罚。这便是所有孩子都盼望过年深在的缘故。当然那被撕碎的花脸也提醒我，在这有限的自由里可得勒着点自己，当心事后加倍的算账。

快 手 刘

  人人在童年,都是时间的富翁。胡乱挥霍也使不尽。有时呆在家里闷得慌,或者父亲嫌我太闹,打发我出去玩玩,我就不免要到离家很近的那个街口,去看快手刘变戏法。

  快手刘是个撂地摆摊卖糖的胖大汉子。他有个随身背着的漆成绿色的小木箱,在哪儿摆摊就把木箱放在哪儿。箱上架一条满是洞眼的横木板,洞眼插着一排排廉价而赤黄的棒糖。他变戏法是为吸引孩子们来买糖。戏法十分简单,俗称"小碗扣球"。一块绢子似的黄布铺在地上,两个白瓷小茶碗,四个滴溜溜的大红玻璃球儿,就这再普通不过的三样道具,却叫他变得神出鬼没。他两只手各拿一个茶碗,你明明看见每个碗下边扣着两个红球儿,你连眼皮都没眨动一下,嘿!四个球儿竟然全都跑到一个茶碗下边去了,难道这球儿是从地下钻过去的?他就这样把两只碗翻来翻去,一边叫天喊地,东指一下手,西吹一口气,好像真有什么看不见的神灵做他的助手,四个小球儿忽来忽去,根本猜不到它们在哪里。这种戏法比舞台上的魔术难变,舞台只一边对着观众,街头上的土戏法,前后左右围着一圈人,人们的视线从四面八方射来,容易看出破绽。有一次,我亲眼瞧见他手指飞快地一动,把一个球儿塞在碗下边扣住,便禁不住大叫:

  "在右边那个碗底下哪,我看见了!"

  "你看见了?"快手刘明亮的大眼珠子朝我惊奇地一闪,跟着换了一种正经的神气对我说:"不会吧!你可得说准了。猜错就得买我的糖。"

"行！我说准了！"我亲眼所见，所以一口咬定。自信使我的声音非常响亮。

谁知快手刘哈哈一笑，突然把右边的茶碗翻过来。

"瞧吧，在哪儿呢？"

咦，碗下边怎么什么也没有呢？只有碗口压在黄布上一道圆圆的印子。难道球儿穿过黄布钻进左边那个碗下边去了？快手刘好像知道我怎么猜想，伸手又把左边的茶碗掀开，同样什么也没有！球儿都飞了？只见他将两只空碗对口合在一起，举在头顶上，口呼一声："来！"双手一摇茶碗，里面竟然哗哗响，打开碗一看，四个球儿居然又都出现在碗里边。怪，怪，怪！

四边围看的人发出一阵惊讶不已的唏嘘之声。

"怎么样？你输了吧！不过在我这儿输了决不罚钱，买块糖吃就行了。这糖是纯糖稀熬的，单吃糖也不吃亏。"

我臊得脸皮发烫，在众人的笑声里买了块棒糖，站在人圈后边去。从此我只站在后边看了，再不敢挤到前边去多嘴多舌。他的戏法，在我眼里真是无比神奇了。这也是我童年真正钦佩的一个人。

他那时不过四十多岁吧，正当年壮，精饱神足，肉重肌沉，皓齿红唇，乌黑的眉毛像用毛笔画上去的。他蹲在那里活像一只站着的大白象。一边变戏法，一边卖糖，发亮而外突的眸子四处流盼，照应八方；满口不住说着逗人的笑话。一双胖胖的手，指肚滚圆，却转动灵活，那四个小球就在这双手里忽隐忽现。我当时有种奇想，他的手好像是双层的，小球时时藏在夹层里。唉唉，孩提时代的念头，现在不会再有了。

这双异常敏捷的手，大概就是他绰号"快手刘"的来历。他也这样称呼自己，以致在我们居住那一带无人不知他的大名。我童年的许多时光，就是在这最最简单又百看不厌的土戏法里，在这一直也不曾解开的迷阵中，在他这双神奇莫测、令人痴想不已的快手之间消磨的。他给了我多少好奇的快乐呢？

那些伴随着童年的种种人和事，总要随着童年的消逝而远去。我上中学以后就不常见到快手刘了。只是路过那路口时，偶尔碰见他。他依旧那样兴冲冲地变"小碗扣球"，身旁摆着插满棒糖的小绿木箱。此时我已经是懂事的大孩子了，不再会把他的手想像成双层的，却依然看不出半点破绽，身不由己地站在那里，饶有兴致地看了一阵子。我敢说，世界上再好的剧目，哪怕是易卜生和莎士比亚，也不能像我这样成百上千次看个不够。

我上高中是在外地。人一走，留在家乡的童年和少年就像合上的书。往昔美好的故事，亲切的人物，甜醉的情景，就像鲜活的花瓣夹在书页里，再翻开都变成了干枯了的回忆。谁能使过去的一切复活？那去世的外婆、不知去向的挚友，妈妈乌黑的鬓发，久已遗失的那些美丽的书，那跑丢了的蓝眼睛的小白猫……还有快手刘。

高中二年级的暑期，我回家度假。一天在离家不远的街口看见十多个孩子围着什么又喊又叫。走近一看，心中怦然一动，竟是快手刘！他依旧卖糖和变戏法，但人已经大变样子。十年不见，他好像度过了二十年。模样接近了老汉。单是身旁摆着的那只木箱，就带些凄然的样子。它破损不堪，黑糊糊，黏腻腻，看不出一点先前那悦目的绿色。横板上插糖的洞孔，多年来给棒糖的竹棍捅大了，插在上边的棒糖东倒西歪。再看他，那肩上、背上、肚子上、臂上的肉都到哪儿去了呢，饱满的曲线没了，衣服下处处凸出尖尖的骨形来；脸盘仿佛小了一圈，眸子无光，更没有当初左顾右盼、流光四射的精神。这双手尤其使我动心——他分明换了一双手！手背上青筋缕缕，污黑的指头上绕着一圈圈皱纹，好像吐尽了丝而皱缩下去的老茧……于是，当年一切神秘的气氛和绝世的本领都从这双手上消失了。他抓着两只碗口已经碰得破破烂烂的茶碗，笨拙地翻来翻去，那四个小球儿，一会儿没头没脑地撞在碗边上，一会儿从手里掉下来。他的手不灵了！孩子们叫起来："球在那儿呢！""在手里哪！""指头中间夹着哪！"在这喊声里，他慌张，手就愈不灵，抖抖索索搞得他自己也不知道球儿都在哪里了。无怪乎四周的看客只是寥寥一些孩子。

"在他手心里，没错！决没在碗底下！"有个光脑袋的胖小子叫道。

我也清楚地看到，在快手刘扣过茶碗的时候，把地上的球儿取在手中。这动作缓慢迟钝，失误就十分明显。孩子们吵着闹着叫快手刘张开手，快手刘的手却攥得紧紧的，朝孩子们尴尬地掬出笑容。这一笑，满脸皱纹都挤在一起，好像一个皱纸团。他几乎用请求的口气说：

"是在碗里呢！我手里边什么也没有……"

当年神气十足的快手刘哪会用这种口气说话？这些稚气又认真的孩子们偏偏不依不饶，非叫快手刘张开手不可。他哪能张手，手一张开，一切都完了。我真不愿意看见快手刘这一副狼狈的、惶惑的、无措的窘态。多么希望他像当年那次——由于我自作聪明，揭他老底，迫使他亮出一个捉摸不透的绝招。小球突然不翼而飞，呼之即来。如果他再使一下那个绝招，叫这些不知轻重的孩子们领略一下名副其实的快手刘而瞠目结舌多好！但他老了，不再会有那花好月圆的岁月年华了。

我走进孩子们中间,手一指快手刘身旁的木箱说:

"你们都说错了,球儿在这箱子上呢!"

孩子们给我这突如其来的话弄得莫名其妙,都瞅那木箱,就在这时,我眼角瞥见快手刘用一种尽可能的快速度把手里的小球塞到碗下边。

"球在哪儿呢?"孩子们问我。

快手刘笑呵呵翻开地上的茶碗说:

"瞧,就在这儿哪!怎么样?你们说错了吧,买块糖吧,这糖是纯糖熬的,单吃糖也不吃亏。"

孩子们给骗住了,再不喊闹。一两个孩子掏钱买糖,其余的一哄而散。随后只剩下我和从窘境中脱出身来的快手刘,我一扭头,他正瞧我。他肯定不认识我。他皱着花白的眉毛,饱经风霜的脸和灰蒙蒙的眸子里充满疑问,显然他不明白,我这个陌生的青年何以要帮他一下。

捅马蜂窝

爷爷的后院虽小，它除去堆放杂物，很少人去，里边的花木从不修剪，快长疯了！枝叶纠缠，阴影深浓，却是鸟儿、蝶儿、虫儿们生存和嬉戏的一片乐土，也是我儿时的乐园。我喜欢从那爬满青苔的湿漉漉的大树干上，取下一只又轻又薄的蝉衣，从土里挖出筷子粗肥大的蚯蚓，把团团飞舞的小蟣虫赶到蜘蛛网上去。那沉甸甸压弯枝条的海棠果，个个都比市场买来的大。这里，最壮观的要数爷爷窗檐下的马蜂窝了，好像倒垂的一只大莲蓬，无数金黄色的马蜂爬进爬出，飞来飞去，不知忙些什么，大概总有百十只之多，以致爷爷不敢开窗子，怕它们中间哪个冒失鬼一头闯进屋来。

"真该死，屋子连透透气儿也不能，哪天请人来把这马蜂窝捅下来！"奶奶总为这个马蜂窝生气。

"不行，要蜇死人的！"爷爷说。

"怎么不行？头上蒙块布，拿竹竿一捅就下来。"奶奶反驳道。

"捅不得，捅不得。"爷爷连连摇手。

我站在一旁，心里却涌出一种捅马蜂窝的强烈欲望。那多有趣！当我给这个淘气的欲望鼓动得难以抑制时，就找来妹妹，乘着爷爷午睡的当儿，悄悄溜到从走廊通往后院的小门口。我脱下褂子蒙住头顶，用扣上衣扣儿的前襟遮盖下半张脸，只需一双眼。又把两根竹竿接绑起来，作为捣毁马蜂窝的武器。我和妹妹约定好，她躲在门里，把住关口，待我捅下马蜂窝，赶紧开门放我进来，然后把门关住。

妹妹躲在门缝后边,眼瞧我这非凡而冒险的行动。我开始有些迟疑,最后还是好奇战胜了胆怯。当我的竿头触到蜂窝的一刹那,好像听到爷爷在屋内呼叫,但我已经顾不得别的,一些受惊的马蜂轰地飞起来,我赶紧用竿头顶住蜂窝使劲地摇撼两下,只听"通",一个沉甸甸的东西掉下来,跟着一团黄色的飞虫腾空而起,我扔掉竿子往小门那边跑,谁料到妹妹害怕,把门在里边插上,她跑了,将我关在门外。我一回头,只见一只马蜂径直而凶猛地朝我扑来,好像一架燃料耗尽、决心相撞的战斗机。这复仇者不顾一死而拼死的气势使我惊呆了。我抬手想挡住脸,只觉眉心像被针扎似的剧烈地一疼,挨蜇了!我捂着脸大叫,不知道谁开门把我拖到屋里。

当夜,我发了高烧。眉心处肿起一个枣大的疙瘩,自己都能用眼瞧见。家里人轮番用醋、酒、黄酱、万金油和凉手巾把儿,也没能使我那肿疮迅速消下来。转天请来医生,打针吃药,七八天后才渐渐复愈。这一下好不轻呢!我生病也没有过这么长时间,以致消肿后的几天里不敢到那通向后院的小走廊上去,生怕那些马蜂还守在小门口等着我。

过了些天,惊恐稍定,我去爷爷的屋子,他不在,隔窗看见他站在当院里,摆手召唤我去,我大着胆子去了,爷爷手指窗根处叫我看,原来是我捅掉的那个马蜂窝,却一只马蜂也不见了,好像一只丢弃的干枯的大莲蓬头。爷爷又指了指我的脚下,一只马蜂!我惊吓得差点叫起来,慌忙跳开。

"怕什么,它早死了!"爷爷说。

仔细瞧,噢,原来是死的。仰面朝天躺在地上,几只黑蚂蚁在它身上爬来爬去。

爷爷说：

"这就是蜇你的那只马蜂。马蜂就是这样，你不惹它，它不蜇你。它要是蜇了你，自己也就死了。"

"那它干吗还要蜇我呢，它不就完了吗？"

"你毁了它的家，它当然不肯饶你，它要拼命的！"爷爷说。

我听了心里暗暗吃惊。一只小虫竟有这样的激情和勇气。低头再瞧瞧那只马蜂，微风吹着它，轻轻颤动，好似活了一般。我不禁想起那天它朝我猛扑过来时那副视死如归的架势，与毁坏它们生活的人拼出一死，真像一个英雄……我面对这壮烈牺牲的小飞虫的尸体，似乎有种罪孽感沉重地压在我的心上。

那一窝马蜂呢，无家可归的一群呢，它们还会不会回来重建家园？我甚至想用胶水把那只空空的蜂窝粘上去。

这一年，我经常站在爷爷的后院里，始终没有等来一只马蜂。

转年开春，有两只马蜂飞到爷爷的窗檐下，落到被晒暖的木窗框上，然后还在过去的旧巢的残迹上爬了一阵子，跟着飞去而不再来。空空又是一年。

第三年，风和日丽之时，爷爷忽叫我抬头看，隔着窗玻璃看见窗檐下几只赤黄色的马蜂忙来忙去。在这中间，我忽然看到，一个小巧的、银灰色的、第一间蜂窝已经筑成了。

于是，我和爷爷面对面开颜而笑，笑得十分舒心。我不由得暗暗告诉自己，再不做一件伤害旁人的事。

谜

大概是我九岁那年的晚秋，因为穿着很薄的衣服在院里跑着玩，跑得一身汗，又站在胡同口去看一个疯子，招了风，病倒了。病得还不轻呢！面颊烧得火辣辣的，脑袋晃晃悠悠，不想吃东西，怕光，尤其受不住别人嗡嗡出声地说话……

妈妈就在外屋给我架一张床，床前的茶几上摆了几瓶味苦难吃的药，还有与其恰恰相反，挺好吃的甜点心和一些很大的梨。妈妈用手绢遮在灯罩上，嗯，真好！灯光细密的针芒再不来逼刺我的眼睛了，同时把一些奇形怪状的影子映在四壁上，为什么精神颓萎的人竟贪享一般地感到昏暗才舒服呢？

我和妈妈住的那间房有扇门通着。该入睡时，妈妈披一条薄毯来问我还难受不？想吃什么？然后，她低下身来，用她很凉的前额抵一抵我的头，那垂下来的毯边的丝穗弄得我的肩膀怪痒的。"还有点烧，谢天谢地，好多了……"她说。在半明半暗的灯光里，妈妈朦胧而温柔的脸上现出爱抚和舒心的微笑。

最后，她扶我吃了药，给我盖了被子，就回屋去睡了。只剩下我自己了。

我一时睡不着，便胡思乱想起来。总想编个故事解解闷，但脑子里乱得很，好像一团乱线，抽不出一个可以清晰地思索下去的线头。白天留下的印象搅成一团；那个疯子可笑和可怕的样子总缠着我，不想不行；还有追猫呀，大笑呀，死蜻蜓呀，然后是哥哥打我，挨骂了，呕吐了，又是挨骂，鸡蛋汤冒着热气儿……穿白大褂的那个老头,拿着一个连在耳朵上的冰凉的小铁疙瘩,一个劲儿地在我胸脯上乱摁;后来我觉得脑子完全混乱,不听使唤,便什么也不去想,渐渐感到眼皮很重,昏沉沉中,觉得茶几上几只黄色的梨特别刺眼,灯光也讨厌得很,昏暗、无聊、没用,呆呆地照着。睡觉罢,我伸手把灯闭了。

黑了!霎时间好像一切都看不见了。怎么这么安静、这么舒服呀……

跟着,月光好像刚才一直在窗外窥探,此刻从没拉严的窗帘的缝隙里钻了进来,碰到药瓶上、瓷盘上、铜门把手上,散发出淡淡发蓝的幽光。远处一家作坊的机器有节奏地响着,不一会儿也停下来了。偶尔,从很远很远的地方传来货轮的鸣笛声,声音沉闷而悠长……

灯光怎么使生活显得这么狭小,它只照亮身边;而夜,黑黑的,却顿时把天地变得如此广阔、无限深长呢?

我那个年龄并不懂得这些。思索只是简单、即时和短距离的;忧愁和烦恼还从未有乘着夜静和孤独悄悄爬进我的心里。我只觉得这黑夜中的天地神秘极了,浑然一气,深不可测,浩无际涯;我呢,这么小,无依无靠,孤孤单单;这黑洞洞的世界仿佛要吞掉我似的。这时,我感到身下的床没了,屋子没了,地面也没了,四处皆空,一切都无影无踪;自己恍惚悬在天上了,躺在软绵绵的云彩上……周围那样旷阔,一片无穷无尽的透明的乌蓝色,这云也是乌蓝乌蓝的;远远近近还忽隐忽现地闪烁着星星般五光十色的亮点儿……

这天究竟有多大,它总得有个尽头呀!哪里是边?那个边的外面是什么?又有多大?再外边……难道它竟无边无际吗?相比之下，我们多么小。我们又是谁这么活着，喘气，眨眼，我到底是谁呀！

我伸手摸摸自己的脸，鼻子，嘴唇，觉得陌生又离奇，挺怪似的……这究竟是怎么回事？

我是从哪儿来的，从前我在哪里，什么样子？我怎么成为现在这个我的？将来又怎么样？长大，像爸爸那么高，做事……再大，最后呢？老了，老了以后呢？这时我想起妈妈说过的一句话："谁都得老，都得死的。"

死？这是个多么熟悉的字眼呀！怎么以前我就从来没想过它意味着什么呢？死究竟意味着什么？像爷爷，像从前门口卖糖葫芦的那个老婆婆，闭上眼，不能说话，一动不动，好似睡着了一样。可是大家哭得那么伤心；到底还是把他们埋在地下了。为什么要把他们埋起来？他们不就永远也不能说话，也不能动，永远躺在厚厚的土地下了？难道就因为他们死了吗？忽然，我一阵感到死的神秘、阴冷和可怕，觉得周身就仿佛散出凉气来。

于是，哥哥那本没皮儿的画报里脸上长毛的那个怪物出现了，跟着是白天那只死蜻蜓，随时想起来都吓人的鬼故事；跟着，胡同口的那个疯子朝我走来了……黑暗中，出现许多爷爷那样的眼睛，大大小小，紧闭着，眼皮还在鬼鬼祟祟地颤动着，好像要突然睁开，瞪起怕人的眼珠儿来……

我害怕了，已从将要入睡的懵懂中完全清醒过来了。我想——将来，我也要死的，也会被人埋在地下，这世界就不再有我了。我也就再不能像现在这样踢球呀，做游戏呀，捉蟋蟀呀，看马戏时吃那种特别酸的红果片呀……还有时去舅舅家看那个总关得严严实实的迷人的大黑柜，逗那条瘸腿狗，到那乱七八糟、杂物堆积的后院去翻找"宝贝"……而且再也不能"过年"了，那样地熬夜、拜年、放烟火、攒压岁钱；表哥把点着的鞭炮扔进鸡窝去，吓得鸡像鸟儿一样飞到半空中，乐得我喘不过气来；我们还瞒着妈妈去野坑边钓鱼，钓来一条又黄又丑的大鱼，给馋嘴的猫咪咪饱餐了一顿；下雨的晚上，和表哥躺在被窝里，看窗外打着亮闪，响着大雷……活着有多少快活的事，死了就完了。那时，表哥呢？妹妹呢？爸爸妈妈呢？他们都会死吗？他们知道吗？怎么也不害怕呀！我们能够不死吗？活着有多好！大家都好好活着，谁也不死。可是，可是不行啊……"谁都得老，都得死的。"死，这时就像拥有无限威力似的，而且严酷无情。在它面前，我那么无力，哀求也没用，大家都一样，只有顺从，听摆布，等着它最终的来临……想到这里，尤其是想到妈妈，我的心简直冷得发抖。

妈妈将来也会死吗？她比我大，会先老，先死的。她就再不能爱我了。像现在这样，脸挨着脸，搂我，亲我……她的笑，她的声音、她柔软而暖和的手，她整个人，在将来某一天就会一下子永远消失了吗？她会有多少话想说，却不能说，我也就永远无法听到了；她再看不见我，我的一切她也不再会知道。如果那时我有话要告诉她呢？到哪儿去找她？她也得被埋在地下吗？土地、坚硬、潮湿、冷冰冰的……我真怕极了。先是伤心、难过、流泪，而后愈想愈加心虚害怕，急得蹬起被来。趁妈妈活着的时光，我要赶紧爱她，听她的话，不惹她生气，只做让大家和妈妈高兴的事。哪怕她还骂我，我也要爱她，快爱，多爱；我就要起来跑到她房里，紧紧搂住她……

四周黑极了，这一切太怕人了。我要拉开灯，但抓不着灯线，慌乱的手碰到茶几上的药瓶。我便失声哭叫起来："妈妈，妈妈……"

灯忽然亮了。妈妈就站在床前。她莫名其妙地看着我："怎么，做噩梦了？别怕……孩子，别怕。"

她俯身又用前额抵一抵我的头。这回她的前额不凉，反而挺热的了。"好了，烧退了。"她宽心而温柔地笑着。

刚才的恐怖感还没离开我。这是怎么回事？我茫然地望着她，有种异样的感觉。一时，我很冲动，要去拥抱她，但只微微挺起胸脯，脑袋却像灌了铅似的沉重，刚刚离开枕头，又坠倒在床上。

"做什么，你刚好，当心再着凉。"她说着便坐在我床边，紧挨着我，安静地望着我，一直在微笑，并用她暖和的手抚弄我的脸颊和头发。"你刚才是不是做噩梦了？听你喊的声音好大哪！"

"不是，……我想了……将来，不，我……"我想把刚才所想的事情告诉给妈妈，但不知为什么，竟然无法说出来。是不是担心说出来，她知道后也要害怕的。那是件多么可怕的事啊！

"得了，别说了，疯了一天了，快睡吧！明天病就全好了……"

昏暗的灯光静静地照着床前的药瓶、点心和黄色的梨，照着妈妈无言而含笑的脸。她拉着我的手，我便不由得把她的手握得紧紧的……

我再不敢想那些可怕又莫解的事了。但愿世界上根本没有那种事。

栖息在邻院大树上的乌鸦不知为何缘故，含糊不清地咕囔一阵子，又静下去了。被月光照得微明的窗帘上走过一只猫的影子，渐渐的，一切都静止了，模糊了，淡远了，融化了。变成一团无形的、流动的、软软而迷漫的烟。我不知不觉便睡着了。

一个深奥而难解的谜，从那个夜晚便悄悄留存在我的心里。后来我才知道，这是我最初在思索人生。

歪 儿

那个暑假，天刚擦黑，晚饭吃了一半，我的心就飞出去了。因为我又听到歪儿那尖细的召唤声："来玩踢罐电报呀——"

"踢罐电报"是那时男孩子们最喜欢的游戏。它不单需要快速、机敏，还带着挺刺激的冒险滋味。它的玩法又简单易学，谁都可以参加。先是在街中央用白粉粗粗画一个圈儿，将一个空洋铁罐儿摆在圈里，然后大家聚拢一起"手心手背"分批淘汰，最后剩下一个人坐庄。坐庄可不易，他必须极快地把伙伴们踢得远远的罐儿拾回来，放到原处，再去捉住一个乘机躲藏的孩子顶替他，才能下庄；可是就在他四处去捉住那些藏身的孩子时，冷不防从什么地方会蹿出一人，"叭"地将罐儿叮里当啷踢得老远，倒霉，又得重新开始……一边要捉人，一边还得防备罐儿再次被踢跑，这真是个苦差事，然而最苦的还要算是歪儿！

歪儿站在街中央，寻着空铁罐左顾右盼，活像一个蒸熟了的小红薯。他细小，软绵绵，歪歪扭扭；眼睛总像睁不开，薄薄的嘴唇有点斜，更奇怪的是他的耳朵，明显的一大一小，像是父子俩。他母亲是苏州人，四十岁才生下这个有点畸形的儿子，取名叫"弯儿"。我们天天都能听到她用苏州腔呼唤儿子的声音，却把"弯儿"错听成"歪儿"。也许这"歪儿"更像他的模样。由于他身子歪，跑起来就打斜，玩踢罐电报便十分吃亏。可是他太热爱这种游戏了，他宁愿坐庄，宁愿徒自奔跑，宁愿一直累得跌跌撞撞……大家玩的罐儿还是他家的呢！

只有他家才有这装芦笋的长长的铁罐，立在地上很得踢，如果要没有这宝贝罐儿，说不定大家嫌他累赘，不带他玩了呢！

我家刚搬到这条街上来，我就加入了踢罐电报的行列，很快成了佼佼者。这游戏简直就是为我发明的——我的个子比同龄的孩子高一头，腿也几乎长一截，跑起来真像骑摩托送电报的邮差那样风驰电掣，谁也甭想逃脱我的追逐。尤其我踢罐儿那一脚，叭的一声过后，只能在远处朦胧的暮色里去听它叮里当啷的声音了，要找到它可费点劲呢！这时，最让大家兴奋的是瞅着歪儿去追罐儿那样子，他一忽儿斜向左，一忽儿斜向右，像个脱了轨而瞎撞的破车，逗得大家捂着肚子笑。当歪儿正要发现一个藏身的孩子时，我又会闪电般冒出来，一脚把罐儿踢到视线之外，可笑的场面便再次出现……就这样，我成了当然的英雄，得意非凡；歪儿怕我，见到我总是一脸懊丧。天天黄昏，这条小街上充满着我的迅猛威风和歪儿的疲于奔命。终于有一天，歪儿一屁股坐在白粉圈里，怏怏无奈地痛哭不止……他妈妈跑出来，操着纯粹的苏州腔朝他叫着骂着，扯他胳膊回家。这愤怒的声音里似乎含着对我们的谴责。我们都感觉自己做了什么不好的事，默默站了一会儿才散。

歪儿不来玩踢罐电报了。他不来，罐儿自然也变了，我从家里拿来一种装草莓酱的小铁罐，短粗，又轻，不但踢不远，有时还踢不上，游戏的快乐便减色许多。那么失去快乐的歪儿呢？我望着他家二楼那扇黑黑的玻璃窗，心想他正在窗后边眼巴巴瞧着我们玩吧！这时忽见窗子一点点开启，跟着一个东西扔下来。这东西掉在地上的声音那么熟悉、那么悦耳、那么刺激，原来正是歪儿那长长的罐儿。我的心头一次感到被一种内疚深深地刺痛了。我迫不及待地朝他招手，叫他来玩。

歪儿回到了我们中间。

一切都奇妙又美好地发生了变化。大家并没有商定什么，却不约而同、齐心合力地等待着这位小伙伴了。大家尽力不叫他坐庄；有时他"手心手背"输了，也很快有人情愿被他捉住，好顶替他。大家相互配合，心领神会，做假成真。一次，我看见歪儿躲在一棵大槐树后边正要被发现，便飞身上去，一脚把罐儿踢得好远好远，解救了歪儿，又过去拉着他，急忙藏进一家院内的杂物堆里。我俩蜷缩在一张破桌案下边，紧紧挤在一起，屏住呼吸，却互相能感到对方的胸脯急促起伏，这紧张充满异常的快乐呵！我忽然见他那双眯缝的小眼睛竟然睁得很大，目光兴奋、亲热、满足，并像晨星一样光亮！原来他有这样一双又美又动人的眼睛。是不是每个人都有这样一双眼睛，就看我们能不能把它点亮。

书　架

　　大凡人们都是先有书,后有书架的;书多了,无处搁放,才造一个架子。我则不然。我仅有十多本书时,就有一个挺大、挺威风、挺华美的书架了。它原先就在走廊贴着墙放着,和人一般高,红木制的,上边有细致的刻花,四条腿裹着厚厚的铜箍。我只知是家里的东西,不知原先是谁用的,而且玻璃拉门一扇也没有了,架上也没有一本书,里边一层层堆的都是杂七杂八什么破布呀、旧竹篮呀、废铁罐呀、空瓶子呀等等,简直就是个杂货架子了。日久天长,还给尘土浓浓地涂了一层灰颜色,谁见了它都躲开走,怕沾脏了衣服,我从来也没想到它会与我有什么关系。只是年年入秋,我把那些大大小小的蟋蟀罐儿一排排摆在上边,起先放在最下边一层,随着身子长高而渐渐一层层向上移。

　　至于拿它当书架用,倒有一个特别的起因。

　　那是十一岁时,我到一个同学家里去玩,见到这同学的爷爷,一位皓首霜须、精神矍铄、性情豁朗的长者。他的房间里四壁都是书架,几乎瞧不见一块咫尺大小的空墙壁。书架上整整齐齐排满书籍。我感到这房间又神秘又宁静,而且莫测高深。这老爷爷一边轻轻捋着老山羊那样一缕梢头翘起的胡须,一边笑嘻嘻地和我说话,不知为什么,我这张平日挺能说话的嘴巴始终紧紧闭着,不敢轻易地张开。是不是在这位拥有万卷书的博知的长者面前,任何人都会自觉轻浅,不敢轻易开口呢?我可弄不清自己那冥顽混沌的少年时代的心理和想法,反正我回家后,就把走廊那大书架硬拖到我房间里，擦抹得干干净净，放在小屋最显眼的地方，然后把自己的宝贝书也都一本紧挨着一本立在上边。瞧，《敏豪生奇遇记》啦，《金银岛》啦，《说唐》啦，《祖母的故事》啦，《铁木儿和他的伙伴》啦……一时我觉得自己有点像同学家那老爷爷了，心里有种说不出的快感。遗憾的是，这些书总共不过十多本，放在书架上，显得可怜巴巴，好比在一个大院子里只栽上几棵花，看上去又穷酸又空洞。我就到爷爷、妈妈、姐姐妹妹的房间里去搜罗，凡是书籍，不论什么内容，一把拿来放在我的书架上，惹得他们找不到就来和我吵闹。我呢，就像小人国的仆役，急于要塞饱格列佛的大肚囊那样，整天费尽心思和力气到处找书。大概最初我就是为了填满这大书架才去书店、遛书摊、逛书市的。我没有更多的钱，就把乘车、看电影和买冰棒的钱都省下来买了书。

到底从什么时候开始，我不再为了充实书架而买书，记不得了。我有过一种感觉：当许许多多好书挤满在书架上，书架就变得次要、不起色，甚至没什么意义了。我渐渐觉得还有一个硕大无比、永远也装不满的书架，那就是我自己。

此后，我就忙于填满自己——这个"大书架"了。

书是无穷无尽的。一本本书就像一个个潮头，一页页书就像一片片浪花，书上的字便是一颗颗晶莹的水珠。它们汇成了海洋吗？那么你最多只是站立滩头的弄潮儿而已。大洋深处，有谁到过？有人买书，总偏于某一类。我却不然。两本内容完全是两个领域的书，看起来毫无关系，就像各处在太平洋和大西洋的两滴水珠，没有任何关联一样，但不知哪一天，出于一种什么机缘和需要，它俩也会倏然地溶成一滴。

这样，我的书就杂了。还有些绝版的、旧版的书，参差地竖立在书架上，它们带着不同时代的不同风韵气息，这一架子书所给我的精神享受也是无穷无尽的了。

1966年，正是我那书架的顶板上也堆满书籍时，却给骤然疾来的"红色狂飙"一扫而空。这大概也叫做"物极必反"吧！我被狂热无知的"小将"们逼着把书抱到当院，点火烧掉。那时，我居然还发明了一种焚烧精装书的办法。精装本是硬纸皮，平放烧不着，我就把书一本本立起来，扇状地打开，让一页页纸中间有空气，这样很快地就烧去书芯，剩下一排熏黑的硬书皮立在地上。我这一项发明获得监视我烧书的"小将"的好感，免了一些戴纸帽、挨打和往脸上涂墨水的刑罚。

书架空了，没什么用了，我又把它搬回到走廊上。这时，我已成家，就拿它放盐罐、油瓶、碗筷和小锅。它便变得油腻、污黑、肮脏，重新过起我少年时代之前那种被遗弃一旁的空虚荒废的生活。

有时，我的目光碰到这改做碗架的书架，心儿陡然会感到一阵酸楚与空茫。这感觉，只有那种思念起永别的亲人与挚友的心情才能相比。痛苦在我心里渐渐铸成一个决心：反正今后再不买书了。

生活真能戏弄人，有时好像成心和人较劲，它能改变你的命运，更不会把你的什么"决心"当作一回事。

最近几年，无数崭新的书出现在书店里。每当我站在这些书前，那些再版书就像久别的老朋友向我打招呼；新版书却像一个个新遇见的富于魅力的朋友朝我微笑点首。我竟忍不住取在手中，当手指肚轻轻抚过那光洁的纸面时，另一只手已经不知不觉地伸进口袋，掏出本来打算买袜子、买香烟、买橘子的钱来……

沾上对书的嗜好就甭想改掉。顺从这高贵而美好的嗜好吧！

我想。

　　如今我那书架又用碱水擦净，铺上白纸，摆满油墨芳香四溢的新书，婷婷地立在我的房间里。我爱这一架新书。但我依旧怀念那一架旧书。世界上丢失的东西，有些可以寻找回来，有些却无从觅处。但被破坏了的好的事物总要重新开始，就像我这书架……

乡 魂

一

倘若你生长在故乡,那份乡情乡恋牵肠挂肚自不必说;倘若它只是你长辈的故土,你却出生在异地他乡,你对它的印象与情感都是从长辈那里间接获得的,这故乡对你又是怎样一种感觉?

数年前,我应邀与几位作家南下访游古迹名城,依主人安排,途经宁波一日。车子一入宁波,大家还在嘻哈交谈,我却默然不语,脸贴车窗,使劲张望着外边景物,急于想抓住什么,好跟心里的故乡勾挂一起。此时我才发现心里的故乡原是空空的。我对自己产生怀疑,面对祖父与父亲的出生地,为何毫无感应?

但它原先只是我的一个符号——籍贯呵。

我不是"回"故乡,而是"来"故乡,第一次。为什么回到故乡,故乡反而没了?我渴望与故乡拥抱和共鸣,但我不知道与故乡的情感怎样接通。好似一张琴闲在那儿,谁来弹响,怎么弹响?

二

下车在街上走走,来往行人说的宁波话一入耳朵,意外有种亲切感透入心怀,驱散了令我茫然的陌生。

我很笨,一直没从祖父和父亲那里学会宁波话。但这特有的乡音仿佛是经常挂在他们嘴边的家乡的民歌,伴随着我的童年与少年。那时，尤其是来串门看望祖父的爷爷奶奶们，大都用这种话与祖父交谈。父亲平时讲普通话，逢到此时便也用这种怪腔怪调加入谈话，好像故意不叫我听懂，气得我噘起小嘴，抗议。那些老爷爷老奶奶们便说笑话逗我、哄我，但依然还说那种难懂的宁波话……这曾经叫我又气又恨的话，为什么此刻有如施魔法时的咒语，一下子把依稀往事、把不曾泯灭的旧情、把对祖父与父亲那些活生生的感觉，全都召唤回来，并逼真地、如画一般地复活了？

在天童寺，一位老法师为我们讲述这座古寺非凡的经历。他地道的宁波口音叫我如听阿拉伯语，全然不懂，我便有机会仔细去看这法师的仪容，竟然发现他与祖父的模样很像：布衣布袜，清瘦身子，慈眉善眼，尤其是光光的头顶中央有个微微隆起的尖儿。北方大汉剃了光头，见棱见角，又圆又平；宁波人歇顶后，头顶正中央便显露出这个尖儿来，青亮青亮，仿佛透着此地山水那种聪秀的灵气。我虚起眼睛再感觉一下，简直就是祖父坐在那里说话！

祖父喜欢用薄胎细瓷的小碟小碗吃饭。他晚年患糖尿病，吃米都必须先用铁锅炒过再煮。他从不叫我吃他的饭，因为炒过的米不香，也少了养分。宁波临海，吃起海鲜精熟老到。祖父吃清蒸江螺那一手真叫空前绝后，满满一勺入口，只在嘴里翻几翻，伴随着吱吱的吸吮声，再吐出来便都是玲珑精巧的江螺空壳了。每次吃江螺，不用我邀请，祖父总会令人惊叹又神气十足地表演一番。这绝招只有父亲吃鱼吐刺的本事可以媲美。然而，祖父，你如今在哪儿呢？我心头情感一涌，忽然张开眼睛，想对老法师大叫一声：爷爷！

奇怪，祖父是在我十岁那年去世的，三十年过去了，什么原故使我要隔着岁月烟尘并如此动情地呼叫他呢？

是我走到故乡来了，还是故乡已然悄悄走进我的心中？

三

前两年，我去新加坡为"华人文艺营金狮文学奖"评奖。忽有十几位上了年纪的华人到宾馆来访，见面先送我一本刊物，封面上大写一个"冯"字。原来都是此地冯氏宗亲会的成员。华人在海外谋生，身孤力单需要支持，便组织各种同乡同族的会，彼此依傍，守望相助。每每同乡同族人有了难题，便一齐合力解纷；若是同乡同族人有了成就，就视为共荣，同喜同贺。一位冯姓长者对我说：

"你是咱冯家的骄傲呵。"

此时我多么像在家人中间？

张张陌生的面孔埋藏着遥远的亲切。我在哪里曾经与他们相关相连？唐宋还是秦汉？我想起在黄河边望着它烟云迷漫、波光闪耀的来处，幻想着它万里之外那充满魅力的源头。同国、同乡、同肤、同姓，都有一种共同的源头感。有着共同源头的人，身上必定潜在着一个共同的生命密码，神秘地相牵。

我望见坐在侧面的一位老者清瘦、文弱、似曾相识的面孔，心有所动，问道：

"你家乡在哪儿？"

"宁波。"他一开口，便依然带着很重的乡音。

我听了，随即说：

"我们五百年前是一家，我老家也在宁波。"

他马上叫起来："现在就是一家，我们好近呀！"随即急渴渴向我打听故乡的情形。

多亏我头年途经故乡,有点见闻,才不致窘于回答。他一边听我讲,一边忽而大发感慨:"全都不一样了,不一样了……"忽而冲动地站起来,手一指,叫着:"那是伯伯带我去捉鱼的地方!"然后逼我讲出更多细节,仿佛直要讲得往事重现才肯作罢。

我怕冷落了同座其他人,才要转换话题,那些人却笑眯眯摆手说:

"不碍事,你再给他多讲讲吧……"

他们高兴这样旁听,直听得脸上全都散发出微醺的神气,好像与我的这位老乡分享着一种特殊的幸福,那便是得以慰藉的乡恋。

这老乡情不自禁把座椅一步步挪到我身前,面对面拼命问,使劲听。可惜我只在故乡停了一天,说不出更多见闻。但我发现,我随便扯些街道的名称、旧楼的式样、蔬菜的种类,他也都视如天国珍闻,引发他一串串更多的问题,以及感叹和惊叫。我更感到故乡伟大而神奇的力量。它像一块巨大的磁石,牢牢吸住一切属于它的人们,不管背离它多久多远。似乎愈远愈久便愈感到它不可抗拒的引力……在我与这异国的华裔老乡分手之时,心中升起一份歉意。我想,我那次在故乡应该多住上几天,为了他,也为了我自己。

珍 珠 鸟

真好！朋友送我一对珍珠鸟。放在一个简易的竹条编成的笼子里，笼内还有一卷干草，那是小鸟舒适又温暖的巢。

有人说，这是一种怕人的鸟。

我把它挂在窗前。那儿还有一盆异常茂盛的法国吊兰。我便用吊兰长长的、串生着小绿叶的垂蔓蒙盖在鸟笼上，它们就像躲进深幽的丛林一样安全；从中传出的笛儿般又细又亮的叫声，也就格外轻松自在了。

阳光从窗外射入，透过这里，吊兰那些无数指甲状的小叶，一半成了黑影，一半被照透，如同碧玉；斑斑驳驳，生意葱茏。小鸟的影子就在这中间隐约闪动，看不完整，有时连笼子也看不出，却见它们可爱的鲜红小嘴儿从绿叶中伸出来。

我很少扒开叶蔓瞧它们，它们便渐渐敢伸出小脑袋瞅瞅我。我们就这样一点点熟悉了。

三个月后，那一团愈发繁茂的绿蔓里边，发出一种尖细又娇嫩的鸣叫。我猜到，是它们，有了雏儿。我呢？决不掀开叶片往里看，连添食加水时也不睁大好奇的眼去惊动它们。过不多久，忽然有一个小脑袋从叶间探出来。更小哟，雏儿！正是这个小家伙！

它小，就能轻易地由疏格的笼子钻出身。瞧，多么像它的母亲：红嘴红脚，灰蓝色的毛，只是后背还没有生出珍珠似的圆圆的白点；它好肥，整个身子好像一个蓬松的球儿。

起先，这小家伙只在笼子四周活动，随后就在屋里飞来飞去，一会儿落在柜顶上,一会儿神气十足地站在书架上,啄着书背上那些大文豪的名字;一会儿把灯绳撞得来回摇动,跟着跳到画框上去了。只要大鸟在笼里生气儿地叫一声,它立即飞回笼里去。

我不管它。这样久了,打开窗子,它最多只在窗框上站一会儿,决不飞出去。

渐渐它胆子大了,就落在我书桌上。

它先是离我较远,见我不去伤害它,便一点点挨近,然后蹦到我的杯子上,俯下头来喝茶,再偏过脸瞧瞧我的反应。我只是微微一笑,依旧写东西,它就放开胆子跑到稿纸上,绕着我的笔尖蹦来蹦去;跳动的小红爪子在纸上发出嚓嚓响。

我不动声色地写,默默享受着这小家伙亲近的情意。这样,它完全放心了。索性用那涂了蜡似的、角质的小红嘴,"嗒嗒"啄着我颤动的笔尖。我用手抚一抚它细腻的绒毛,它也不怕,反而友好地啄两下我的手指。

有一次,它居然跳进我的空茶杯里,隔着透明光亮的玻璃瞅我。它不怕我突然把杯口捂住。是的,我不会。

白天,它这样淘气地陪伴我;天色入暮,它就在父母的再三呼唤声中,飞向笼子,扭动滚圆的身子,挤开那些绿叶钻进去。

有一天,我伏案写作时,它居然落到我的肩上。我手中的笔不觉停了,生怕惊跑它。呆一会儿,扭头看,这小家伙竟趴在我的肩头睡着了,银灰色的眼睑盖住眸子,小红脚刚好给胸脯上长长的绒毛盖住。我轻轻抬一抬肩,它没醒,睡得好熟!还呷呷嘴,难道在做梦!

我笔尖一动,流泻下一时的感受:

信赖,往往创造出美好的境界。

麻　雀

　　这种褐色、带斑点、乌黑的尖嘴小鸟，为什么要在城市里落户为生，我想，一定有个生动并颇含哲理意味的故事。不过这故事只能虚构了。

　　这是群精明的家伙。贼头贼脑，又机警，又多疑，似乎心眼儿极多，北方人称它们为"老家贼"。

　　它们从来不肯在金丝笼里美餐一顿精米细食，也不肯在镀银的鸟架上稍息片刻。如果捉它一只，拴上绳子，它就要朝着明亮的窗子，一边尖叫，一边胡乱扑飞，飞累了，就垂下来，像一个秤锤，还张着嘴喘气。第二天早上，它已经伸直腿，闭上眼死掉了。它没有任何可驯性，因此它不是家禽。

　　它们不像燕子那样，在人檐下搭窝。而是筑巢在高楼的犄角；或者在光秃秃的大墙中间，脱落掉一两块砖的洞眼儿里。在那儿，远远可见一些黄黄的草，五月间，便由那里传出雏雀儿一声声柔细的鸣叫。这些巢儿总是离地很远，又高又险，人手摸不到的地方。

　　经常同人打交道，它懂得人的恶意。只要飞进人的屋子，人们总是先把窗子关上，然后连扑带打，跳上跳下，把它捉住，拿出去给孩子们玩弄，直到它死掉。从来没有人打开窗子放它飞去。因此，一辈辈麻雀传下来的一个警句，就是：不要轻易相信人。麻雀生来就不相信人。它长着土的颜色，为了混淆人的注意力。它活着，提心吊胆，没有一刻得以安心。逆境中磨炼出来的聪明，是它活下去的本领。它们几千年来生活在人间，精明成了它们必备的本领。你看，所有麻雀不都是这样吗？春去秋来的候鸟黄莺儿，每每经过城市都要死去一批，麻雀却在人间活下来。

它们每时每刻都在躲闪人，不叫人接近它们，哪怕那个人并没看见它，它也赶忙逃掉；它要在人间觅食，还要识破人们布下的种种圈套，诸如支起的箩筐，挂在树上的铁夹子，张在空间的透明的网等等，并且在这上边、下边、旁边撒下一些香喷喷的米粒面渣。还有那些特别智巧的人发明的一种又一种奇特的新捕具。

有时地上有一粒遗落的米，亮晶晶的，那么富于魅力地诱惑着它。它只能用饥渴的眼睛远远盯着它，却没有飞过去叼起来的勇气。它盯着，叫着，然后腾身而去——这因为它看见了无关的东西在晃动，惹起它的疑心或警觉；或者无端端地害怕起来。它把自己吓跑。这样便经常失去饱腹的机会，同时也免除了一些可能致死的灾难。

这种活在人间的鸟儿，长得细长精瘦，有一双显得过大的黑眼睛，目光却十分锐利。由于时时提防人，反而要处处盯着人的一举一动。脑袋仿佛一刻不停地转动着，机警地左顾右盼；起飞的动作有如闪电，而且具有长久不息的飞行耐力。

它们总是吃不饱，需要往返不停地奔跑，而且见到东西就得快吃。有时却不能吃，那是要叼回窝去喂饱羽毛未丰的雏雀儿。

雏雀儿长齐翅膀，刚刚学飞时，是异常危险的。它们跌跌撞撞，落到地上，就要遭难于人们的手中。更可怕的是，这些天真的幼雀，总把人料想得不够坏。因此，大麻雀时常对它们发出警告。诗人们曾以为鸟儿呢喃是一种开心的歌唱。实际上，麻雀一生的喊叫中，一半是对同伴发出的警戒的呼叫。这鸣叫里包含着惊心和紧张。人可以把夜莺儿的鸣叫学得乱真，却永远学不会这种生存在人间的小鸟的语言。

愉快的声调是单纯的，痛苦的声音有时很奇特；喉咙里的音调容易仿效，心里的声响却永远无法模拟。

如果雏雀儿被人捉到，大麻雀就会置生死于度外地扑来营救。因此人们常把雏雀儿捉来拴好，耍弄得它吱吱叫喊，旁边设下埋伏，来引大麻雀入网。这种利用血缘情感来捕杀麻雀，是万无一失的。每每此时，大麻雀总是失去理智地扑去，结果做了人们晚间酒桌上一碟新鲜的佳肴。

在这些小生命中间，充满了惊吓、危险、饥荒、意外袭击和一桩桩想起来后怕的事，以及难得的机遇——院角一撮生霉的米。

它们这样劳碌奔波，终日躲免灾难，只为了不入笼中，而在各处野飞野跑。大多数鸟儿都习惯一方天地的笼中生活，用一身招徕人喜欢的羽翼，耍着花腔，换得温饱。唯有麻雀甘心在风风雨雨中，过着饥饿疲惫又担惊受怕的日子。人憎恶麻雀的天性。凡是人不能喂养的鸟儿，都称作"野鸟"。

但野鸟可以飞来飞去；可以直上云端，徜徉在凉爽的雨云边；可以掠过镜子一样的水面；还可以站在钻满绿芽的春树枝头抖一抖疲乏的翅膀。可以像笼鸟们梦想的那样。

到了冬天，人们关了窗子，把房内烧暖，麻雀更有一番艰辛，寒冽的风整天吹着它们。尤其是大雪盖严大地，见不到食物，它们常常忍着饥肠饿肚，一串串落在人家院中晾衣绳上，瑟缩着头，细细的脚给肚子的毛盖着。北风吹着它们的胸脯，远看像一个个褐色的绒球。同时它们的脑袋仍在不停地转动，还在不失对人为不幸的警觉。

　　哎，朋友，如果你现在看见，一群麻雀正在窗外一家楼顶熏黑的烟囱后边一声声叫着，你该怎么想呢？

空 信 箱

我的信箱挂在大门上，门板掏个长形的洞，信打外边塞进来，只要听邮递员"叮叮"一拨车铃，马上跑去打开，一封信悄然沉静地立在箱子里。天蓝色的信封像一块天空，牛皮纸褐色的信封像一片泥板，沉甸甸。扯开信时的心情总是急渴渴，不知里边装着是意外是倾诉是愁苦是体贴是欢愉是求助，或是火一样的恋情烟一样的思绪带子一样扯不断的思念。天南地北海角天涯朋友们的行踪消息全靠它了。

有时等信等得好苦，一天几次去打开它，总以为错过邮递员的铃，打开却是空的。我最怕它空空洞洞冷冷清清的样子。我的院墙高，门也高，阳光跨不进来，外边世界的兴衰枯荣常常由它告我；打开信箱，里边有时几团柳絮几片落花几个干卷的叶子，还有洁白的雪深暗的雨点。它们是从投信孔钻进来的。有时随着开门的气流，几朵蒲公英的种子"噗"地毛茸茸地扑在脸上，然后飘飘摇摇飞升，在高高的阳光里闪着，有如银羽。目光便随它投向淡淡的天，亮的云。春天也到达我塞外朋友那里了吧，我陷入一片温馨的痴想……

它是拿几块木板草草钉上的，没涂漆，日晒雨淋，到处开裂，但没有任何箱子比它盛得更多。

它是我生活的一部分，也就是我心的一部分。

用心生活是累人的，但唯此才幸福。

大灾难把我这部分扯去。信箱的门儿叫一个无知的孩子掰掉。

箱子的四边像个方木框残留那里。一连几个月等不到邮递员铃声的召唤，朋友们的命运都会碰到什么？

我这才懂得，心不相连人极远。

它空在那儿，似乎比我还空。

可是……奇迹出现了。天天天暮，夕阳打投信孔照进来。我院子头一次有阳光。先是在长条形洞孔迷蒙灿烂地流连一会儿，便落到墙角，向例最暗最潮最阴冷的地方，把满地青苔照得鲜碧如洗，俯下身看，好像一片清晰雨后的草原，极美。随后这光就沿着墙根一条砖一条砖往上爬，直爬到第五条砖，停住，几只蚂蚁也停在那里默默享受这世界最后的暖意和光明。不知不觉这光变得渐细渐淡直到无声无息的熄灭。整个信箱变成一块方形的黑影。盯着它看，就会一直走进空无一物的宇宙。

蜘蛛开始在信箱里拉网了，上下左右，横来斜去，它们何以这样放胆在这儿安家？天一凉，秋叶钻进来，落在蛛网上。金色的船，银色的渔网，一层网一层船，原来寂寞也会创造诗。诗人从来不会创造寂寞。

忽然一天，"叮叮"，我心一亮，邮递员，信！

跑出去，远远就见白得照见一封信稳稳竖在箱中。过去一捏，厚厚的，千言万语，一个几次梦到的朋友寄来的。一拿，却有股微微的力往回扯，是黏黏带点韧劲的蛛丝。再拉，蛛丝没断却拉得又长又直，极亮，还微微抖颤，上边船形的黄叶子全在一斜一直、一直一斜来回扭动。一如五线谱上甜蜜的旋律，无声地响起来……

昨夜我忽然梦到这许久以前的情景，一条条长长亮闪闪的蛛丝,来回扭动的黄叶子,我梦得好逼真,连拉蛛丝时那股子韧劲都感觉到了。心里有点奇怪,可我断言这是我有生以来最美的一个梦境。

烛　光

你自以为知道我，你怎么会知道我。

我并不神秘，可我有我的一切；我并不想知道你的秘密，可你肯定也有你的一切，我明白。

好黑好静好冷好暖。一支燃烧的烛，照亮你的眼睛，也照亮我的眼睛。你把方靠垫紧紧抱在怀里，脸儿埋起来，只露一双闪闪烁烁的眼凝视着我，这样你就看透了我？傻瓜，我什么也不说，叫你看。

怎么，你看见了我心底的沉船？十三个水手，十三世纪时，和它一起丧命。尸体被鲨鱼的利嘴一条条一块块撕烂，血的猩红溶没在海阴冷的蓝色里。你或许还能搜寻到一个扳指一条项链一把匕首一颗铜纽扣。那是十三个死难的朋友留给我的遗物。我的财富不是珠宝，全是遗物。还有一只船是我自己炸沉的，一条有史以来最美的多桅帆船。别问我为什么，也别想找到它，我早用泥沙把它埋好藏好永远封存好，浩阔漆黑寒冷空旷咸涩寂寞的海呵……

一群群自由自在的小鱼盲目游窜，它们成群结队左一转弯右一兜圈的当儿，闪耀出密密麻麻细碎的鳞光。到处都有空间，到处流动着玻璃似光亮透明的液体。没有人迹的地方才有童话，没有童话才是原始世界；属于人的都不能长存，无音乐便是永恒。永恒的核儿是绝对的孤独。孤独是一种富有一种自足一种随心所欲。最大的孤独是宇宙。人在宇宙里还是宇宙在人心里？

你或许看到这数十丈数百丈雄伟的人形巨石。它给绿茸茸的海绵包裹得有点笨拙有点滑稽有点憨厚傻气，千形万状的藻类是海装饰给它的奇花异卉。千万别拥抱它！这是一次凶猛的海底火山爆发树立的纪念碑。它中间熔铸着烧焦的鱼骨、化成烟粉的海百合和千千万万五光十色小贝螺枯干的躯壳。海那时是滚沸的，水变成火，万物在毁灭前拧动扭转身体作为无声的绝叫。活的纪念死的，死的也纪念活的。生与死远远分开，生与死紧紧相连……阳光照进来，被一层层暗流切割，在我心底忽明忽灭，各种颜色忽亮忽暗。自己对自己才是最大的谜。

人没有力量破坏自己；没有漩涡我无穷的力又怎么显示？任何外来的风暴都无法进入我的底层，永久的宁静和永久的渴望。狂浪喧嚣不过是我随意哼出的歌。我要发自心底的宣泄，但不是别人，是我自己压着自己的喉咙。我使自己喘不过气来。这一切你一点也没看出来，所以你问：

"你的眼睛为什么这么柔和？"

傻瓜。我专注望着你。你夜色般长长黑发中间，你隆起的额头你眉心那块小平面上，弥满金红透彻的烛光。我想起西北高原上一个迷人的黄昏，那时我正在吃苦受难。你深幽的眼睛在眉突下阴影里一闪一闪，整个世界一个世纪难得有这样纯净。对于你，我还是困惑。我并不知道你。你有你的一切，还是这句话。

经历无法重叠。如同一条路和另一条路。暂时它们平行或偶然它们相交，但你来自陌生的远远一方，我来自另一方。

你说你源起于一片如画的风光，七十四座岛屿间轻轻的雾里风里雨里浪花喋喋里，所以你信仰自然。世上一切都这么美好地开始，但一切开始都胜过结果。

因此我不能相信你至今依旧是条幽闲的山间小路。路人是你道上滑过的一个个音符。枝叶如伞，你既无曝晒也无淋浇。夕阳、霞光、月色轮流抚摸你的身体，树影是你的衣衫；老羊领着小羊慢吞吞横穿而过，小鸟们放心大胆在道路中央啄弄落花，繁衍过剩的青草从两旁延生常常把你绿绿地覆盖……你总是从一个醉了的山庄通往一个做梦的村落，总是在溪水里洗过澡再爬上山顶吹风。你说你，立在风里，崇尚了人。

那时你一定还没有进入人生。一定还在童年。你把童年拉长二十年还是童年。人生的沟壑填满现实的石头。没一条不是累人熬人折磨人到死的路。

我的目光蘸着烛光探进你的眼睛，碰到的是一片大雾。我开始相信我的猜测我的预感并感觉到我所经验过的那些路。山崩滑坡突然切断它；洪水突然冲垮它。荆棘突然封锁它，它突然变做一条没有退路的独木桥。深深的车辙是轧过你心上的印痕，时间也无法磨平；包铁皮的大木轱辘陷入泥泞，轴杠断裂，精疲力竭的车伕们张大给征尘粘黏的嘴唇痛苦地嘶吼。马在半道上累死了，唯一的路几乎把你抛出去。目的地是路的希望，希望总是很远很远，行程中看不见。饥饿的鹰在头顶上空盘旋，毒日头把它的翅膀快烧着了，它像扇着两股黑烟沉缓地飞。有时你立在几条野路的交口，没有路标，路标或是大雨中叫人垫路踩碎了。哪里哪里哪里是你的去处？忽然没有来路也没去路。你问路人，各走各的路，谁知你往何处，陡然，你空了。

有没有你在极端中迷失，在犹豫中错过？你听任命运，命运也会骗你。有没有你把自己掏空了，交给一个人，他却丢掉你去了？头也不回。

一路，有野花有星光有鸟鸣有云影，大河在天边金子般发光，虹架在你的头顶。但它们只有和你的彼岸连在一起，才属于你的。

傻瓜，一人一辈子有几次这样的巧合。

别急于把沿路采来的花撒在我寂寞的海上，大海经得起狂轰滥炸却经不住一片花瓣；我也不急于用咸涩的水洗涤你浑身厚厚的征尘，洗一次是撕一层皮。

我只想知道，这路上是否有你的影子？

其实我这些话一句一字也没说，我一直默默专注看着你，也不问，等你说。你也无声无语。

中间是半截子静静燃烧的蜡烛。好静好黑好亮好冷好暖，这个晚上。

烛光忽然跳到你眼睛里，晶莹闪动起来，肯定因为我的眼睛也是这样了。我明白。

花　巷

头一次来到杭州市的我，只认得她。

还有，诗里书里照片里常见的那湿濛濛的风景。

以前，一想到她——她的形影总是混在这片朦胧又柔和的风景里。

这是一种想象。想象总比现实美，会不会有比想象更美的现实？

女人最善于用想象创造现实。因此她第一次伴我游览西湖，选择晚间到苏堤上漫步。她的轮廓常常恍恍惚惚地消融在黑黑的夜色里，又一下子给月光照亮的湖水清晰地映衬出来。她的脸模糊得像一团雾，目光却像远处的灯光那样忽然粲然一闪……一直走到堤上无人，月在中天。她约我明天傍晚去她家，然后告诉我一条街道的名字。我问她门牌号数，她说在一条巷子里。我又问这巷子的名称。

她神秘地说，你闻到空气里有什么气味吗？

我吸一吸鼻子说，闻到了，是一种花香，挺特别，很淡，不过又很浓厚……

她绽开笑容说，好了，只要你在那条街上闻到这种花味，就是我的巷子。巷子尽头的一个小门，就是我的家。

第二天傍晚，我找到那条街，便开始寻昨夜那香味。我忽然有点紧张，好像把那香味忘了。我向一群孩子打听，孩子们都笑了。他们说这街上有好多巷子，每条巷子都开满花，都香，你说的是哪种花？什么味儿？

我更茫然。似乎把那花连同她一起丢掉了。原来用鼻子记事这么不可靠。

我从街这端一直走到那端，来回两遍。街上竟有这么多巷子，每条巷子都像花的甬道。一条红、一条黄、一条紫或一条雪白。我在每条巷口都吸一吸鼻子。花的种类不一样，不同的花喷溢出不同的香味，把我的嗅觉完全搞乱了。

直到天暗下来，万物消形，没了色彩。我疲惫不堪地坐在路边道沿上，失去信心，只是还不甘心返回旅店。忽然……一种淡淡的熟悉的香味，从背后飘来，好似蹑手蹑脚到我身后，轻轻将我拢住。我一回头，一阵浓浓的芬芳扑在我脸上。这就是属于我的那花香呀。我眼前渐渐出现一条幽蓝幽蓝深长的巷子，巷子两边，白晃晃，满是花，正是她的巷子！

奇怪，为什么刚才来回几次都没闻到这花香？难道它像夜来香那样，入夜才散放芳香？难道它只有等着你苦苦寻求时，才悄悄出现？

我走进巷子，蓝色的夜凉如同水一般，从我面颊和臂膀旁滑溜溜地流过。我整个身子融入这深巷，也就融入这浓得化不开的芬芳里。我记得她的话——巷子尽头是她家。我一直往里走，感觉自己像一只蜜蜂，钻进一个巨大、柔美、香喷喷的花蕊里……渐渐地，我一点点看见，巷子尽头站着一个人，浅浅一条长裙。她大概在这里默立许久，却相信我一定会来。

这是太久太久的事了。对于这条花巷以及那特有的香味，偶尔还会动心地想起。但我不会再来，因为世上不会再有那样的女孩了。

长衫老者

我幼时，家对门有条胡同，又窄又长，九曲八折，望进去深邃莫测。隔街是店铺集中的闹市，过往行人都以为这胡同通向那边闹市，是条难得的近道，便一头扎进去，弯弯转转，直走到头，再一拐，迎面竟是一堵墙壁，墙内有户人家。原来这是条死胡同！好晦气！凡是走到这儿来的，都恨不得把这面堵得死死的墙蹬倒！

怎么办？只有认倒霉，掉头走出来。可是这么一往一返，不但没抄了近道，反而白跑了长长一段冤枉路。正像俗话说的：贪便宜者必吃亏。那时，只要看见一个人满脸丧气从胡同里走出来，哈，一准知道是撞上死胡同了！

走进这死胡同的，不仅仅是行人，还有一些小商小贩。为了省脚力，推车挑担串进来，这就热闹了。本来狭窄的道儿常常拥塞；叫车轱辘碰伤孩子的事也不时发生。没人打扫它，打扫也没用，整天土尘蓬蓬。人们气急就叫："把胡同顶头那家房子扒了！"房子扒不了，只好忍耐；忍耐久了，渐渐习惯。就这样，乱乱哄哄，好像它天经地义就该如此。

一天，来了一位老者，个子矮小，干净爽利，一件灰布长衫，红颜白须，目光清朗，胳肢窝夹个小布包包，看样子像教书先生。他走进胡同，一直往里，可过不久就返回来。嘿，又是一个撞上死胡同的！

这位长衫老者却不同常人。他走出来时，面无懊丧，而是目光闪闪，似在思索，然后站在胡同口，向左右两边光秃秃的墙壁望了望，跟着蹲下身，打开那布包，包里面有铜墨盒、毛笔、书纸和一个圆圆的带盖的小饭盆。他取笔展纸，写了端端正正、清清楚楚四个大字：此路不通。又从小盆里捏出几颗饭粒，代做糨糊，把这张纸贴在胡同口的墙壁上，看了两眼便飘然而去。

咦，谁料到这张纸一出，立刻出现奇迹。过路人若要抄近道扎进胡同，一见纸上的字，就转身走掉，小商贩们即使不识字，见这里进出人少，疑惑是死胡同，自然不敢贸然进去。胡同陡然清静多了。过些日子，这纸条给风吹雨打，残破了，胡同里的住家便想到用一块木板，仿照这四个字写在上边，牢牢钉在墙上，这样就长久地保留下来。

胡同自此大变样子。

它出现了从来没见过的情景：有人打扫，有人种花，有孩童玩耍；鸟雀也敢在地面上站一站。逢到一夜大雪过后，犹如一条蜿蜒洁白的带子，渐渐才给早起散步的老人们，踩上一串深深的雪窝窝。这些饱受市井喧嚣的人家，开始享受起幽居的静谧和安宁来了。

于是，我挺奇怪，本来这么简单的一举，为什么许多年里不曾有人想到？我因此愈加敬重那矮小、不知姓名、肯思索、更肯动手来做的长衫老者了……

挑 山 工

一

你见过泰山的挑山工吗？这是种很奇特的人！

不知别处对这种运货上山的民夫怎样称呼。这儿习惯叫做挑山工。单从"挑山"二字，就可以体会出这种工作非凡的艰辛。肩挑着百十斤的重物，从山下直挑到烟云缭绕、鸟儿都难飞得上去的山顶，谁敢一试？更何况，这被誉为"五岳之首"的泰山，自有其巍巍而不可征服的威势。从山根直至极顶处，一条道儿，全是高高的石头台阶，简直就是一架直上直下的万丈天梯。在通向南天门的十八盘道上，那些游山来的健壮的男儿，也不免气喘吁吁；一般人更是精疲力竭，抓着道旁的铁栏，把身子一点点往上移。每爬上十来磴台阶，就要停下来歇一歇。只有这时，你碰到一个挑山工——他给重重的挑儿压塌了腰，汗水湿透衣衫，两条腿上的肌条筋缕都清晰地凸现在外，默不作声，一步一步，吃力又坚韧地走过你身旁，登了上去。你那才算是约略知道"挑山"二字的滋味……

挑山工，大概自古就有。山头那些千年古刹所用的一切建筑材料，都是从山下运上来的。你瞧着这些构造宏伟的古建筑上巨大的梁柱础石、沉重的铜砖铁瓦，再低头俯望一条灰白的山路，如同一根细绳，蜿蜒曲折，没入茫茫的谷底。你就会联想到，当年为了建造这些庙宇寺观，为了这壮观的美，挑山工们付出了怎样艰巨和惊人的劳动!

　　我少时来游泰山，山顶上还有三四十户人家，家中的男人大多是挑山工，给山上的国营招待所运送食品货物以为生计。清早，他们拿了扁担绳索，带着晨风晓露下山去，后晌随着一片暮云夕阳，把货物挑上山来，星光烁烁时，家家都开夜店，留宿在山头住一夜而打算转天早起观瞻日出的游人，收费却比国营招待所低廉。他们的屋子是石头垒的。山上风大，小屋都横竖卧在山道两旁的凹处，屋顶与道面一般平。屋里边简陋得几乎什么也没有，用来招待客人的，只有一条脏被和热开水。为了招待主顾，各家门首还挂着一个小幌牌，写着店名。有的叫"棒棰店"，就在木牌两边挂一对小木棒棰；有的叫"勺儿店"，便挂一对乌黑的小生铁勺儿；下边拴些红布穗子，随风摇摆，叮当轻响。不过，你在这店里睡不好觉。劳累了一天的挑山工和客人们睡在一张炕上。他们要整整打上一夜松涛般呼呼作响的鼾声……

　　在这些小石屋中间，摆着一件非常稀罕的东西。远看一人多高，颜色发黑，又圆又粗，两个人才能合抱过来。上边缀满繁密而细碎的光点，熠熠闪烁。好像一块巨型的金星石。近处一看，原来是一口特大的水缸，缸身满是裂缝，那些光点竟是数不清的连合破缝的锔子，估计总有一两千个。颇令人诧异。我问过山民，才知道，山顶没有泉眼，缺水吃，山民们用这口缸贮存雨水。为什么打了这么多锔子呢？据说，三百多年前，山上住着一百多户人家。每天人们要到半山间去取水，很辛苦。一年，从这些人家中，长足了八个膀大腰圆、力气十足的小伙子。大家合计一下，在山下的泰安城里买了这口大缸。由这八个小伙子出力，整整用了七七四十九天，才把大缸抬到山顶。以后，山上人家愈来愈少，再也不能凑齐那样八个健儿，抬一口新缸来。每次缸裂了，便到山下请上来一位锔缸的工匠，锔上裂缝。天长日久，就成了这样子。

听了故事，你就不会再抱怨山顶饭菜价钱的昂贵。山上烧饭用的煤，也是一块块挑上来的呀！

二

在泰山上，随处都可以碰到挑山工。他们肩上架一根光溜溜的扁担，两端翘起处，垂下几根绳子，拴挂着沉甸甸的物品。登山时，他们的一条胳膊搭在扁担上，另一条胳膊垂着，伴随登踏的步子有节奏地一甩一甩，以保持身体平衡。他们的路线是折尺形的——先从台阶的一端起步，斜行向上，登上七八级台阶，就到了台阶的另一端；便转过身子，反方向斜行，到一端再转回来，一曲一折向上登。每次转身，扁担都要换一次肩，这样才能使垂挂在扁担前头的东西不碰在台阶的边沿上，也为了省力。担了重物，照一般登山那样直上直下，膝头是受不住的。但路线曲折，就使路程加长。挑山工登一次山，大约多于游人们路程的一倍！

你来游山，一路上观赏着山道两旁的奇峰异石、巉岩绝壁、参天古木、飞烟流泉，心情喜悦，步子兴冲冲。可是当你走过这些肩挑重物的挑山工的身旁时，你会禁不住用一种同情的目光，注视他们一眼。你会因为自己身无负载而备觉轻松，反过来，又为他们感到吃力和劳苦，心中生出一种负疚似的情感……而他们呢？默默的，不动声色，也不同游人搭话——除非向你问问时间。一步步慢吞吞地走自己的路。任你怎样嬉叫闹喊，也不会惊动他们。他们却总用一种缓慢又平均的速度向上登，很少停歇。脚底板在石阶上发出坚实有力的嚓嚓声。在他们走过之处，常常会留下零零落落的汗水的滴痕……

奇怪的是，挑山工的速度并不比你慢。你从他们身边轻快地超越过去，自觉把他们甩在后边很远。可是，你在什么地方饱览四处雄美的山色，或在道边诵读与抄录凿刻在石壁上的爬满青苔的古人的题句；或在喧闹的溪流前洗脸濯足，他们就会在你身旁慢吞吞、不声不响地走过去。悄悄地超过了你。等你发现他走在你的前头时，会吃一惊，茫然不解，以为他们是像仙人那样腾云驾雾赶上来的。

有一次，我同几个画友去泰山写生，就遇到过这种情况。我们在山下的斗姥宫前买登山用的青竹杖时，遇到一个挑山工。矮个子，脸儿黑生生，眉毛很浓，大约四十来岁；敞开的白土布褂子中间露出鲜红的背心。他扁担一头拴着几张黄木木凳子，另一头捆着五六个青皮西瓜。我们很快就越过他去。可是到了回马岭那条陡直的山道前，我们累了，舒开身子，躺在一块平平的被山风吹得干干净净的大石头上歇歇脚，这当儿，竟发现那挑山工就坐在对面的草茵上抽着烟。随后，我们差不多同时启程，很快就把他甩在身后，直到看不见。但当我爬上半山的五松亭时，却见他正在那株姿态奇特的古松下整理他的挑儿。褂子脱掉，现出黑黝黝、健美的肌肉和红背心。我颇感惊异。走过去假装问道，让支烟，跟着便没话找话，和他攀谈起来。这山民倒不拘束，挺爱说话。他告诉我，他家住在山脚下，天天挑货上山。一年四季，一天一个来回。他干了近二十年。然后他说：“您看俺个子小吗？干挑山工的，长年给扁担压得长不高，都是矮粗。像您这样的高个儿干不了这种活儿。走起来，晃晃悠悠哪！”

一个小家庭的形成(1972年)

清贫为伴的岁月。肘部的补丁是一种又涩又美的装饰

他逗趣似的一抬浓眉，咧开嘴笑了，露出皓白的牙齿。山民们喝泉水，牙齿都很白。

这么一来，谈话更随便些，我便把心中那个不解之谜说出来：

"我看你们走得很慢，怎么反而常常跑到我们前边来了呢？你们有什么近道儿吗？"

他听了，黑生生的脸上显出一丝得意之色。他吸一口烟，吐出来，好像做了一点思考，才说：

"俺们哪里有近道，还不和你们是一条道？你们是走得快，可你们在路上东看西看，玩玩闹闹，总停下来呗！俺们跟你们不一样。不能像你们在路上那么随便，高兴怎么就怎么。一步踩不实不行，停停住住更不行。那样，两天也到不了山顶。就得一个劲儿总往前走。别看俺们慢，走长了就跑到你们前边去了。瞧，是不是这个理儿？"

我笑吟吟，心悦诚服地点着头。我感到这山民的几句话里，似乎包蕴着一种意味深长的哲理，一种切实而朴素的思想。我来不及细细嚼味，作些引申，他就担起挑儿启程了。在前边的山道上，在我流连山色之时，他还是悄悄超过了我，提前到达山顶。我在极顶的小卖部门前碰见他，他正在那里交货。我们的目光相遇时，他略表相识地点头一笑，好像对我说：

"瞧，俺可又跑到你的前头来了！"

我自泰山返回家后，就画了一幅画——在陡直而似乎没有尽头的山道上，一个穿红背心的挑山工给肩头的重物压弯了腰，却一步步、不声不响、坚韧地向上登攀。多年来，这幅画一直挂在我的书桌前，不肯换掉，因为我需要它……

进　香

信徒的虔诚有时令人惊异莫解。精明练达往往顾虑重重，单一而偏执的虔诚却常常能创造奇迹。其实这奇迹是旁人这么看，本人未必以为是什么壮举才去做的。就像这些登上几千尺高山去进香拜佛的婆娘们——

一

登泰山者，有相当一些人是朝山拜佛的，自古如此。即便"十年动乱"间也是这样。那时，山间寺庙都闭门上锁，各处神佛塑像全给搬进山顶碧霞祠的正殿里。其中有释迦牟尼、如来、关帝、观音大士、土地爷，也有罗汉、韦驮和此地独有的岱神。千百年来这些神佛在各自的庙堂里主事，互不相识，如今拥挤一室，彼此陌生，又没人介绍，只好瞪着吃惊的眼睛面面相觑。可是这些上山求佛来的婆娘们却一一认得。她们进不得封闭的殿堂，就用手指尖悄悄捅开窗纸，挤着一只眼儿透过木棂，找到自己所寻求的佛爷。趁着那严厉的看管庙堂的人有事离开的当儿，赶紧拿出几根自制的草香，插在地面的砖缝里，趴下来，隔着上了黄铜大锁的庙门，给门内的诸神叩头。

这是那十年间，泰山上兴起的一种奇异的风俗。自古烧香拜佛，都得面对佛爷，哪有隔门拜佛的规矩？但门上的锁断然不能打开，虔诚的心意却锁不住、拦不断，照样能奉献到这些呆呆的佛爷跟前，虽然愚昧可笑，却显出这些无知的婆娘们的至诚之深。由此便知，世上最难约束的，乃是人心。歌儿不能唱在嘴上，依旧唱在心里；你什么也听不见，他正唱给自己听。

这叫做——无形的存在。

二

人说女人心慈，所以烧香拜佛的大都是婆娘们，尤其是些住在山沟，远隔世事的老婆婆。到泰山拜佛的人，近自山下方圆几十里的村落，远至数百里之外的德州一带。不论远近，仅仅从山脚起始攀登，及至山顶，也得跋涉二十余里山路，又多是回绕而陡峭的石阶。偏偏寺庙大都修筑在半山之上，就得使这些七老八十的小脚老婆婆们，千辛万苦爬上峰顶。我纳闷，当初这些修庙建寺的人，怎么没人替善心的老婆婆们想一想呢？有人告诉我，这正是要考验老婆婆们的诚心。不经过这千折百回、劳其筋骨的辛苦，怎能知其真假？佛爷向来不肯轻信于人的。不管这说法是不是笑话，反正至诚不二的老婆婆却执意这样做了，她们的虔诚与毅力不单会感动神灵，也常常感动那些不信神佛的年轻的游人，居然也跑到庙里装模作样地叩几个头。

这些老婆婆拜过佛爷，就打怀里摸出一个钱板，去到碧霞祠院内的御碑上磨一磨。据说把这钱板的边儿磨去，带回家，当中打个小孔，穿根红线绳套在孙儿的脖颈上，可以"长寿无边"。这由于钱板的边儿磨去了，取其"无边"之意，其实世上的事哪有无穷无尽的，不过图个吉利罢了。

拜过佛，磨过钱，老婆婆们心满意足，便折一枝山花，慢悠悠下山来。你登泰山时，只要见到老婆婆们手执一条花枝，乐滋滋走下山，不用问，一准就是朝山拜佛的。

每逢春至，风和景明，寂寂山谷中，常有三五婆娘结成伴儿，顺着那万丈天梯般的石阶山路，慢慢腾腾往上爬，或是走下来。她们穿得干干净净，头发梳得油光乌亮，神情郑重不阿；前前后后还跟着几个小姑娘，臂弯里挎一个蓝底白花的土布包袱，里边装着衣物干粮。婆娘们手拄的竹棍木杖，敲着石磴，声调清越，与四外的松涛、泉响、鸟鸣，合成谐美悦耳的乐音。她们这红颜、白发，以及每人手中一枝鲜黄的迎春花，在郁郁幽深的谷壑中分外招眼。

她们时走时停，有时还要坐在石阶上揉一揉酸胀的小脚，喘口气，等候步履略迟的同伴，或是打开包袱，拿出锅盖大焦黄的煎饼、翡翠般的大葱和香喷喷的酱罐，用这种地道的山东乡民的祖食，填饱在劳累中耗空了的饥肠饿肚。这时，你走上去，与她们搭讪，她们准是乐于与你攀谈的。她们一边掠一掠给汗粘在颊边的鬓发，一边弯起满脸深深的皱纹，龇着零落、歪斜、发黄的牙齿，笑呵呵告诉你：去年她们上山来请佛爷赐给每人一个孙儿，并许了愿，如果佛爷真的给她们孙儿，来年准来还愿；回家不久，儿媳们竟然都有了孕，当下胖大的孙儿早都抱在怀中。所以老婆婆们今儿特意翻山越岭还愿来了。

你听了，会被她们这质朴和虔诚所感染！你不但不会笑话老婆婆们愚昧无知，反而会敬重她们的纯真和信义。多可爱的老婆婆们！只要佛爷的话算数，她们再苦再累也不能说了不算。虔诚是圣洁美好的心境。于是，你就会诚心诚意向老婆婆们贺喜道福，让老人们满心欢喜地返回去！

三

在"文革"期间,社会空气沉闷肃杀的时候,我去泰山写生,攀过五松亭,见到松柏环抱里有一处石洞,洞口石壁凿刻三字:朝阳洞。洞内晦暗,隐隐飘出丝丝微蓝的烟缕。我猫腰钻进洞内,扑鼻而来是一阵浓浓好闻的烧香气味,一股庙堂的气息。透过弥漫洞中的香烟,渐渐看到洞内竖着一尊观音大士的石刻像,阴刻的线条遒劲流畅,一派静穆而慈悲的神态。洞顶乌黑,显然是给数百年来的香火熏灼所致。在这华夏文化荡涤一空的时代,居然有保存得如此完好的佛像,令我惊讶,刚要走近仔细观摩,突然呼喇喇在我身边站起几个人来。仔细一看,原来都是中年以上的乡村妇女。身穿蓝袄黑裤,鬓边各垂乌鸦翅膀那样一片头发,不知是哪个地方的打扮。她们个个显得尴尬又紧张,好像做了什么错事那样等待我发火似的。其中一个妇女正用脚蹴着什么东西。原来地上有一小撮土,上面插着几炷香,香头红亮,袅袅冒烟。她是想把香踢倒,用土掩盖。我马上明白,她们是来烧香的,并错把我当做山上大队的"造反"干部。当时到山上烧香是要给扣起来的。

我便犹豫了。我如果站在这里,她们肯定不敢烧香叩头;我如果走掉,她们便会疑心我去报告那些造反者来抓她们,反而会吓跑了。那么,她们千辛万苦赶到这里,只为了在佛爷面前烧几炷香,叩几个头,祈求一点安慰,充实一些希望,不就全给我扰散,快快归去么?我将无论怎么忏悔,也无法弥补这无意中的过失。这可真是进退两难……我和这些婆娘们都怔怔站着,不知所措。

忽然,一个极其聪明的办法钻进我的脑袋里。就像写作时来了灵感一样，马上就做。我上前，把地上那撮土拍好，将香插直，虽然我根本不信这些不存在的佛爷，却扑通一下跪下来给神像叩头。周围这几个婆娘先是一怔，跟着不约而同地扑跪在地，和我一起认真地叩头作揖。叩完头站起来，我们每人膝盖上都带着两大块黄土印子，面对面，不由得咧嘴露出十分快活的笑容。

　　她们快活，因为她们如愿以偿；我也快活，因为我觉得自己还算聪明。这聪明使我做了一件多么好的事啊！

鼻子的轶事

我一直认为人类的艺术创造有个重大疏漏，就是没有一种满足鼻子的艺术。在艺术中，有满足眼睛的，比如美术、雕塑和摄影；有满足耳朵的，比如音乐和歌唱；影视和戏曲是综合艺术，它们能同时满足眼睛和耳朵，却唯独把鼻子排斥在"艺术爱好者"之外了。嘴呢？对了，你会问。不要说也没有专供嘴巴来享受的艺术吧，千变万化的烹调艺术足能使嘴巴受用不尽了。聪明万能的人类为什么偏偏冷淡了、小瞧了、甚至荒废了鼻子？这个位居脸的中心的高贵的鼻子难道是个"艺盲"？难道它迟钝、麻木、低层次、无感受、缺乏情感细胞？难道它只能分辨香臭、只是用来呼吸的吗？是呵，是呵，你想想看，流泪是一种感情的表露，那么流鼻涕呢？那不是伤心而是伤风。

然而，请你静下心再想一想——

每每早春初至，你是怎样感受到它的来临？那时，大地既没有绽露些许绿意，冰河尚无解冻时清脆的声响——你显然不是依靠眼睛和耳朵，而是凭着灵敏的鼻子察觉出这大自然催生的气息……我说过，春天最先是闻到的。

你是从哪一种气息里闻到的？

从融雪的气息、腐叶的气息、带着寒意的清晨的气息、泥土中苏醒的气息里，还是从一阵冷冷的疾雨里？世间雨的气息各种各样，有瑟缩深秋的绵绵细雨、炎炎夏日骤然浇下又热烘烘蒸腾起来的阵雨，以及随同微风可以闻到的凉滋滋的夜雨……这种种不同的雨的气味，比起雨的画面更能勾起你在同一种雨中经历的回忆。一次空空的等待或一次失去般的离别，一次义气的援救或是一次负疚的逃脱——不管具体细节怎样，总是气味帮助你记忆，也帮助你回忆；混同气味记在心底的，也只能被同一种气味勾上心头。再往深处想想，是不是世界上只有亲人的气味你记得最深最牢？母亲的、恋人的、孩子的。这气味比形象和声音更不能模仿和复制。精确分辨又刻骨铭心记住的不全是依靠鼻子吗？

我知道一个女人，一直保存着她逝去的丈夫的一件睡衣。她从来不洗这件睡衣，为了保留丈夫身体的气味，每当思念之情不能自已时，就拿出这件睡衣，贴在脸上闻一闻，活生生的丈夫便在身边。由此我得知，当生命消失时，它会转化为一种气息留在世上，活着的人靠着鼻子与他息息相通、默默相连。鼻子并非呼吸的器官，而是心灵的器具。由于多愁善感的鼻子，我们对这世界的感知便多了一倍！

鼻子又是慷慨无私的。尽管人类不给它任何享受艺术的方式，它却积极地参与艺术的创造。对了！我说的是鼻音，想想看，当歌唱家们使用鼻音时，那声音就会变得何等的奇异与美妙！

这叫我想起一件往事。虽然有些怪诞，却是我经历过的。

很多年前，我有个邻居是位业余歌手，他相貌寻常，身材四肢都极普通，唯有那鼻子大得像只梨儿挂在脸的中央。如果你坐在他身旁，会觉得呼吸困难，好像氧气都叫他那硕大无朋的鼻子吸走了。他说话，声音似乎不穿过喉咙而穿过鼻腔，那声音就像火车穿过隧道那样隆隆作响，唱起歌来根本听不见歌词，仿佛一百只大黄蜂在空中狂飞，据说他考过许多专业歌唱团，但谁会选取这种听不清歌词的鼻子叫呢；而邻居们不过把他的歌唱，当做一种有高低音变化的鼾声罢了。

后来,他走运了。一个名叫"海河合唱团"的团长以伯乐的眼光瞧上他的大鼻子,把他请进合唱团。合唱团不管他咬字是否清晰,只要他的鼻音。谁料到他这闷雷般的轰鸣,像是给合唱加进去一架大风琴那样,发出意想不到的声音效果。上百张嘹亮的嘴巴加上一个浑厚的鼻子,开创了一个前所未闻的神奇境界。这个平淡无奇的合唱团竟因为一个鼻子走红了。很多观众为这鼻音而来,向台上寻找这奇妙声音的发源地。看吧,这梨儿似的鼻子,多像是给合唱团佩戴的一枚闪闪发光的勋章!

"文革"期间,许多文艺团体受冲击,合唱团为了跨时代地存在下去,改名叫做"红太阳宣传队"。但我这个邻居遇到了麻烦。因为当时所唱的歌曲一律是革命歌曲。他吐字不清,被怀疑是故意不唱歌词。受怀疑比受指责更可怕,他必须赶快学会吐字。大革命真是无坚不摧,这先天的毛病居然也改了。有生以来,声音一直从他鼻孔出来,现在竟改道走喉咙了;随着一个个字儿愈来愈清楚地蹦出嘴唇,那鼻音便一点点稀薄和消退,最终他唱起歌来和所有演员没有两样。一旦被统一了,他也就消失了;大家全一样,每个人便都可有可无。"红太阳宣传队"因此没了魅力,在后来的社会变动中无声无息地散了伙。

失去了鼻子的世界居然会变得如此乏味,你说究竟为了什么;是因为那独特的鼻子,还是因为那鼻子的独特?

无书的日子

你出外旅行，在某个僻远的小镇住进一家小店，赶上天阴落雨，这该死的连绵的雨把你闷在屋里。你拉开提包锁链，呀，糟糕之极！竟然把该带在身边的一本书忘在家中——这是每一个出外的人经常会碰到的遗憾。你怎么办？身在他乡，陌生无友，手中无书，面对雨窗孤坐，那是何等滋味？我吗，嘿，我自有我的办法！

道出这办法之前，先要说这办法的由来。

我家在"文革"初被洗劫一空。藏书千余，听凭革命造反派们撕之毁之，付之一炬。抄家过后，收拾破破烂烂的家具杂物时，把残书和哪怕是零零散散的书页都万分珍惜地敛起来，整理、缝钉，破口处全用玻璃纸粘好；完整者寥寥，残篇散页却有一大包袱。逢到苦闷寂寞之时，便拿出来读。读书如听音乐，一进入即换一番天地。时入蛮荒远古，时入异国异俗，时入霞光夕照，时入人间百味。一时间，自身的烦扰困顿乃至四周的破门败墙全都化为乌有，书中世界与心中世界融为一体——人物的苦恼赶走自己的苦恼，故事的紧张替代现实的紧张，即便忧伤悒郁之情也换了一种。艺术把一切都审美化，丑也是一种美，在艺术中审丑也是审美，也是享受。

但是，我从未把书当做伴我消度时光的闲友，而把它们认定是充实和加深我的真正伙伴。你读书，尤其是那些名著，就是和人类历史上最杰出的先贤智者相交！这些先贤智者著书或是为了寻求别人理解，或是为了探求人生的途径与处世的真理。不论他们的箴言沟通于你的人生经验，他们聪慧的感受触发你的悟性，还是他们天才的思想顿时把你蒙昧混沌的头颅透彻照亮——你的脑袋仿佛忽然变成一只通电发亮的灯——他们不是你最宝贵的精神朋友吗？

半本《约翰·克利斯朵夫》几乎叫我看烂，散页的中外诗词全都烂熟于我心中。然而，读这些无头无尾的残书倒别有一种体味，就像面对残断胳膊的维纳斯时，你不知不觉会用你自己最丰富的想象去安装它。书中某一个人物的命运由于缺篇少章不知后果，我并不觉得别扭，反而用自己的想象去发展它，完成它。我按照自己的意志为它们设想出必然的命运变化和结局。我感到自己就像命运之神那样安排着一个个生命有意味的命运历程。当时，我的命运被别人掌握，我却掌握着另一些"人物"的命运；前者痛苦，后者幸福。

往往我给一个人物设计出几种结局。小说中人物的结局才是人物的完成。当然我不知道这些人物在原书中的结局是什么，我就把自己这些续篇分别讲给不同朋友听。凡是某一种结局感动了朋友，我就认定原作一定是这样，好像我这才是真本，听故事的朋友们自然也就深信不疑。

"文革"后，书都重新出版了。常有朋友对我说："你讲的那本书最近我读了，那人物根本没死，结尾也不是你讲的那样……"他们来找我算账；不过也有的朋友望着我笑而不答的脸说："不过，你那样结束也不错……"

当初，续编这些残书未了的故事，我干得挺来劲儿，因为在续编中，我不知不觉使用了自己的人生经验，调动出我生活中最生动、独特和珍贵的细节，发挥了我的艺术想象。而享受自己的想象才是最醉心的，这是艺术创造者们所独有的一种感受。后来，又是不知不觉，我脱开别人的故事轨道，自己奔跑起来。世界上最可爱的是纸，偏偏纸多得无穷无尽，它们是文学挥洒的无边无际的天地。我开始把一张张洁白无瑕的纸铺在桌上，写下心中藏不住的、唯我独有的故事。

写书比读书幸福得多了。

读书是欣赏别人，写书是挖掘自己；读书是接受别人的沐浴，写作是一种自我净化。一个人的两只眼用来看别人，但还需要一只眼对向自己，时常审视深藏自身中的灵魂，在你挑剔世界的同时还要同样地挑剔自己。写作能使你愈来愈公正、愈严格、愈开阔、愈善良。你受益于文学首先是这样的自我更新和灵魂再造，否则你从哪里获得文学所必需的真诚？

读书是享用别人的创造成果，写书是自己创造出来供给他人享用。文学的本质是从无到有；文学毫不宽容地排斥仿造，人物、题材、形式、方法，哪怕别人甚至自己使用过的一个巧妙的比喻也不容在你笔下再次出现。当它所有的细胞都是新生的，才能说你创造了一个新生命。于是你为这世界提供一个有认识价值、并充满魅力的新人物，它不曾在人间真正活过一天，却有名有姓有血有肉，并在许许多多读者心底深刻并形象地存在着；一些人从它身上发现身边的人，一些人从它个性中发现自己；人们从中印证自己，反省过失，寻求教训，发现生存价值和生活真谛……还有，世界上一切事物在你的创作中，都带着光泽、带着声音、带着生命的气息和你的情感而再现，而这所有一切又都是在你两三尺小小书桌上诞生的，写书是多么令人迷醉的事情啊！

在那无书的日子里，我是被迫却又心甘情愿地走到这条道路上去的，这便是写书。

无书而写书。失而复得，生活总是叫你失掉的少，获得的多。

嘿嘿，这就是我要说的了——

每当旅行在外，手边无书，我就找几块纸铺展在桌。哪怕一连下上它半个月的雨，我照旧充满活力、眼光发亮、有声有色地呆在屋中。我可不是拿写书当做一种消遣。我在做上帝做过的事：创造生命。

遵从生命

一位记者问我：

"你怎样分配写作和作画的时间？"

我说，我从来不分配，只听命于生命的需要，或者说遵从生命。他不明白，我告诉他：

写作时，我被文字淹没。一切想象中的形象和画面，还有情感乃至最细微的感觉，都必须"翻译"成文字符号，都必须寻觅到最恰如其分的文字代号，文字好比一种代用数码。我的脑袋便成了一本厚厚又沉重的字典。渐渐感到，语言不是一种沟通工具，而是交流的隔膜与障碍——一旦把脑袋里的想象与心中的感受化为文字，就很难通过这些文字找到最初那种形象的鲜活状态。同时，我还会被自己组织起来的情节、故事、人物的纠葛，牢牢困住，就像陷入坚硬的石阵中。每每这个时候，我就渴望从这些故事和文字的缝隙中钻出去，奔向绘画……

当我扑到画案前，挥毫把一片淋漓光彩的彩墨泼到纸上，它立即呈现出无穷的形象。莽原大漠，疾雨微霜，浓情淡意，幽思苦绪，一下子立见眼前。无须去搜寻文字，刻意描写，借助于比喻，一切全都有声有色、有光有影地迅速现于腕底。几根线条，带着或兴奋或哀伤或狂愤的情感；一块块水墨，真切切的是期待是缅怀是梦想。那些在文字中只能意会的内涵，在这里却能非常具体地看见。绘画性充满偶然性。愈是意外的艺术效果不期而至，绘画过程愈充满快感。从写作角度看，绘画是一种变幻想为现实、变瞬间为永恒的魔术。在绘画天地里,画家像一个法师,笔扫风至,墨放花开,法力无限,其乐无穷。可是,这样画下去,忽然某个时候会感到,那些难以描绘、难以用可视的形象来传达的事物与感受也要来困扰我。但这时只消撇开画笔,用一句话,就能透其神髓,奇妙又准确地表达出来,于是,我又自然而然地返回了写作。

所以我说,我在写作写到最充分时,便想画画;在作画作到最满足时,即渴望写作。好像爬山爬到峰顶时,纵入水潭游泳;在波浪中耗尽体力,便仰卧在滩头享受日晒与风吹。在树影里吟诗,到阳光里唱歌,站在空谷中呼喊。这是一种随心所欲、任意反复的选择,一种两极的占有,一种甜蜜的往返与运动。而这一切都任凭生命状态的左右,没有安排、计划与理性的支配,这便是我说的:遵从生命。

这位记者听罢惊奇地说,你的自我感觉似乎不错。

我说,为什么不。艺术家浸在艺术里,如同酒鬼泡在酒里,感觉当然良好。

水墨文字

一

兀自飞行的鸟儿常常会令我感动。

在绵绵细雨中的峨眉山谷,我看见过一只黑色的孤鸟。它用力扇动着又湿又沉的翅膀,拨开浓重的雨雾和叠积的烟霭,艰难却直线地飞行着。我想,它这样飞,一定有着非同寻常的目的。它是一只迟归的鸟儿?迷途的鸟儿?它为了保护巢中的雏鸟还是寻觅丢失的伙伴?它扇动的翅膀,缓慢、有力、富于节奏,好像慢镜头里的飞鸟。它身体疲惫而内心顽强。它像一个昂扬而闪亮的音符在低调的旋律中穿行。

我心里忽然涌出一些片断的感觉,一种类似的感觉;那种身体劳顿不堪而内心的火犹然熊熊不息的感觉。

后来我把这只鸟,画在我的一幅画中。

所以我说,绘画是借用最自然的事物来表达最人为的内涵。这也正是文人画的首要的本性。

二

画又是画家作画时的心电图。画中的线全是一种心迹。因为,唯有线条才是直抒心臆的。

心有柔情,线则缠绵;心有怒气,线也发狂。心境如水时,一条线从笔尖轻轻吐出，如茧吐丝。又如一串清幽的音色流出短笛。可是你有情勃发，似风骤至，不用你去想怎样运腕操笔，一时间，线条里的情感、力度、乃至速度全发生了变化。

为此，我最爱画树画枝。

在画家眼里树枝全是线条；在文人眼里，树枝无不带着情感。

树枝千姿万态，皆能依情而变。树枝可仰，可俯，可疏，可繁，可争，可倚；唯此，它或轩昂，或忧郁，或激奋，或适然，或坚韧，或依恋……我画一大片木叶凋零而倾倒于泥泞中的树木时，竟然落下泪来。而每一笔斜拖而下的长长的线，都是这种伤感的一次宣泄与加深。以致我竟不知最初缘何动笔？

至于画中的树，我常常把它们当做一个个人物。它们或是一大片肃然站在那里，庄重而阴沉，气势逼人；或是七零八落，有姿有态，各不相同，带着各自不同的心情。有一次，我从画面的森林中发现一棵婆娑而轻盈的小白桦树。它娇小，宁静，含蓄；那叶子稀少的树冠是薄薄的衣衫。作画时我并没有着意地刻画它。但此时，它仿佛从森林中走出来了。我忽然很想把一直藏在心里的一个少女写出来。

三

绘画如同文学一样，作品完成后往往与最初的想象全然不同。作品只是创作过程的结果。而这个过程却充满快感，其乐无穷。这快感包括抒发、宣泄、发现、深化与升华。

绘画比起文学具有更多的变数。因为，吸水性极强的宣纸与含着或浓或淡水墨的毛笔接触时，充满了意外与偶然。它在控制之中显露光彩，在控制之外却会现出神奇。在笔锋扫过之地方，本应该浮现出一片沉睡在晨雾中的远滩，可是感觉上却像阳光下摇曳的亮闪闪的荻花，或是一抹在空中散步的闲云？有时笔中的水墨过多过浓，天下的云向下流散，压向大地山川，慢慢地将山顶峰尖黑压压地吞没。它叫我感受到，这是天空对大地惊人的爱！但在动笔之前，并无如此的想象。到底是什么，把我们曾经有过的感受唤起与激发？

是绘画的偶然性。

然而，绘画的偶然必须与我们的心灵碰撞才会转化为一种独特的画面。

绘画过程中总是充满了不断的偶然，忽而出现，忽而消失。就像我们写作中那些想象的明灭，都是一种偶然。感受这种偶然是我们的心灵。将这种偶然变为必然的，是我们敏感又敏锐的心灵。

因为我们是写作人。我们有着过于敏感的内心。我们的心还积攒着庞杂无穷的人生感受。我们无意中的记忆远远多于有意的记忆。我们深藏心中人生的积累永远大于写在稿纸上的有限的素材。但这些记忆无形地拥满心中，日积月累，重重叠叠，谁知道哪一片意外形态的水墨，会勾出一串曾经牵肠挂肚的昨天？

然而，一旦我们捕捉到一个千载难逢的偶然，绘画的工作就是抓住它不放，将它定格。然后去确定它、加强它、深化它。一句话：

艺术就是将瞬间化为永恒。

四

　　纯画家的作画对象是他人；文人（也就是写作人）作画对象主要是自己。面对自己和满足自己。写作人作画首先是一种自言自语；自我陶醉和自我感动。

　　因此，写作人的绘画追求精神与情感的感染力；纯画家的绘画崇尚视觉与审美的冲击力。

　　纯画家追求技术效果和形式感，写作人则把绘画作为一种心灵工具。

五

　　一阵急雨沙沙有声落在纸上。那是我洒落在纸上的水墨。江中的小舟很快就被这阵濛濛雨雾所遮翳。只有桅杆似隐似现。不能叫这雨过密过紧，吞没一切。于是，一支蘸足清水的羊毫大笔挥去，如一阵风，掀起雨幕的一角，将另一只扁舟清晰地显露出来，连那个头顶竹笠、伫立船头的艄公也看得分外真切。一种混沌中片刻的清明，昏沉里瞬息的清醒。可是，跟着我又将一阵急雨似淋漓的水墨洒落纸上，将这扁舟的船尾遮蔽起来，只留下这瞬息显现的船头与艄公。

　　我作画的过程就像我上边文字所叙述的过程。我追求这个过程的一切最终全都保留在画面上，并在画面上能够体验到，这就是可叙述性。

　　写作的叙述是线性的，过程性的，一字一句，不断加入细节，逐步深化。

这里，我的《树后边是太阳》正是这样：大雪后的山野一片洁白，绝无人迹。如果没有阳光，一定寒冽又寂寥。然而，太阳并非没有隐遁，它就在树林的后边。虽然看不见它灿烂夺目的本身，但它无比强烈的光芒却穿过树干与枝桠，照射过来，巨大的树影无际无涯地展开，一下子铺满了辽阔的雪原。

于是，一种文学性质需要说明白。就是我这里所说的叙述性。它不属于诗，而属于散文。那么绘画的可叙述也就是绘画的散文化。

六

最能寄情寓意的是大自然的事物。

比如前边所说树枝的线条可以直接抒发情绪。

再比如，这种种情绪还可以注入流水。无论它激扬、倾泻、奔流，还是流淌、潺缓、波澜不惊，全是一时的心绪。一泻万里如同浩荡的胸襟；骤然的狂波好似突变的心境；细碎的涟漪中夹杂着多少放不下的愁思？

至于光。它能使一切事物变得充满生命感。哪怕是逆光中的炊烟。一切逆光的树叶都胜于艳丽的花。这原因，恐怕还是因为一切生命都受惠于太阳。生命的一切物质含着阳光的因子。比如我们迎着太阳闭上眼，便会发现被太阳照透的眼皮里那种血色，通红透明，其美无比。

还有秋天的事物。一年四季里，唯有秋天是写不尽也画不尽的。春之萌动与锐气，夏之蓬勃与繁华，冬之萧瑟与寂寥，其实也都包括在秋天里。秋天的前一半衔接着夏天，后一半融入冬天。它本身又是大自然最丰饶的成熟期。故此，秋的本质是矛盾又斑斓，无望与超逸，繁华而短促，伤感而自足。

写作人的心境总是百感交集的。比起单纯的情境，他们一定更喜欢唯秋天才有的萧疏的静寂，温柔的激荡，甜蜜的忧伤，以及放达又优美的苦涩。

能够把一切人生的苦楚都化为一种美的只有艺术。

在秋天里，我喜欢芦花。这种在荒滩野水中开放的花，是大自然开得最迟的野花。它银白色的花有如人老了的白发。它象征着大自然一轮生命的衰老吗？如果没有染发剂，人间一定处处皆芦花。它生在细细的苇秆的上端，在日渐寒冽的风里不停地摇曳。然而，从来没有一根芦苇荻花是被寒风吹倒吹落的！还有，在漫长的夏天里，它从不开花。任凭人们漠视它，把它只当做大自然的芸芸众生，当做水边普普通通的野草。它却不在乎人们怎么看它，一直要等到百木凋零的深秋，才喷放出那穗样的毛茸茸的花来。没有任何花朵与它争艳。不，本来它的天性就是与世无争的。它无限的轻柔，也无限的洒脱。虽然它不停在风中摇动，但每一个姿态都自在，随意，绝不矫情，也不搔首弄姿。尤其在阳光的照耀下，它那么夺目和圣洁！我敢说，没有一种花能比它更飘洒、自由、多情，以及这般极致的美！也没有一种花比它更坚韧与顽强。它从不取悦于人，也从不凋谢摧折。直到河水封冻，它依然挺立在荒野上。它最终是被寒风一点点撕碎的。

在这永无定态的花穗与飘逸自由的茎叶中，我能获得多少人生的启示与人生的共鸣？

七

绘画的语言是可视的。

绘画的语言有两种。一是形式的,一是技术的。中国人叫做笔墨;现代人叫做水墨。

我更看重笔墨这种语言。

笔作用于纸,无论轻重缓疾;墨作用于纸,无论浓淡湿枯——都是心情使然。

笔的老辣是心灵的枯涩;墨的溶化是情感的舒展。笔的轻淡是一种怀想,墨的浓重是一种撞击。故此,再好的肌理美如果不能碰响心里事物,我也会将它拒之于画外。

文学表达含混的事物,需要准确与清晰的语言;绘画表达含混的事物,却需要同样含混的笔墨。含混是一种视觉美,也是我们常在的一种心境。它暧昧、未明、无尽、嗫嚅、富于想象。如果写作人作画,便一定会醉心般地身陷其中。

八

我习惯写散文时,放一些与文章同种气质的音乐做背景。

那天,我在写一只搁浅于湖边的弃船在苦苦期待着潮汐。忽然,耳边听到潮汐之声骤起。当然这是音乐之声。是拉赫马尼诺夫的音乐吧!我看到一排排长长的深色的潮水迎面而来。它们卷着雪白的浪花,来自天边,其速何疾!一排涌过,又一排上来。向着搁浅的小船愈来愈近。雨点般的水点溅在干枯的船板上。扬起的浪头像伸过来的透明而急切的手。音乐的旋律一层层如潮地拍打在我的心上。我紧张地捏着笔杆，心里激动不已，却不知该怎么写。

突然，我一推书桌，去到画室。我知道现在绘画已经是我最好的方式了。

我把白宣纸像月光一样铺在画案上，满满地刷上清水。然后，用一支水墨大笔来回几笔，墨色神奇地洇开，顿时乌云满纸。跟着大笔落入水盂，笔中的余墨在盂中的清水里像烟一样地散开。我将一笔极淡的花青又窄又长地抹上去，让阴云之间留下一隙天空。随即另操起一支兼毫的长锋，重墨枯笔，捻动笔管，在乌云压迫下画出一排排翻滚而来的潮汐……笔中的水墨不时飞溅到桌上手背上；笔杆碰在盆子碟子上叮当有声。我已经进入绘画之中了。

待我画完这幅《久待》，面对画面，尚觉满意。但总觉还有什么东西深藏画中。沉默的图画是无法把这东西"说"出来的。我着意地去想，不觉拿起钢笔，顺手把一句话写在稿纸上：

"人生的大部分时间就像钓者那样守着一种美丽的空望。"

跟着，我就写了下去：

"期望没有句号。"

"美好的人生是始终坚守着最初的理想。"

"真正的爱情是始终恪守着最初的誓言。"

"爱比被爱幸福。"

于是，我又返回到文学中来。

我经常往返在文学与绘画之间，然而这是一种甜蜜的往返。

画枝条说

是日，做纯理性思考。思考乃一奇妙的境界。各种思维线索，有如大地江河，往来奔突，纵横交错，看上去如同乱网，实则源流有序，泾渭分明。于是一时思得心头大畅，抬手由笔筒取长锋羊毫一支，正巧砚池有墨，案桌有纸，遂将笔锋饱浸墨汁。笔随手，手随心，心无所想，更无形象，落纸却长长抒展出一根枝条来。这好似春风吹树，生机勃发，转瞬就又软又韧伸出这好长好鲜的一条呵。

一枝既出，复一枝顺势而来。由何而来，我且不管。反正腕下如行云流水，漫泻轻飏，无所阻碍。枝枝不绝，铺向满纸。不知不觉间，已浸入并尽享一种自我的丰富之中了。

然而行笔之间，渐渐有种异样的感觉。这一条条运行在纸上的墨线，多么像刚才那思维的轨迹？

有时，一条线飘逸流泻，空游无依，自由自在，真好比一种神思在随意发挥；有时，笔生艰涩，腕中较劲，线条顿挫有力，窜枝拔节，酷似思维的层层深入；有时，笔锋疾转，陡生意外，莫不是心中腾起新的灵感？于是，真如树分两枝，一条线化成两条线，各自扬长而去，纸上的境界为之一变。

这枝条居然都成了我思维的显影。

一大片修长的枝条好似向阳生长，朝着斜上方拥去；那里却有几条劲枝逆向而下，带着一股生气与锐意，把这片丰繁而弥漫的枝桠席卷回来。思维的世界本无定势，就看哪股力量更具生命的本质。往往一枝夺目出现，顿时满树没入迷茫。而常常又在一团参差交错、乱无头绪的枝桠中，会发现一个空洞似的空间，从中隐隐透着蒙蒙的微明。这可不是一处空白，仔细看去，那里边已经有了淡淡的优雅的一枝，它多么像一声清明又鲜活的召唤！

我明白了，原来这满纸枝条，本来就是我此刻思维的图像。我第一次看见了自己的理性世界。在这往复穿插、层层叠叠的立体空间里，无数优美的思维轨迹，无数勇气的涉入与艰涩的进取，无数灵性的神来之笔，无数深邃幽远的间隙，无比的丰富、神奇、迷人！这原来都是我们的思维创造的。理性世界原来并不完全是逻辑的、界定的、归纳的、简化的；它原来比生命天地更充溢着强者的对抗，新旧的更替，生动的兴衰与枯荣；它还比感情世界更加变化无穷，流动不已，灿烂多姿和充满了创造。

我停住笔，惊讶于自己画了这样一幅没有感情色彩却使自己深深感动的画。原来人类的理性思考才是一个至美的境界。我复又提笔，写上两句：

枝乱我不乱，从容看万条。

却不知缘何写了这两句不着边际的画外的话。

画飞瀑记

这日，忽有莫名之豪情骤至，画兴随之勃发，展纸于案，但觉纸短，便扯过一幅八尺素白宣纸换上。伸手从笔筒中取一支长管大笔，此刻心中虽无任何形象，激荡情绪已到笔端，笔头随即强烈抖颤起来。转手一捅砚心，墨滴四溅，点点落到皎白纸面也全然不顾。然手中之笔已不听任于手，惊鸟一般陡地跳入水盂，一汪清水便被这墨笔扰得如乌云般翻滚涌动。眼前纸面，恍若疾风吹过，云皆横态，大江奔去，浪做斜姿；奔泻的笔墨随同这幻象一同呈现。

水墨大笔在纸的上端横向挥洒，即刻一片洪流溥然展开，看似万骏狂驰，瞬息而至。不待思索如何谋篇布局，笔管自动立起，向下劲扫数笔，顿时万马落崖，江河倒挂，水气冲来，不觉倒退几步，更有一阵冷雨扑面，不知是挥舞的水墨飞溅，还是一种逼真的幻觉所致。大水随笔倾下，长流百尺，一泻到底，极是畅快，心中块垒也被浇得净尽。水落深谷，腾龙跃蛟，崩云卷雪，耳边已响起一阵如雷般的轰鸣。继而，换一支羊毫大笔，饱蘸清水淡墨，亦我绵绵情意，化浪花为湿雾，化浓霭为轻烟，默然飞动，舒漫流散。更有云烟飞升，萦绕于危崖绝巘之间；望去如薄纱遮翳，似明似灭，或有或无，渺迷幽蔓，无上高远复深远也。此皆运笔之虚实轻重使然。笔欲住而水不止，烟欲遁而雾不绝。水过重谷，乱石相截。然非此不能表现水的浩荡、顽强与百折不回的勇气。因之，阔笔写一横滩，水则涌而漫过；浓墨泼一立石，水则砰然拍去，激出巨浪，笔甩墨飞，冷气夹带水珠，弹向天空。岩石夹峙，水流倍猛,四处疾射,奔流前行。一路遇阻而过,逢截必越,腕间似有不挡之势。画笔受激情鼓荡,撞得水盂砚池叮当作响。此亦画之音乐也。直画得荡气回肠,大气磅礴。只见水出谷底,汇成巨流,汩汩而去。不觉挥腕一扫,掷笔画成。

于是,悬画于壁,静心望去,原来竟是一大幅飞瀑图。奇怪!作画之前,并未有此图之想,缘何成此画图?一般所谓作画"胸有成竹"在"胸无成竹"之上,错矣!殊不知,"胸无成竹"才是最高的作画境界。此便是先有内心的情氛与实感,不过借笔墨一时成像罢了。

身在世纪之交,每思前顾后,阅历百年,感慨万端。然而,由当今而瞻前,确是阔而无涯。心所往,皆宏想。由是黄钟大吕,时亦鸣响心中。这便是如上豪情时有骤至之故。图画至此,意犹未尽,遂取一支长锋狼毫笔,题数字于画上,乃是这样一句:

万里泻入心怀间

画为文外事,文亦画外事;画为文中事,文亦画中事。画罢作文,以记之。

我的书法生活

我有两间工作室。一间书房,一间画室,屋门对开。写作间偶有妙思,或是佳句,旋即出书房,入画室,展白宣,运长锋,一挥而就,书法生矣!

笔墨是我的心灵器具。我不为书法而写,只为心灵而书。我的书法亦我的写作。还有一半是对笔墨美的崇尚。

故而,我从不临帖,但我读帖。我把古人当做崇高的朋友。我在与他们的神交之中,细品他们的品格、气质与精神。我不会照猫画虎地去"克隆"他们的一招一式。我以被人看出我师从何处为羞。我的书法只听命于我的精神情感。

倘有朋友约我书法,我不会提笔就写,立等就取。心无美文,情无所至,不会动笔。故而只是记住此事,慢慢等待内心的潮汐。倘若潮水忽来,笔墨随之卷入,辄必有一幅得意的书法赠予友人。

我把书法作为一己的心灵生活。故而,不喜欢别人的逼迫与勉强,不喜欢书写那种无关痛痒的名人留言;更不喜欢当众挥毫表演,似有江湖卖艺的感觉。

我不会天天不停地写,甚至一连写上三幅就会感到厌倦。我喜欢与书法的关系是一种不期而遇的邂逅。那一瞬,我们彼此都会惊奇,充满新鲜与兴奋。笔与墨,一边让我熟悉,一边给我意外。只有此时,我才会感到笔墨也是有生命的。笔墨的性格是一半顺从,一半逆反;一半清醒,一半烂醉。我们的艺术创造,不是一半来自于笔墨的自我发挥吗?

甲子之年,我写了一首诗,实际上是写了我的艺术观:

　　笔墨伴我一甲子,谁言劳心又劳神;
　　墨自含情也含爱,笔乃有骨亦有魂;
　　如烟岁月笔下挽,似水时光墨中存;
　　我书我画我文章,笔墨处处皆我人。

此诗写过,欲言尽之。

行间笔墨

在终日四处的奔波中,常常不能拒绝的事便是应人家请求,提起毛笔写几句话。想想看,人家盛情陪同,尽其所能地招待和照顾,而这些景物本来又都是自己切切关心的,待到告别之时,人家备好纸笔墨砚,请你留下"墨宝",怎好把脸一板推掉?故而这些行间的笔墨大多在来去匆匆之间,凭着的是一时的情意与兴致,很是即兴。比方,在四川绵竹考察年画,被那里独有的"填水脚"所震惊。所谓"填水脚",乃是每逢年根,画工们干完活要回去过年,顺手将颜料渣子混上水色,涂抹在印了线版的纸上。画工们人人都是才艺精绝,故而这些看似率意为之的几笔,很像中国画的大写意,立笔挥扫,神气飞扬。绵竹年画本来就像川剧,高亢辛辣,这"填水脚"更是将川地年画独有的地域气质发挥到极致。特别是绵竹年画博物馆中一对清代中期"填水脚"的门神,不过七八笔,人物跃然而生。我看得如醉如痴,不停地说:"这简直是民间的八大!"

从博物馆出来,便被主人引入一间小室。桌上已摆上文房四宝。不用去想,心中已有两句话冒出来,挥笔先写道:"土中大艺术"。这上一句写过,忽觉心中的下一句不甚好。下边一句应当更妙才是。此刻扭头看到窗台上有个剑南春的酒瓶。绵竹也是名酒剑南春的故乡。这一瞬,老天爷亲吻了我的脑门,妙语倏忽而至,接下去便写出来:"纸上剑南春"。这一句叫主人高兴非常。

再一次更有趣的是在乐山。仰观大佛之后,在席间主人说:

"你总得留点纪念给我们。"我想，乐山大佛是天下佛窟中至美至上之宝。我已经是千里迢迢第二次来看大佛了，应当在这里留一幅字。有了这想法，却像得到神助那样，心中首先出现的两个字"大佛"，倒过来便是"佛大"，由是而下，一佳句油然而生——"佛大大于大佛"。下边还应有一句，自然想到"乐山"和"山乐"等……于是两句绝妙好词装入胸中。待展纸书写之时，我对主人说，这幅字很难写。主人说为什么。我说其中两个字要重复两次，还有两个字要重复三次。便是：

佛大大于大佛
山乐乐似乐山

待写过这幅，放下笔一看，居然竖着读奇妙，横着读也通也奇妙，更觉得这两句不是自己脑袋想出来的，好像谁告诉我的。此种乐趣，还有谁知？

这行间的笔墨并非总是灵感迭出，若有神助。有时人马劳顿，情思壅滞，而文人书法偏偏要"言必己出"，又不能落笔平庸，往往就被盛情的主人逼入绝境。逢到此时，只好请主人留下姓名地址，回去补写后再寄来，决不勉强自己。

即使是这样，也常常会留下遗憾。比如，前些天在如皋，参观水绘园。此园曾是文人学士会集之所，又是明代名姬董小宛栖隐之处。园中景物相映，玲珑曲折，气息幽雅，世称文人图。游园时，因景生情，因情生句，待主人相邀题字时，捉笔便写了"园如书卷可捲，景似画轴当垂"两句。主人颔首称好。可是自己心里总感觉有些不妥。题字，字比词更为重要。但是，词要思量，字须推敲，时间这样仓促，被人又请又拉，怎好从细斟酌？从水绘园出来后，坐在车上，把刚刚的题词放在心中来回一折腾，忽觉应该改两个字，应是：

　　园如书卷半捲
　　景似画轴长垂

这样才好，可惜已经晚了。那幅糟糕的字留在人家那里，自己却带着遗憾直至此刻此时。

　　再说两件得意的事。
　　一次在西南某地。一位主人为他的上级领导向我索字。这也是在各地常常碰到的事。但我的笔墨从不为人帮闲，遂写了一句：

　　心中百姓是神仙

　　我想此句如使他受用，当也使他受益。
　　再一次是在南通小狼山的广教寺。寺中方丈请我留下笔墨。小狼山为天下最小名山，虽然仅仅一百零八米，却有一座古庙和宋塔伫立峰尖。日日晨钟暮鼓，梵响散布万家。想到此处，因题道：

　　最小山头，
　　顶大佛界。

由于宣纸劲润，笔也凑手，写得水墨淋漓，极是酣畅。

生活方式(1980年)

写《高女人和她的矮丈夫》那一年(1982年)

方丈合掌行礼，表示满意与谢意。我却说，这句话也是为我自己写的。此我世间的追求是也。

因之可谓，行间笔墨，其乐无穷。

天一阁观画记

吾乡宁波,别称甬,古来以四香传扬天下。四香者,谓之曰:米香、鱼香、书香、墨香也。

自河姆渡发掘出金灿灿七千年前之稻谷,吾乡便被看作中华粮米之源头。放目甬地,水光盈盈,物皆倒影;地上池泊毗邻,地尽海浪相迎,真乃鱼之世界。锦鳞鲜美以养脑,珠米精纯以养身,此天赐甬人祉福矣!

然甬人不以衣食温饱为平生事,素来风习儒雅,亟好读书,修身养性之外,更求博知广闻于天下。于是兴造书楼,珍藏典籍,传祚后人。其间以天一阁称为冠,册数之巨,海内无出其右。孤本善本,天下称奇,纸香书香,四海可闻。金银财宝富有限,知识精神贵无算。于是异地之人,对吾乡文化之素养只能仰视,不敢侧目。

再者,文人文房,向来翰墨一体,诗画同心,书香墨香相和而不相分。然世人只知天一阁藏书鼎富,不知天一阁藏画亦丰。壬申仲阳,吾归故里访祖寻根,兼假宁波美术馆举办"敬乡画展",因之得以观瞻天一阁藏书楼。承蒙阁中父老厚情相待,展示书画珍藏。观画时,阁中人凡触摸藏品,必戴雪白手套。皮掌之严,令人钦敬;爱惜之深,感吾不已。而此中藏品,其品格之高迈,品相之完美,收藏者品位之不凡,更令吾连连赞叹。不禁道:"天一阁藏书楼该另有一称呼,叫做天一阁藏画楼了。"众人听罢皆笑。笑中透出一分自豪,二分自得,十分自信。然甬人之笑,唯破颜而不出声,此亦吾乡温文尔雅之风乎?

自壬申返津数年矣！时时念及天一阁那些长卷短轴。每与朋友叙说，首当其冲便是黄慎《杨柳图》。当年观此画时，似乎听到瓢笔扫纸面之声，着力劲健，其声清爽；于今思之，犹有行笔之声飒飒在耳。天下名画，多记其形，何人之作，堪记其声？

天一阁藏扬州八怪之作甚多，令吾长记不忘者，还有李鱓《秋葵凤仙图》。笔墨挥运之际，虽与黄慎一般劲健，却不求爽利，唯求坚挺。画中秋花已非寻常秋色，乃画家不苟时尚之高洁情怀也。而此次观画不该舍而不谈者，应是虚谷和尚《金鱼紫藤图》；紫藤花下，三鱼畅游，二红一黑，红鱼正身挺进，黑鱼反身相戏，白白肚皮展露出来。这水中笨拙翻转之一瞬，显出自如与幽默。此种画鱼，尚属罕见。于是平常画面，陡然意趣横生。中国画衍至清代中期，创意衰微，相互传袭，千人一面。所谓大家者，皆是虚谷这般骤生意外，想象非常，越出矩矱，一任情怀，画史之活力与进步便在其中。

壬申观画，感受殊深，应是无数精品，在甬一方。但毕竟时光邈远，淡忘日多。幸好近日天一阁来人，言称将出版《天一阁藏书画选》，嘱吾作序，并送来选目及藏品照片近百帧。披览这些照片，不单复活记忆，更了解天一阁藏品全貌。其中若干前所未见，尤以书法为多。一旦纵观全豹，更是绚烂惊人！

天一阁所藏书画，上及元明，下抵近世，历时数百载，代代宗师，多有真迹，且不乏精品力作。书法中，清人查士标《行书轴》，明秀超逸，无字不精，书在人在，当为上品；钱维乔《行书子安山亭序轴》，于含蓄中见清放，于端庄中显洒脱，通篇气势流贯，满幅神采飞扬，即使置于整个清代翰墨间，也信是一件杰作。与此同在高阶者，还有文震孟、陈继儒、沈明臣、祁豸佳、祝允明、徐渭、张瑞图、弘一法师等等；枝山之飘逸奔突，瑞图之明快奇险，继儒之才情并茂，明臣之枯秀兼得，无不从中可见。而宋人黄庭坚《草书刘梦得竹枝词卷》和元人李衍《楷书张公艺赞》，何止于阁中之宝，当为国宝也。

至于绘画，更是蔚为大观。在所藏明人画作中，既可神领董其昌、文徵明、倪元璐等文人画家之笔情墨韵，也可一睹张平山为代表院体画派大刀阔斧之精神。由是而下，清代藏品更具周详。自四王称雄之主流派、扬州画派、金陵八家，及至清末海派，无一不有，面面俱到，一展清代画坛斑驳缤纷之风采。单是罗聘一幅《墨梅图》，足令人再进一次天一阁。该阁非专业书画博物馆，有此规模，足见甬城崇尚书画传统之渊源！

天一阁位居甬城中心，阁外市声环绕，阁内景致清幽，尘埃不起，宛如世外。其间林树参错，楼宇掩映，庭院巧构，草木精植，怪石嶙峋，池水潋滟，竹影铺地，苔痕上阶，鸟似风叶，蝶如飞花，春秋皆画，雨雪亦诗。这般景色，与阁内珍藏之画幅书轴，图籍卷帙，相互濡染，生出无限深浓之书卷气。中华雅文化之精华，可在阁内尽享。

天一阁为明人范钦所建。范钦平生收集古今图籍，公私刻本，政书文献，拓册帖石，累积数万，皆珍存楼中。范钦后，其子大冲继承书楼，苦心保管，百倍珍惜，并立下八字规章"代不分书，书不出阁"。尽管数百年来，历经兵燹窃盗，各地书楼荡然，唯此岿然独存。

甬人有此先人，必亦有此后辈。先人造福于我辈，我辈如何造福于后人？

话说至此，思绪溚然，似在观画外，皆在观画中。

是为序。

致 大 海

——为冰心送行而作

今天是给您送行的日子，冰心老太太！

我病了，没去成，这也许会成为我终生的一个遗憾。但如果您能听到我这话，一准会说："是你成心不来！"那我不会再笑，反而会落下泪来。

十点钟整，这是朋友们向您鞠躬告别的时刻，我在书房一片散尾竹的绿影里跪伏下来，向着西北方向——您遥远的静卧的地方，恭敬地磕了三个头。然后打开音乐，凝神默对早已备置在案前的一束玫瑰。当然，这就是面对您。本来心里缭乱又沉重，但渐渐地我那特意选放的德彪西的《大海》发生了神奇的效力，涛声所至，愁云廓散。心里渐如海天一般辽阔与平静。于是您往日那些神气十足的音容笑貌全都呈现出来，而且愈来愈清晰，一直逼近眼前。

我原打算与您告别时，对您磕这三个头。当然，绝大部分人一定会诧异于我何以非要行此大礼。他们哪里知道这绝非一种传统方式，一种中国人极致的礼仪，而是我对您特殊的爱的方式，这里边的所有细节我全部牢牢记得。

八十年代末，一个您生命的节日——十月五日。我在天津东郊一位农人家中，听说他家装了电话，还能挂长途，便抓起话筒拨通了您家。我对着话筒大声说：

"老太太，我给您拜寿了！"

您马上来了幽默。您说："你不来，打电话拜寿可不成。"您的口气还假装有点生气。但我却知道在电话那端，您一定在笑，我好像看见了您那慈祥的并带着童心的笑容。

为了哄您高兴，我说："我该罚，我在这儿给您磕头了！"

您一听果然笑了，而且抓着这个笑话不放，您说："我看不见。"

我说："我旁边有人，可以作证。"

您说："他们都是你一伙的，我不信。"

本来我想逗您乐，却被您逗得乐不可支。谁说您老，您的机敏和反应能超过任何年轻人。我只好说："您把这笔账先记在本子上。等我和您见面时，保证补上。"

这便是磕头的来历，对不对？从此，它成了每次见面必说的一个玩笑的由头。只要说说这个笑话，便立即能感受到与您之间那种率真、亲切、又十分美好的感觉。

大约是九二年底，我在中国美术馆举办画展期间，和妻子顾同昭，还有三两朋友一同去看您。那天您特别爱说话，特别兴奋，特别精神；您一向底气深厚的嗓音由于提高了三度，简直洪亮极了。您说，前不久有一位大人物来看您，说了些"长寿幸福"之类吉祥话。您告诉他，您虽长寿，却不总是幸福的。您说自己的一生正好是"酸甜苦辣"四个字。跟着您把这四个字解释得明白有力，铮铮作响。

您说，您的少时留下许多辛酸——这是酸；青年时代还算留下一些甜美的回忆——这是甜；中年以后，"文革"十年，苦不堪言——这是苦；您现在老了，但您现在却是——"姜是老的辣"。当您说到这个"辣"字时，您的脖子一梗。我便看到了您身上的骨气。老太太，那一刻您身上真是闪闪发光呢！

这话我当您的面是不会说的。我知道，您不喜欢听这种话，但我现在可以说了。

记得那天，您还问我："要是碰到大人物，你敢说话吗？"没等我说，您又进一步说道，"说话谁都敢，看你说什么。要说别人不敢说、又非说不可的话。冯骥才——你拿的工资可是人民给的，不是领导给的。领导的工资也是人民给的。拿了人民的钱就得为人民说话，不要怕！"

说完您还着意地看了我一眼。

老太太，您这一眼可好厉害。您似乎要把这几句话注入我的骨头里。但您知道吗？这也正是我总愿意到您那里去的真正缘故。

我喜欢您此时的样子，很气概，很威风，也很清晰。您吐字和您写字一样，一笔一划，从不含混。您一生都明达透彻，思想在脑海里如一颗颗美丽的石子沉在清亮见底的水中。您享受着清晰，从来不委身于糊涂。

再说那天，老太太！您怎么那么高兴。您把我妻子叫到跟前，您亲亲她，还叫我也亲亲她。大家全笑了。您把天堂的画面搬到大家眼前，融融的爱意使每一个人的心情都充满美好。于是在场朋友们说，冯骥才总说给冰心磕头拜寿，却没见过真的磕过头。您笑嘻嘻地说我："他是个口头革命派！"

我听罢，立即趴在地上给您磕了三个头。您坐在轮椅上无法阻拦我，但我听见您的声音："你怎么说来就来。"等我起身，见您被逗得正在止不住地笑，同时还第一次看到您挺不好意思的表情。我可不愿意叫您发窘。我说："照老规矩，晚辈磕头，得给红包。"

您想了想，边拉开抽屉，边说："我还真的有件奖品给你。今年过生日时，有人给我印了一种寿卡，凡是朋友们来拜寿，我就送一张给他做纪念。我还剩点，奖给你一张吧！"

粉红色的卡片鲜美雅致，名片大小，上边印着金色的寿字，还有您的名字与生日的日子。卡片的背面是您手书自己的那句座右铭："有了爱便有了一切"。

您说，这寿卡是编号的，限数一百。您还说，这是他们为了叫您长命百岁。

我接过寿卡一看，编号77，顺口说："看来我既活不到您这分量，也活不到您这岁数了。"

您说："胡说。你又高又大，比我分量大多了。再说你怎么知道自己不长寿？"

我说："编号一百是百岁，我这是77号，这说明我活77岁。"

您嗔怪地说："更胡说了。拿来——"您要过我手中的寿卡，好像想也没想，拿起桌上的圆珠笔在编号每个7字横笔的下边，勾了半个小圈儿，马上变成99号了！您又写上一句："骥才万寿，冰心，1992.12.20。"

大家看了大笑，同时无不惊奇。您的智慧、幽默、机敏，令人折服。您的朋友们都常常为此惊叹不已！尽管您坐在轮椅上，您的思维之神速却敢和这世界上任何人赛跑。但对于我，从中更深深的感动则来自一种既是长者又是挚友的爱意。可使我一直不解的是，您历经那么多时代的不幸，对人间的诡诈与丑恶的体验较我深切得多。然而，您为何从不厌世，不避世，不警惕世人，却对人们依然始终紧拥不弃，痴信您那句常常会使自己陷入被动的无限美好的格言"有了爱便有了一切"？这到底是为了一种信念，还是一种天性使然？

我想到一件更远的事。

那时吴文藻先生还在世。那天是您和吴先生金婚的纪念日。我和楚庄、邓伟志等几位文友去看您。您那天新裤新褂，容光焕发；您总是这么神采奕奕，叫人家无论碰到怎样的打击也无法再垂头丧气。

那天聊天时，没等我们问您就自动讲起当年结婚时的情景。您说，您和吴文藻度蜜月，是相约在北京西山的一个古庙里。

您当时的神气真像回到了六十年前——

您说，那天您在燕京大学讲完课，换一件干净的蓝旗袍，把随身用品包一个方方正正的小布包，往胳肢窝里一夹就去了。到了西山，吴文藻还没来——说到这儿，您还笑一笑说："他就这么糊涂！"

您等待时间长了，口渴了，便在不远的农户那儿买了几根黄瓜，跑到井边洗了洗，坐在庙门口高高的门坎上吃黄瓜，一时引得几个农家的女人来到庙前瞧新媳妇。这样直等到您的新郎吴文藻姗姗来迟。

您结婚的那间房子是庙里后院的一间破屋，门关不上，晚上屋里经常跑大耗子，桌子有一条腿残了，晃晃当当。"这就是我们结婚的情景。"说到这儿，您大笑，很快活，弄不清您是自嘲，还是为自己当年的清贫又洒脱而洋洋自得。这时您话锋一转，忽问我："冯骥才，你怎么结的婚？"

我说："我还不如您哪。我是'文革'高潮时结的婚！"

您听了一怔，便说："那你说说。"

我说那时我和未婚妻两家都被抄了，结婚没房子，街道赤卫队队长人还算不错，给我们一间几平米的小屋。结婚那天，我和我爱人的全家去了一个小饭馆吃饭。我父亲关在牛棚，母亲的头发被红卫兵铰了，没能去。我把劫后仅有的几件衣服叠了叠，放在自行车后架上，但在路上颠掉了，结婚时两手空空。由于我们都是被抄户，更不敢说"庆祝"之类的话，大家压低嗓子说："祝贺你们！"然后不出声地碰一下杯子。

饭后我们就去那间小屋。屋里空荡荡，四个房角，看得见三个。床是用砖块和木板搭的。要命的是，我这间小屋在二楼，楼下是一个红卫兵"总部"。他们得知楼上有两个狗崽子结婚，虽然没上来搜查盘问，却不断跑到院里往楼上吹喇叭，还一个劲儿打手电，电光就在我们天花板上扫来扫去。我们便和衣而卧。我爱人吓得靠我胸前哆嗦了一个晚上。"这就是我们的新婚之夜！"我说。

我讲述这件事时，您听得认真又紧张。我想完事您一定会说出几句同情的话来。可是您却微笑又严肃地对我说："冯骥才，你可别抱怨生活，你们这样的结婚才能永远记得，大鱼大肉的结婚都是大同小异，过后是什么也记不住的。"

您的话使我出其不意。

一下子，您把我的目光从一片荆棘的困扰中引向一片大海。

哎哎，您没有把我送给您那幅关于海的画带走吧？

那幅画我可是特意为您画得那么小，您的房间太窄，没有挂大画的墙壁。但是您告诉我："只要是海，都是无边的大。"

我把您那本译作《先知》的封面都翻掉了。因此我熟悉您这种诗样的语言所裹藏的深邃的寓意。我送给您一幅画，您送给我这一句话。

我在那幅蓝色的画里，给您画了许多阳光；您在这个短句中，给了我无尽的放达的视野。

在与您的交往中，我懂得了什么是"大"。大，不是目空一切，不是作宏观状，不是超然世外，或从权力的高度俯视天下。人间的事物只要富于海的境界都可以既博大又亲近，既辽阔又丰盈。那便是大智，大勇，大仁，大义，大爱，与正大光明。

德彪西的《大海》全是画面。

被狂风掀起的水雾与低垂的阴云融成一片；雪色的排天大浪迸溅出的全是它晶莹透明的水珠。一束夕照射入它蓝幽幽的深处，加倍反映出夺目的光芒。瞬息间，整个世界全是细密的迷人的柔情的微波。大海中从无云影，只有阳光。这因为，它不曾有过瞬息的静止；它永远跃动不已的是那浩瀚又坦荡的生命。

这也正是您的海。我心里的您！

我忽然觉得，我更了解您。

我开始奇怪自己，您在世时，我不是对您已经十分熟悉与理解了吗？但为什么，您去了，反倒对您忽有所悟，从而对您认识更深，感受也更深呢？无论是您的思想、气质、爱，甚至形象，还有您的意义。这真是个神奇的感觉！于是，我不再觉得失去了您，而是更广阔又真切地拥有了您；我不再觉得您愈走愈远，却感到您从来没有像此刻这样的贴近。远离了大海，大海反而进入我的心中。我不曾这样为别人送行过。我实实在在是在享受着一种境界。并不知不觉在我心里响起少年时代记忆得刻骨铭心的普希金那首长诗《致大海》的结尾：

> 再见吧，大海！我永远不会
> 忘记你庄严的容光，
> 我将久久地久久地听着
> 你黄昏时分的轰响；

我的心将充满了你,
我将把你的山岩,你的海湾,
你的光和影,你浪花的喋喋,
带到森林,带到寂寞的荒原。

记韦君宜

我不知道为什么，对一个人深入的回忆，非要到他逝去之后。难道回忆是被痛苦带来的么？

1977年春天我认识了韦君宜。我真幸运，那时我刚刚把一只脚怯生生踏在文学之路上。我对自己毫无把握。我想，如果我没有遇到韦君宜，我以后的文学可能完全是另一个样子。我认识她几乎是一种命运。

但是这之前的十年"文革"把我和她的历史全然隔开。我第一次见到她时，并不清楚她是谁，这便使我相当尴尬。

当时，李定兴和我把我们的长篇处女作《义和拳》的书稿寄到人民文学出版社。尽管我脑袋里有许多天真的幻想，但书稿一寄走便觉得希望落空。这因为人民文学出版社是公认的国家文学出版社。面对这块牌子谁会有太多的奢望？可是没过多久，小说北组（当时出版社负责长江以北的作者书稿的编辑室）的组长李景峰便表示对这部书稿的热情与主动，这一下使我和定兴差点成了一对范进。跟着出版社就把书稿打印成厚厚的上下两册征求意见本，分别在京津两地召开征求意见的座谈会。那时的座谈常常是在作品出版之前，绝不是当下流行的一种炒作或造声势，而是为了尽量提高作品的出版质量。于是，李景峰来到天津，还带来一个身材很矮的女同志，他说她是"社领导"。当李景峰对我说出她的姓名时，那神气似乎等待我的一番惊喜，但我却只是陌生又迟疑地朝她点头。我当时脸上的笑容肯定也很寡。后来我才知道她在文坛上的名气,并恨自己的无知。

座谈会上我有些紧张,倒不是因为她是"社领导",而是她几乎一言不发。我不知该怎么跟她说话。会后,我请他们去吃饭——这顿饭的"规格"在今天看来简直难以想象!1976年的大地震毁掉我的家,我全家躲到朋友家的一间小屋里避难。在我的眼里,劝业场后门那家卖锅巴菜的街头小铺就是名店了。这家店一向屋小人多,很难争到一个凳子。我请韦君宜和李景峰占一个稍松快的角落,守住小半张空桌子,然后去买牌,排队,自取饭食。这饭食无非是带汤的锅巴、热烧饼和酱牛肉。待我把这些东西端回来时,却见一位中年妇女正朝着韦君宜大喊大叫。原来韦君宜没留意坐在她占有的一张凳子上。这中年妇女很凶,叫喊时龇着长牙,青筋在太阳穴上直跳,韦君宜躲在一边不言不语,可她还是盛怒不息。韦君宜也不解释,睁着圆圆一双小眼睛瞧着她,样子有点窝囊。有个汉子朝这不依不饶的女人说:"你的凳子干嘛不拿着,放在那里谁不坐?"这店的规矩是只要把凳子弄到手,排队取饭时便用手提着凳子或顶在脑袋上。多亏这汉子的几句话,一碗水似的把这女人的火气压住。我赶紧张罗着换个地方,依然没有凳子坐,站着把东西吃完,他们就要回北京了。这时韦君宜对我说了一句话:"还叫你花了钱。"这话虽短,甚至有点吞吞吐吐,却含着一种很恳切的谢意。她分明是那种羞于表达、不善言谈的人吧!这就使我更加尴尬和不安。多少天里一直埋怨自己,为什么把他们领到这种拥挤的小店铺吃东西。使我最不忍的是她远远跑来,站着吃一顿饭,无端端受了那女人的训斥和恶气,还反过来对我诚恳地道谢。

不久我被人民文学出版社借去修改这部书稿。住在北京朝内大街一百六十六号那幢灰色而沉旧的办公大楼的顶层。凶厉的"文革"刚刚撤离,文化单位仍存着肃寂的气息,揭批查的大字报挂满走廊。人一走过,大字报哗哗作响。那时伤痕文学尚未出现,作家们仍未解放,只是那些拿着这枷锁钥匙的家伙们不知跑到哪里去了。出版社从全国各地借调来改稿的业余作者,每四个人挤在一间小屋,各自拥抱着一张办公桌,抽烟、喝水、写作;并把自己独有的烟味和身体气息浓浓地混在这小小空间里,有时从外边走进来,气味真有点噎人。我每改过一个章节便交到李景峰那里,他处理过再交到韦君宜处。韦君宜是我的终审,我却很少见到她。大都是经由李景峰间接听到韦君宜的意见。李景峰是个高个子、朴实的东北人,编辑功力很深,不善于开会发言,但爱聊天,话说到高兴时喜欢把裤腿往上一捋,手拍着白白的腿,笑嘻嘻地对我说:"老太太(人们对韦君宜背后的称呼)又夸你了,说你有灵气,贼聪明。"李景峰总是死死守护在他的作者一边,同忧同喜,这样的编辑已经不多见了。我完全感觉得到,只要他在韦君宜那里听到什么好话,便恨不得马上跑来告诉我。他每次说完准又要加上一句:"别翘尾巴呀,你这家伙!"我呢,就这样地接受和感受着这位责编美好又执著的情感。然而,我每逢见到韦君宜,她却最多朝我点点头,与我擦肩而过,好像她并没有看过我的书稿。她走路时总是很快,嘴巴总是自言自语那样嗫嚅着,即使迎面是熟人也很少打招呼。可是一次,她忽然把我叫去。她坐在那堆满书籍和稿件的书桌前——她天天肯定是从这些书稿中"挖"出一块桌面来工作的。这次她一反常态,滔滔不绝;她与我谈起对聂士成和马玉昆的看法,再谈我们这部小说人物的结局,人物的相互关系,史料的应用与虚构,还有我的一些语病。她令我惊讶不已,原来她对我们这部五十五万字的书稿每个细节都看得入木三分。然后,她从满桌书稿中间的盆地似的空间里仰起头来对我说:"除去那些语病必改,其余凡是你认为对的,都可以不改。"这时我第一次看见了她的笑容,一种温和的、满意的、欣赏的笑容。

这是我永远不会忘记的一个笑容。随后,她把书桌上一个白瓷笔筒底儿朝天地翻过来,笔筒里的东西"哗"地全翻在桌上。有铅笔头、圆珠笔芯、图钉、曲别针、牙签、发卡、眼药水等等,她从这乱七八糟的东西间找到一个铁夹子——她大概从来都是这样找东西。她把几页附加的纸夹在书稿上,叫我把书稿抱回去看。我回到五楼一看便惊呆了。这书稿上密密麻麻竟然写满她修改的字迹,有的地方用蓝色圆珠笔改过,再用红色圆珠笔改,然后用黑圆珠笔又改一遍。想想,谁能为你的稿子付出这样的心血?

我那时工资很低。还要分出一部分钱放在家。每天抽一包劣质而辣嘴的"战斗"牌烟卷,近两角钱,剩下的钱只能在出版社食堂里买那种五分钱一碗的炒菠菜。往往这种日子的一些细节刀刻一般记在心里。比如那位已故的、曾与我同住一起的新疆作家沈凯,一天晚上他举着一个剥好的煮鸡蛋给我送来,上边还撒了一点盐,为了使我有劲熬夜。再比如朱春雨一次去"赴宴",没忘了给我带回一块猪排骨,他用稿纸画了一个方碟子,下面写上"冯骥才的晚餐",把猪排骨放在上边。至今我仍然保存这张纸,上面还留着那块猪排骨的油渍。有一天,李景峰跑来对我说:"从今天起出版社给你一个月十五块钱的饭费补助。"每天五角钱!怎么会有这样天大的好事?李景峰笑道:"这是老太太特批的,怕饿垮了你这大个子!"当时说的一句笑话,今天想起来,我却认真地认为,我那时没被那几十万字累垮，肯定就有韦君宜的帮助与爱护了。

我不止一次听到出版社的编辑们说，韦君宜在全社大会上说我是个"人才"，要"重视和支持"。然而，我遇到她，她却依然若无其事，对我点点头，嘴里自言自语似的嗫嚅着，匆匆擦肩而过。可是我似乎已经习惯了这种没有交流的接触方式。她不和我说话，但我知道我在她心里的位置；她是不是也知道，我虽然没有任何表示，她在我心里却有个很神圣的位置？

在我的第二部长篇小说《神灯前传》出版时，我去找她，请她为我写一篇序。我做好被回绝的准备。谁知她一听，眼睛明显地一亮，她点头应了，嘴巴又嚅动几下，不知说些什么。我请她写序完全是为了一种纪念，纪念她在我文字中所付出的母亲般的心血，还有那极其特别的从不交流却实实在在的情感。我想，我的书打开时，首先应该是她的名字。于是《神灯前传》这本书出版后，第一页便是韦君宜写的序言《祝红灯》。在这篇序中依然是她惯常的对我的方式，朴素得近于平淡，没有着意的褒奖与过分的赞誉，更没有现在流行的广告式的语言，最多只是"可见用功很勤"，"表现作者运用史料的能力和历史的观点都前进了"，还有文尾处那句"我祝愿他多方面的才能都能得到发挥"。可是语言有时却奇特无比，别看这几句寻常话语，现在只要再读，必定叫我一下子找回昨日那种默默又深深的感动……

韦君宜并不仅仅是伸手把我拉上文学之路。此后伤痕文学崛起时，我那部中篇小说《铺花的歧路》的书稿在人民文学出版社内部引起争议。当时"文革"尚未在政治上全面否定，我这部彻底揭示"文革"的书稿便很难通过。七八年冬天在和平宾馆召开的"中篇小说座谈会"上，韦君宜有意安排我在茅盾先生在场时讲述这部小说，赢得了茅公的支持。于是，阻碍被扫除，我便被推入了"伤痕文学"激荡的洪流中……

此后许多年里，我与她很少见面。以前没有私人交往，后来也没有。但每当想起那段写作生涯，那种美好的感觉依然如初。我与她的联系方式却只是新年时寄一张贺卡，每有新书便寄一册，看上去更像学生对老师的一种含着谢意的汇报。她也不回信，我只是能够一本本收到她所有的新作。然而我非但不会觉得这种交流过于疏淡，反而很喜欢这种绵长与含蓄的方式——一切尽在不言之中。人间的情感无须营造，存在的方式各不相同。灼热的激发未必能够持久，疏淡的方式往往使醇厚的内涵更加意味无穷。

大前年秋天，王蒙打来电话说，京都文坛的一些朋友想聚会一下为老太太祝寿。但韦君宜本人因病住院，不能来了。王蒙说他知道韦君宜曾经厚待于我，便通知我。王蒙也是个怀旧的人。我好像受到某种触动，忽然激动起来，在电话里大声说是呀，是呀，一口气说出许多往事。王蒙则用他惯常的玩笑话认真地说："你是不是写几句话传过来，表个态，我替你宣读。"我便立即写了一些话用传真传给王蒙。于是我第一次直露地把我对她的感情写出来，我蛮以为老太太总该明白我这份情意了。但事后我知道老太太由于几次脑血管病发作，头脑已经不十分清楚了。瞧瞧，等到我想对她直接表达的时候，事情又起了变化，依然是无法沟通！但转念又想，人生的事，说明白也好，不说明白也好，只要真真切切地在心里就好。

尽管老太太走了，这些情景却仍然——并永远地真真切切保存在我心里。人的一生中，能如此珍藏在心里的故人故事能有多少？于是我忽然发现，回忆不是痛苦的，而是寂寥人间一种暖意的安慰。

永恒的震撼

这是一部非常的画集。在它出版之前,除去画家的几位至爱亲朋,极少有人见过这些画作;但它一经问世,我深信无论何人,只要瞧上一眼,都会即刻被这浩荡的才情、酷烈的气息,以及水墨的狂涛激浪卷入其中!

更为非常的是,不管现在这些画作怎样震撼世人,画家本人却不会得知——不久前,这位才华横溢并尚且年轻的画家李伯安,在他寂寞终生的艺术之道上走到尽头,了无声息地离开了人间。

他是累死在画前的!但去世后,亦无消息,因为他太无名气。在当今这个信息时代,竟然给一位天才留下如此巨大的空白,这是对自诩为神通广大的媒体的一种讽刺,还是表明媒体的无能与浅薄?

我却亲眼看到他在世时的冷落与寂寥——

1995年我因参加一项文学活动而奔赴中州。最初几天,我被一种错觉搞得很是迷惘;总觉得这块历史中心早已迁徙而去的土地,文化气息异常地荒芜与沉滞。因而,当画家乙丙说要给我介绍一位"非凡的人物"时,我并不以为然。

初见李伯安,他可完全不像那种矮壮敦实的河南人。他拿着一叠放大的画作照片站在那里;清瘦、白皙、谦和、平静,绝没有京城一带年轻艺术家那么咄咄逼人和看上去莫测高深。可是他一打开画作,忽如一阵电闪雷鸣,夹风卷雨,带着巨大的轰响,瞬息间就把我整个身子和全部心灵占有了。我看画从来十分苛刻和挑剔,然而此刻却只有被征服、被震撼、被惊呆的感觉。这种感觉真是无法描述。更无法与眼前这位羸弱的书生般的画家李伯安连在一起。但我很清楚，我遇到一位罕世和绝代的画家！

这画作便是他当时正投入其中的巨制《走出巴颜喀拉》。他已经画了数年，他说他还要再画数年。单是这种"十年磨一画"的方式，在当下这个急功近利的时代已是不可思议。他叫我想起了中世纪的清教徒，还有那位面壁十年的达摩。然而在挤满了名人的画坛上，李伯安还是个"无名之辈"。

我激动地对他说，等到你这幅画完成，我们帮你在中国美术馆办展览庆祝，让天下人见识见识你李伯安。至今我清楚地记得他脸上出现一种带着腼腆的感激之情——这感激叫我承受不起。应该接受感激的只有画家本人。何况我还丝毫无助于他。

自此我等了他三年。由乙丙那里我得知他画得很苦。然而艺术一如炼丹；我从这"苦"中感觉到那幅巨作肯定被锻造得日益精纯。同时，我也更牢记自己慨然做过的承诺——让天下人见识见识李伯安。我明白，报偿一位真正的艺术家的不是金山银山，而是更多的知音。

在这三年，一种莫名的感觉始终保存在我心中，便是李伯安曾给我的那种震撼，以及震撼之后一种畅美的感受。我很奇怪，到底是一种什么力量，竟震撼得如此持久？如此的磅礴、强烈、独异与神奇？

现在，打开这部画集，凝神面对着这幅以黄河文明为命题的百米巨作《走出巴颜喀拉》时，我们会发现，画面上没有描绘这大地洪流的自然风光，而是全景式展开了黄河两岸各民族壮阔而缤纷的生活图景。人物画要比风景山水画更直接和更有力地体现精神实质。这便叫我们一下子触摸到中华民族在数千年时间长河中生生不息的那个精灵；一部浩瀚又多难的历史大书中那个奋斗不已的魂魄；还有，黄河流域无处不在的那种浓烈醉人的人文气息。纵观全幅作品看，它似乎不去刻意于一个个生命个体，而是超时空地从整个中华民族升华出一种生命精神与生命美。于是这百米长卷就像万里黄河那样浩然展开。黄河文明的形象必然像黄河本身那样：它西发高原，东倾沧海，翻腾咆哮，汪洋恣肆，千曲百转，奔涌不回；或滥肆而狂放，或迂结而艰涩，或冲决而喷射，或漫泻而悠远……这一切一切充满了象征与意象，然而最终又还原到一个个黄河儿女具体又深入的刻画中。每一个人物都是这条母亲河的一个闪光的细节，都是对整体的强化与意蕴的深化，同时又是中国当代人物画廊中一个个崭新形象的诞生。

  我们进一步注目画中水墨技术的运用，还会惊讶于画家非凡的写实才华。他把水墨皴擦与素描法则融为一体，把雕塑的量感和写意的挥洒混合无间。水墨因之变得充满可能性和魅力无穷。在他之前，谁能单凭水墨构成如此浩瀚无涯又厚重坚实的景象！中国画的前途——只在庸人之间才辩论不休，在天才的笔下却是一马平川，纵横捭阖，四望无垠。

  当然，最强烈的震撼感受，还是置身在这百米巨作的面前。从历代画史到近世画坛，不曾见过如此的画作——它浩瀚又豪迈的整体感，它回荡其间的元气与雄风，它匪夷所思的构想，它满纸通透的灵性，以及对中华民族灵魂深刻的呈现。在这里——精神的博大，文明的久远，生活的斑斓，历史的崚嶒，这一切我们都能有血有肉、充沛有力地感受到。它既有放乎千里的横向气势，又有入地三尺的纵向深度；它本真、纯朴、神秘、庄重……尤其一种虔诚感——那种对黄天厚土深切执著的情感——让我们的心灵得到净化，感到飞升。我想，正是当代人，背靠着几千年的历史变迁又经历了近几十年的社会动荡，对自己民族的本质才能有此透彻的领悟。然而，这样的连长篇史诗都难以放得下的庞大的内容，怎么会被一幅画全部呈现了出来？

现在我才找到伯安早逝的原故。原来他把自己的精神血肉全部搬进这幅画中了！

人是灵魂的，也是物质的。对于人，物质是灵魂的一种载体。但是这物质的载体要渐渐消损。那么灵魂的出路只有两条：要不随着物质躯壳的老化破废而魂飞魄散，要不另寻一个载体。艺术家是幸运的。因为艺术是灵魂一个最好的载体——当然这仅对那些真正的艺术家而言。当艺术家将自己的生命转化为一个崭新而独特的艺术生命后，艺术家的生命便得以长存。就像李伯安和他的《走出巴颜喀拉》。

然而，这生命的转化又谈何易事！此中，才华仅仅是一种必备的资质而已。它更需要艺术家心甘情愿撇下人间的享乐，苦其体肤和劳其筋骨，将血肉之躯一点点熔铸到作品中去，直把自己消耗得弹尽粮绝。在这充满享乐主义的时代，哪里还能见到这种视艺术为宗教的苦行僧？可是，艺术的环境虽然变了，艺术的本质却依然故我。拜金主义将无数有才气的艺术家泯灭，却丝毫没有使李伯安受到诱惑。于是，在本世纪即将终结之时，中国画诞生了一幅前所未有的巨作。在中国的人物画令人肃然起敬的高度上，站着一个巨人。

今天的人会更多认定他的艺术成就，而将来的人一定会更加看重他的历史功绩。因为只有后世之人，才能感受到这种深远而永恒的震撼。

留下长江的人

很少一位摄影家能够如此强烈地震撼我。为此，在他这些惊世之作出版之际，我要为他写一些动心的话。

一

当我们选择了长江截流而从中获得巨大的生活之必需，是否想到因此失去了这条波涛万里的大江，从此与养育了我们至少七千年的母亲河挥手告别。我们失去的不只是它绝无仅有、风情万种的景观，承载着无数的瑰奇而迷人传说的山山水水，永不复生的古迹，以及它对我们母亲般亲切无间的关爱。我们正在把它七千年的历史全部沉入一百多米的水底。我曾想过，如果美国人失去密西西比河，俄国人失去伏尔加河，法国人失去塞纳河，他们会怎么样？是的，我们将把大江无可比拟的动力转化为用之不竭的电力；我们再不会恐惧恣肆的洪水带来的无边的灾难。可是我们同时失去了长江！有时，我怨怪知识界的麻木不仁，没有反应。我们的历史精神与文化精神究竟在哪里？我们的民族失掉如此博大与深刻的一笔遗产——无论是自然遗产还是人文遗产。知识界缘何无动于衷？只有国家出资的考古队和电视台出现在长江两岸，却没有任何个体的文化行为。我一直期待着有人对这条濒临灭绝的长江进行文化性质的抢救。包括历史学家、人文学者、民俗学家以及画家、作家、摄影家等等。然而，当我第一次看到郑云峰先生拍摄的长江，我激动难捺。因为我实实在在触摸到在商品经济大潮中日渐稀少而弥足珍贵的历史责任与文化情怀。

二

郑云峰的行为是完全个人化的。

他自1988年就不断地只身远涉长江和黄河的源头。用镜头去探询这两条华夏民族母亲河生命的始由。跋山涉水数十万公里,积累图片数十万帧。从那时,他的血肉之躯就融入了祖国山水的精魂。

十年后,随着长江大坝的加速耸起,三峡的淹灭日趋迫近,郑云峰决定和大坝工程抢时间,在关闸蓄水之前,将三峡的地理风貌、自然景象、人文形态、历史遗存,以及动迁移民的过程全方位地记录下来。这是一位年过半百的人所能完成的么?然而,历史使命都是心甘情愿承担的。于是他停止了个人的摄影,负债办起一家公司来积累资金。他用这些钱造了一条小木船放入长江,开始了摄影史上富于传奇色彩的"日饮长江水,夜宿峡江畔"的摄影生活。整整六年,无论风狂雨肆,酷暑严冬,他一年四季,朝朝暮暮,都生活与工作在长江。两岸的荒山野岭到处有他的足迹,许多船工村民与他结为好友。他日日肩背相机,翻山越岭,呼吸着山川的气息;夜夜身裹被单,睡在船中,耳听着江中浩荡而不绝的涛声。

也许他本人也不曾料到,这样的非物质和纯奉献的人生选择,最终得到的却是心灵的升华。

三

郑云峰与我大约是同龄人。但他个子不高,瘦健又轻爽,胳膊上的肌肉轮廓清楚。在三峡两岸随处都可以看到如此样子的人。他受到了长江的同化，已是长江之子。他面色黑红，牙齿皓白，这大概正是江上的风与江中之水的赐予。

同他对坐而谈。很快就能进入他的世界。他这些年在长江充满冒险经历的摄影生活，他的所见所闻；以及他的激情，他的忧虑，他的焦迫，还有对长江那种无上的爱。他几乎不谈他的作品，只谈他的长江。一个热恋的人满口总是对方，独独没有自己。我被他深深地感动着。

为此，他爬上过三峡两岸上百座巍峨的峰顶。有些山峰甚至被他十多次踩在脚下。有时他要和山民吃住在一起，一起背篓上山；有时要同船工划船拉纤，一起穿越激流与险滩。他不仅寻找最富于表现力的视角，更是要体验什么是长江真正的灵魂。

在那些乱石崚嶒、荆棘遍布的大山里，他的衣服磨出洞来，双腿磕破流血。可是有一天，他忽然感受到那些绊倒他的石头或刺疼他的荆条是有灵性的，是沉默的大山与他的一种主动的交流，他忽然感觉长江的一切都变得有生命、有情感、有命运的了。

最使他刻骨铭心的是三峡两岸的纤夫古道。那些被纤绳磨出一条条十几公分凹槽的石头，那些绝壁上狭窄的纤夫的路，乃是长江最深刻的人文。他曾经在大雨中遇到一条纤夫古道，地处百米断崖，劈空而立，下临万丈深渊，恶浪翻滚。这古道只有肩宽，仅容双脚。千百年来，多少纤夫由于绷断纤绳，或者腿软足滑，落崖丧命？郑云峰要去亲身体验那些纤夫们的生命感受。尽管心惊肉跳，但他还是冒死地匍匐过去了。

还有哪一位摄影家、画家、作家和诗人这样做过？

也许你会问：为什么这样做？

他会用他说过的一句话回答你：长江是一部《圣经》。

一条凝结着一个民族命运与精神的江河，一定是庄严、神圣和奥秘的。长江给予中国人的，绝不仅仅是饮用的水和一条贯穿诸省大动脉一般的通道，更重要的是它的百折不迴的精神，浩阔的胸襟，以及对人们的磨砺。数千年来，人们与它在相搏中融合，在融合中相搏。它最终造就的不是中华民族豪迈与坚韧的性格么？

它又是一条流淌与回荡着民族精神的万里大江！郑云峰正是在这样的虔敬的境界中举起他的相机的。

四

为此，在整整六年对长江抢救性的拍摄中，他给我们的不是一般性的视觉记录，而是长江的精神，长江的魂魄，长江的气息，以及它深层的生命形象。

同时，这些出自于如此激情的摄影家手中的作品，每一帧都是情感化的。无论是对山花烂漫的三峡春色的赞美，对风狂雨骤的长江气势的讴歌；无论是对一块满是纤痕的巨石的刻画，还是对一片遍布暗礁的险滩的描述。都能使我们听到摄影家的惊叹、呼叫、欢笑与呜咽。如果不是他数年里在长江两岸的荒山野岭中来来回回地翻越，我们从哪里能获得如此绝伦的视角？特别是他站在那些峰巅之上全景的拍摄，会使我们出声地赞叹：这才是长江、三峡！

然而郑云峰会骄傲地告诉你，住在长江边上的人天天看到的都是这样的景色！

他已经是长江人的代言人了。唯有他才称得上长江的代言人！

自 2000 年 11 月长江便开始拦江蓄水。就此，传统意义的长江很快消失。无数历史人文和自然风景随即葬身水底，世代居住在两岸的百姓迁徙他乡。最重要的是，长江由"江"变为"湖"，由"动"变为"静"。不再有急流险滩，不再有惊涛拍岸，何处再能见到"大江东去"和"奔流到海不复回"那样的豪情？

一天，我在挥毫书写十年前一首诗《过三峡》。诗曰：

群山万道闸，
只准一舟行，
岸景疾如电，
转瞬过巴东。

一时我竟落下泪来。我联想到唐人的那些咏叹长江的诗篇都已成为匪夷所思的神话了！

然而，上苍竟在此时，赐给我们一位摄影家。他苦其体肤，劳其筋骨，以生命之躯去博取大江的真容。他以六年时间，倾尽家财，拍摄照片三万余帧。为我们留下了一个真切的、立体的、完整的三峡——还有三峡之魂！

艺术家不能改变历史，却能升华生活，补偿精神，记录时代，慰藉心灵。这一切，郑云峰全做到了。

我深信，将来的人们一定更能体会到郑云峰的意义。这便是这本图集真正的价值。因为，尽管长江三峡不复存在，却在这里获得了永生。

灵魂的巢

对于一些作家，故乡只属于自己的童年；它是自己生命的巢，生命在那里诞生；一旦长大后羽毛丰满，它就远走高飞。但我却不然，我从来没有离开过自己的家乡。我太熟悉一次次从天南海北、甚至远涉重洋旅行归来而返回故土的那种感觉了。只要在高速路上看到"天津"的路牌，或者听到航空小姐说出它的名字，心中便充溢着一种踏实，一种温情，一种彻底的放松。

我喜欢在夜间回家，远远看到家中亮着灯的窗子，一点点愈来愈近。一次一位生活杂志的记者要我为"家庭"下一个定义。我马上想到这个亮灯的窗子，柔和的光从纱帘中透出，静谧而安详。我不禁说："家庭是世界上唯一可以不设防的地方。"

我的故乡给了我的一切。

父母、家庭、孩子、知己和人间不能忘怀的种种情谊。我的一切都是从这里开始。无论是咿咿呀呀地学话还是一部部十数万字或数十万字的作品的写作；无论是梦幻般的初恋还是步入茫茫如大海的社会。当然，它也给我人生的另一面。那便是挫折、穷困、冷遇与折磨，以及意外的灾难。比如抄家和大地震，都像利斧一样，至今在我心底留下了永难平复的伤痕。我在这个城市里搬过至少十次家。有时真的像老鼠那样被人一边喊打一边轰赶。我还有过一次非常短暂的神经错乱，但若有神助一般地被不可思议地纠正回来。在很多年的生活中，我都把多一角钱肉馅的晚饭当做美餐，把那些帮我说几句好话的人认做贵人。然而，就是在这种困境中，我触到了

你说我为什么写《三寸金莲》(1988 年)

在中国美术馆举办大型个人画展的纪念(1991年)

人生的真谛。从中掂出种种情义的分量，也看透了某些脸后边的另一张脸。我们总说生活不会亏待人。那是说当生活把无边的严寒铺盖在你身上时，一定还会给你一根火柴。就看你识不识货，是否能够把它擦着，烘暖和照亮自己的心。

写到这里，很担心我把命运和生活强加给自己的那些不幸，错怪是故乡给我的。我明白，在那个灾难没有死角的时代，即使我生活在任何城市，都同样会经受这一切。因为我相信阿·托尔斯泰那句话，在我们拿起笔之前，一定要在火里烧三次，血水里泡三次，碱水里煮三次。只有到了人间的底层才会懂得，唯生活解释的概念才是最可信的。

然而，不管生活是怎样的滋味，当它消逝之后，全部都悄无声息地留在这城市中了。因为我的许多温情的故事是裹在海河的风里的；我挨批挨斗就在五大道上。一处街角，一个桥头，一株弯曲的老树，都会唤醒我的记忆。使我陡然"看见"昨日的影像。它常常叫我骄傲地感觉到自己拥有那么丰富又深厚的人生。而我的人生全装在这个巨大的城市里。

更何况，这城市的数百万人，还有我们无数的先辈的人，也都把他们人生故事书写在这座城市中了。一座城市怎么会有如此庞博的承载与记忆？别忘了——城市还有它自身非凡的经历与遭遇呢！

最使我痴迷的还是它的性格。这性格一半外化在它形态上；一半潜在它地域的气质里。这后一半好像不容易看见，它深刻地存在于此地人的共性中。城市的个性是当地的人一代代无意中塑造出来的。可是，城市的性格一旦形成，就会反过来同化这个城市的每一个人。我身上有哪些东西来自这个城市的文化，孰好孰坏？优根劣根？我说不好。我却感到我和这个城市的人们浑然一体。我和他们气息相投，相互心领神会，有时甚至不需要语言交流。我相信，对于自己的家乡就像对你真爱的人，一定不只是爱它的优点。或者说，当你连它的缺点都觉得可爱时——它才是你真爱的人，才是你的故乡。

一次，在法国，我和妻子南下去到马赛。中国驻马赛的领事对我说，这儿有位姓屈的先生，是天津人，听说我来了，非要开车带我到处跑一跑。待与屈先生一见，情不自禁说出两三句天津话，顿时一股子唯津门才有的热烈与义气劲儿扑入心头。屈先生一踩油门，便从普罗旺斯一直跑到西班牙的巴塞罗那。一路上，说得尽是家乡的新闻与旧闻，奇人趣事，直说得浑身热辣辣，五体流畅，上千公里的漫长的路竟全然不觉。到底是什么东西使我们如此亲热与忘情？

家乡把它怀抱里的每个人都养育成自己的儿子。它哺育我的不仅是海河蔚蓝色的水和亮晶晶的小站稻米，更是它斑斓又独异的文化。它把我们改造为同一的文化血型。它精神的因子已经注入我的血液中。这也是我特别在乎它的历史遗存、城市形态乃至每一座具有纪念意义的建筑的原故。我把它们看作是它精神与性格之所在，而决不仅仅是使用价值。

我知道，人的命运一半在自己手里，一半还得听天由命。今后我是否还一直生活在这里尚不得知。但我无论到哪里，我都是天津人。不仅因为天津是我出生地——它决不只是我生命的巢，而是灵魂的巢。

带血的句号

今天我们终于可以提起笔来，为中国妇女的缠足史画一个终结的句号。因为那蹒跚地行走在中国大地上的小脚即刻就要消失了。但是别以为这个句号会画得轻松，一挥而就；就像看过一本大书那样，随手一合便是。这个句号画起来分外的凝重沉缓，艰难吃力。低头一看，原来它不是通常的墨色，而是黏稠而殷红的血！

然而，天下人对一件事情的感受可谓千差万别。前几年我在科罗拉多见到一位读过我那英译本小说《三寸金莲》的美国女子，她对我说这书写得诡谲狡黠，荒唐有趣，还对我挤挤一只眼睛，表示很欣赏这种奇趣。一个作家碰到了一位误解了你、却偏偏因此对你表示好感的读者，只能笑笑而已。何况我无论如何也难以对一个美国人讲清楚小脚里边深邃的文化内容。美国人的文化太明白、甚至太直白了，而中国人的文化有时像迷宫。我写这本书纯粹是给中国人看的。可是谁又能担保将来的中国人不把三寸金莲当做"天方夜谭"？现在的年轻一代不是已经认为"文革"都是不可思议的么？为此，我才说：不能叫有罪的历史轻易地走掉！

于是，我利用知识出版社提供给我的图文并茂的方式，放大我在小说《三寸金莲》中的一种意图，即用大量充分的历史细节——实物照片，复原那曾经活着的奇异的历史，再现三寸金莲那一方匪夷所思的天地，给这中国文化中最隐秘、最闭锁、最黑暗的死角以雪亮的曝光。历史的幽灵总是躲在某种遮蔽之下不肯离去，暗暗作祟；所以，当历史的一幕过去，我们应该做的是把那沉重的大幕拉开。

这一次，我幸运地遇到两位朋友，帮助我完成了这一想法。

一位是身居台湾的柯基生先生。数年前他曾自台北打电话到我家中，自报家门，声称在金莲文物方面的收藏，天下虽大，无出其右。他的声调朗朗，颇含自负，我却半信半疑。这因为我识得几位金莲文物的藏家，他们个个跑遍大江南北，藏品却很有限。金莲曾是女人的一个私密，她们大多做得秘不示人。这对于身在台湾的藏家就更加困难。转年我赴台湾做文化交流，柯基生先生闻讯与夫人一并到我下榻的来来大酒店看我。此时方知他是一位年轻干练而成就卓著的外科医师，掌管台北县的广川医院。他带来一些收藏品的照片给我看，我一看便被惊呆。且不说中国各地各式金莲无所不包，还有大量相关的饰品、器物、用具、文献等等，包括洗脚用的莲花盆、缠足幼女的便器、缠足凳和熨鞋的熨斗……洋洋大观地展开了金莲文化的浩瀚与森严。而民国初年大兴放足的时代，安徽省介休县"不娶缠足妇女会"的一枚徽章，则把他收藏中用心之良苦令人钦服地表现出来。尤使我惊呆的，是他居然珍藏天津名士姚灵犀先生大量手稿。姚灵犀先生是第一位把缠足视为历史文化的学者。民国初年由于编撰缠足史料《采菲录》等书被视为大逆不道而锒铛下狱。但有关他的身世及学术，史书从无载入，以致资料空乏。可是在柯基生的藏品间，居然还有姚灵犀先生的自传手稿，以及出狱后感想式的墨书真迹。然而，柯基生先生对于金莲绝不止于收藏兴趣，他更重于研究。他从医学包括解剖学与生理学的角度，研究缠足者特有的生理与心理，继而进入人类学、性学、社会学范畴，这是旁人不曾涉入的。我在另一本文化批评类的书《血写的句号》中，还要重点地对他这些可贵的研究进行介绍。

此次承蒙柯基生先生的友情与支持，将其所藏缠足文物三千余件，选精择要，摄得照片百余帧，合并我个人的一些"金莲文化"的藏品照片，一并放在书中，相信这些历史的真实写照会给读者深刻印象，亦使本书内涵得以深度的开拓。

另一位朋友则是《大众日报》的摄影记者李楠先生。他近十年的摄影生涯中，始终没忘了把镜头对准"最后一代小脚女人"。特别是他对山东滨州缠足妇女李吉英一生最后八年的追踪拍摄，则是把妇女缠足史凄凉的尾声定格了。他给我们看到的不是历史遗留的怪异的文化躯壳，而是一种延绵千年的可怕的生活真实。这位年轻而出色的摄影家不事声张地按照自己的思考工作多年，我却从中看到他的历史洞察力、文化敏感与人道精神，并为此深深感动。他的作品正是我的小说一种历史内涵的延伸。所以，我请他提供数帧珍贵照片，连同我为他写的一篇文章《为大地上的一段历史送终》，一并放在书尾，以使读者的思维视野一直贯通到今日。

我这两位朋友所作所为，其实都是在为金莲画一个句号。然而，往往一个事件能够用句号来终结，一种文化却很难用句号去中止。因而本书对图片的选取都鲜明地来自一种历史观：历史永远参照现实。

在我发表的小说中，大概以《三寸金莲》争议最为激烈。记得小说在《收获》问世后，即刻之间，或褒或贬，蜂拥而至。当时，上海一家刊物要我提供有关读者反映的信件。我便摘选了十四封寄去，清一色全都是痛斥和责骂我的。可是不久这家刊物又把这些读者的信件退还给我，没有发表，说是为了保护我的形象。这番好意令我啼笑皆非。其实作家的形象无需保护。作家向来存在于褒贬之间。因为作家总是在新旧事物的交替中发现与选择。姚灵犀先生不是为此还蒙受了牢狱之灾吗？存在于现实的是一种生活，消匿于历史的便是一种文化。作为生活，可以赞成或拒绝；作为文化研究对象，则不能有任何禁区。姚灵犀先生正是在这两者之间，在那新旧世界的生死搏斗中，抢先地把金莲视作文化，自然也就逃不出历史的误会和悲剧性的遭遇了。正是这样，时过境迁，如今人们对我的《三寸金莲》，比起十年前则宽容得多了，并渐渐亦能悟出我埋藏其中的某些深意。

"三寸金莲"，是封建文化这棵千年大树结下的一种光怪陆离的果实。尽管这果实已经枯萎和凋落，但大树未绝，就一定会顽强地生出新的果实来。历史的幽灵总在更换新装，好重新露面。"文革"不是这棵大树继而生出的一个更狰狞的果实吗？

自然，《三寸金莲》所写的绝不止于三寸金莲了。可惜知我者寥寥，此书出版后，被评论家列为"历史小说"，或列为"传奇小说"，或列为"津味小说"，其实全是胡扯。由此可见评论界诠释作品能力之有限。我的一位文友楚庄先生曾送我一首小诗，曰：

> 禅海钩沉君亦难，
> 正经一本说金莲，
> 百年史事惊回首，
> 缠放放缠缠放缠。

读了这诗，我一时差点落下泪水。我曾谓：知我者楚庄也。然而我深信随着社会进步，将来必定会有更多的知我者。写到这里，忽然不着边际地想到那两句无人不晓的古诗：

莫愁前路无知己，

　　天下谁人不识君。

在这里，识者，非做认识解，此乃认知是也。
至此，我在小说方面关乎金莲的事，就算全做完了。

命运的驱使

这是我踏上文学之路时最初的足迹。它一片凌乱、深深浅浅、反反复复，仿佛带着那样多的不情愿、被迫和犹豫不决……这究竟为了什么？

1966年的大狂乱到来之前，我的世界有如风暴前的海面，它没有丝毫预感，没察觉任何先兆，在一片出奇的静谧里，暖意的阳光躺在我柔软的、层层皱褶一般的、有节奏的生活波浪上。那时我才二十多岁！我热爱着艺术。我是肖邦、柴可夫斯基、贝多芬最驯顺的俘虏；我常常一个人在屋里高声背诵《长恨歌》《蜀道难》和普希金的《致大海》；最后，我终于以一种为美丽而献身的精神，决意把一生的时光，都溶进调色盘里。那雨中的船、枝上的鸟、泥土中的小花小草、薄暮冥冥中一张张模糊而有生气的脸，把我牢牢地固定在画架前，再也没有想到与它分开。

然而，1966年那场突如其来的大动乱就像一个无法抗拒、从天而降的重锤，把我的世界砸得粉碎。一夜之间，千万人的命运发生骤变；千万个家庭演出了在书本里都不曾见过的怪诞离奇的悲剧。对于我，平时所留意的人的面容、姿态、动作变得毫无意义；摆在眼前的，是在翻来覆去的政治风浪里淘洗出来的一颗颗赤裸裸的心。它们无形地隐藏在人身上最不易发现的地方。有的比宝石还美，有的比魔怪还丑，世上再没有人与人、心与心的差距更为遥远的了。为了在这刀丛般的人事纠葛中间生存，现实逼着我百倍地留意、提防、躲闪；于是，往日那些水光山色、鸟语花香，美梦一般流散了。

　　天津海河边有个地方叫做挂甲寺。夏天里，偶然会有人游泳不慎淹死了，就被拖到岸边，等家人来认领。但在这期间，几乎天天都有人投河自尽，给人们用绑着铁钩的长杆勾上来，一排排陈列着。原有的两张席不够用，有的便露着不堪一睹的面孔。有老者，有青年，有腰间捆着婴儿一同殉难的妇女。我直怔怔望着这些下狠心毁掉自己的人，心想他们必有许多隐忍在心、难以抗拒的苦痛。还有一次，我看到一个悬梁自尽的人蹬倒的椅面上留着很多徘徊不定的脚印，我的心颤栗了……每每此时，我便不自觉地虚构起他们生前的故事；当然这可能是与他们完全无关的虚构，但我平日在生活中的所见所闻、万千感受却自然而然地向虚构的故事中聚拥而来。当故事形成，在心里翻腾不已时，我便有一种强烈的表现欲。

　　开始，我只是把这些故事讲给至亲好友们听。为了安全，我把故事中的人物、地点、社会背景全换成外国的，当作一个旧的外国小说或电影故事。我的许多亲友听过这些故事。在文化一片空白的当时，他们以听我的故事为快事。我却以讲故事来发泄表现欲，排遣郁结心中的情感。我哪里知道，这就是我后来一些作品的雏形。

　　一个夜晚，外边刮着冷风。一位许久未见的老朋友突然跑到我家来。他不等我说什么，便一口气讲了他长长一段奇特的遭遇。我听着，流下泪，夹在手指间的烟卷灭了也不知道。这位朋友讲述他的遭遇时，带着一种神经质的冲动，我真担心他回去后会做出什么不够冷静而可怕的事来。他讲完了，忽然用激动得发颤的声音问我：

　　"你说，将来的人会不会知道咱们这种生活？这种处境？如果总这样下去不变，再过几十年，现在活着的人都死了，这不就得靠后来的作家瞎编？你说，现在有没有人把这些事写下来？那就得冒着生命的危险呀！不过，这对于将来的人总是有价值的……"

那是怎样一个时代呀！

我们都沉默了。烟碟里未熄的烟蒂冒着丝一般的烟缕，在昏黄的灯光里萦回缭绕。似乎我俩都顺着他这番话思索下去……从此，我便产生了动笔写的念头。

我把自己锁在屋里，偷偷写起来，只要有人叩门，我立即停笔，并把写了字的纸东藏西掖。这片言只语要是被人发现，就会毁了自己，甚至家破人亡，不堪设想。每每运动一来，我就把这些写好的东西埋藏在院子的砖块下边、塞在楼板缝里，或者一层层粘起来，外边糊上宣传画片，作为掩蔽，以便将来有用时拿温水泡了再一张张揭出来……但藏东西的人总觉得什么地方都不稳妥。一度，我把这些稿子卷成卷儿，塞进自行车的横梁管儿里。这车白天就放在单位里，单位整天闹着互相查找"敌情线索"。我总觉得会有人猛扑过去从车管儿里把稿子掏出来。不安整天折磨着我。终于我把稿子悄悄弄出来，用火点着烧了。心里立刻平静下来，跟着而来的却是茫然和沮丧。以后，我一发有了抑制不住的写的冲动时，便随写随撕碎，扔在厕所里冲掉；冬天我守着炉子写，写好了，轻轻读给自己听，读到自己也受感动时便再重读几遍，最后却只能恋恋不舍地投进火炉里。当辗转的火舌把一张张浸着心血的纸舔成薄薄的余灰时，我的心仿佛被灼热的火舌刺穿了。

在望不见彼岸的漫长征途上，谁都有过踌躇不前的步履。这是无效劳动，滥用精力啊！写了不能发表，又不能给任何人看，还收留不住，有什么用？多么傻气的做法！多么愚蠢的冲动！多么无望的希望！而我最痛苦的就是在这种忽然理智和冷静下来，否定自己行为的价值的时候。

　　我必须从自己身上寻找力量充实自己。于是，我发现，我是有良心的，我爱自己的祖国和人民，我是悄悄地为祖国的将来做一点点事呀！我还是有艺术良心的，没有为了追求利禄而去写迎合时尚、违心的文字。我珍爱文学，不会让任何不良的私欲而玷污了它……这样，我便再不毁掉自己笔下的每一张纸了。我下了决心，我干我的。不管将来如何，不管光明多么遥远，不管路途中间会多么艰辛和寂寞，会有多高的阻障，会出现怎样意外的变故。我至今还保存一首诗，是当时自己写给自己的。诗名叫《路》：

> 人们自己走自己的路，谁也不管谁，
> 我却选定这样一条路——
>
> 一条时而快欣、时而痛苦的路，
> 一条充满荆棘、布满沟壑的路。
> 一条宽起来无边、窄起来惊心的路，
> 一条爬上去艰难、滑下去危险的路。
>
> 一条没有尽头、没有归宿的路，
> 一条没有路标、无处询问的路，
> 一条时时中断的路，
> 一条看不见的路……
>
> 但我决意走这条路，
> 因为它是一条真实的路。

现在回想起来，这便是我走向文学之路最初的脚步了。

前年我在滇南，亚热带风情的大自然使我耳目一新。那些哈尼族人的大茅屋顶、傣族人的竹楼、苗族妇女艳丽的短裙，混在一片棕榈、芭蕉、竹丛、雪花一样飘飞的木棉和蓝蓝的山影之中，令我感动不已。不知不觉又唤起我画画的欲望。我回到家，赶忙翻出搁放许久的纸笔墨砚，呆在屋里一连画了许多天，还拿出其中若干幅参加了美术展览。当时，一些朋友真怀疑我要重操旧业了。不，不，这仅仅像着了魔似的闹了一阵子而已。跟着，潜在心底的人物又开始浮现出来，日夜不宁地折磨我了。我便收拾起画具，抹净桌面，摆上一叠空白的稿纸……

是啊，我之所以离开至今依然酷爱的绘画，中途易辙，改从写作生涯，大概是受命运的驱使吧！这不单是个人的命运，也是民族、祖国、同时代人共同的命运所致。至于"命运"二字，我还不会解释，而只是深深感到它罢了。

燃烧的石头

——罗丹的私人化雕塑

我第一次接触到罗丹的原作是在中国。时间为1992年。把罗丹的作品搬到东方文明的古国来展出，一时惊动了世界。前往中国美术馆的参观者人山人海，好像去看罗丹本人。我怀着景仰之情挤在人群里，伸头探颈去搜寻罗丹的每件传世名作。可是，这"第一次接触"给我的印象却十分意外。它真正震撼我的并不是那些举世皆知的名作《思想者》《巴尔扎克》《行走的人》和《加莱市民》等等，而是一件洁白而透明的大理石双人小像——《吻》。

当然，我很早就从画集上见过这件雕塑，这赤裸的男女在相拥而吻的一瞬，和谐优美又充满激情地融为一体。我把它当做一种完美爱情的象征。然而，站在这雕塑面前，我却感到有一种私密的气氛笼罩着这两个纠缠着的男女。无法克制的情爱使他们的肉体在燃烧。跟着，一切生命的欲望全都集中在他们的嘴唇上来。这时我发现，他们的嘴唇并没有接触上，中间还有很小的一个空间。我围着这雕塑转了两三圈，我感到这小空间中似有一种无形的气流。一种热切和急促的气流。他们的嘴唇正在颤抖、发烫！我被这件作品所震撼。这不是冰冷的大理石雕，而是两个活生生的热血沸腾的生命；这不是爱情的象征，而是被情爱点燃的两个"具体的人"。他们是谁？这中间，是不是潜藏着罗丹和他的情人卡米尔·克洛岱尔的那个美丽又残酷的故事？

从那时，我就很想去巴黎寻找答案了。

在巴黎，《吻》就放在罗丹美术馆里。

这座历史上叫做比隆别墅的美术馆曾是罗丹的故居。但它只是罗丹晚年的住所。1908年经奥地利诗人里尔克的推荐，罗丹才搬到这座典雅的豪宅中来。克洛岱尔从没到这里来过。她早在这之前就与罗丹决裂了。比隆别墅对于克洛岱尔和罗丹那场狂热又痛苦的恋爱全然不知。是呵，我在美术馆楼上楼下走来走去，感觉它什么也不能告诉我。

故而我看《吻》，竟不如在中国美术馆那样的震撼，为什么？我挺茫然。

可是，静下心再看美术馆大大小小的原作，吸引我的仍然是表现男女情爱的那些小像。有些小像是先前不曾见过的。罗丹怎么会有这么多这类题材的作品？只要专注地观看每一件作品，就会觉得掀开了遮挡罗丹私人生活帷幕的一角，一种幽邃的、私秘的、生命深层的气息便透露出来。于是，渐渐觉得与先前从《吻》获取的那种感受又连接上了。

这时，两只手出现在我面前。一只是男人的，一只是女人的。只有这两只手，它们像是由一块石头里"冒"出来的。那男人的手横着伸过去，试探着，又大胆地，去触摸女人的手。这是罗丹的作品《情人的手》。这《情人的手》如同《吻》那样——此刻身体的全部神经都跑到手上。手也在发抖和发烫。跟着同样是生命的燃烧。

但是对于爱情来说，"触"比"吻"的意义伟大得多。触是圣洁的身体语言的第一个字。它要用无比的勇气来表达。这轻轻地一触依靠的却是内心的千钧之力。它是一种伟大的起点和辉煌的诞生。于是，这《情人的手》比《吻》更具惊心动魄的力量。

谁能像罗丹如此敏锐地发现爱情中这最初的勾魂摄魄的一瞬？发现手的神圣的意义？发现手是心灵的触角？心灵中一切最细微、最真实的感觉全在手上。

罗丹说："如果一个人失去触觉，那么他就等于死了。触觉，这是唯一不可替代的感觉。"

他从哪里获得这样的神示？仅仅听凭一种天赋吗？

当然，这是迷人、性感和天才的克洛岱尔告诉他的。

其实，在罗丹第一次见到克洛岱尔时，就爱上了她。这一半由于她那带着野性的美，傲气十足的嘴，以及赤褐色头发下"绝代佳人"的前额和深蓝的眼睛；另一半则由于她罕见的才气。而同时，克洛岱尔也主动地向这位比自己年长二十四岁的男人敞开了自己纯净和贞洁的少女世界。这完全由于罗丹的天才。男人的魅力就是才华。罗丹的一切天生都从属于雕塑——他炯炯的目光，敏锐的感觉，深刻的思维，以及不可思议的手，全都为了雕塑，而且时时都闪耀出他超人的灵性与非凡的创造力。虽然当时罗丹还没有太大的名气，但他的才气已经咄咄逼人。于是，他们很快的相互征服。正当盛年的罗丹与洋溢着青春气息的克洛岱尔如同雨紧潮急，烈日狂风，一拥而入他们爱情的酷夏。同时，罗丹也开始了他艺术创作的黄金时代。

而对于克洛岱尔来说，她所做的，是投身到一场要付出一生代价的残酷的爱情游戏。因为，罗丹有他的长久的生活伴侣罗丝和儿子。但是已经跳进漩涡而又陶醉其中的克洛岱尔，不可能回到岸边来重新选择。这样，他们只有躲开众人的视线，在公开场合装作若无其事，寻找任何一个可能的机会，一点空间和时间，相互宣泄无法抑制的爱与无法克制的欲望。从学院街小理石仓库，到莺歌街的福里·纳布尔别墅，再到佩伊思园……在一个个工作室幽暗的角落里，躺椅上，满是泥土的地上，未完成的雕塑作品与零件中间，他们滚烫的肉体疯狂地纠结一起，她用沾着大理石碎屑的嘴唇吻他，他用满是石膏粉的手抚摸她——他们用极致的性爱快乐将爱情表达得无比丰盈与真实。虽然这长达十余年的爱恋，一直是私密的，东躲西藏，或隐或显地受着被旁人察觉的威胁，并不断地与不幸的罗丝发生冲突。她甚至从来没有在他身边过夜。但这反而使他们的爱更加充满渴望，充满偷吃禁果的强烈的快感，与压抑下爆发般的欢愉。

手是心之具。在他们自己并不十分自觉的情况下，已经把这一切用"会说话的手"捏进泥巴里，或用"有眼睛的锤子与凿子"有力地刻进石头中。

无论是罗丹的《晨曦》，还是克洛岱尔的《罗丹像》，都是热恋者心中的对方。《晨曦》中戴着睡帽的女子，明洁、纯净、高贵、朦胧，连皮肤的表面不都是充满了罗丹的无限的柔情吗？而风格刚毅和锐利的《罗丹像》，不就是克洛岱尔时时刻刻心中激荡着的形象？

在他们的作品中，各有一件"双人小像"，彼此十分相像。便是克洛岱尔的《沙恭达罗》和罗丹的《永恒的偶像》。不同的是，在克洛岱尔的《沙恭达罗》中，一个女子跪在一个男子面前；在罗丹的《永恒的偶像》中，却是一个男子跪在一个女人面前。

这正是在他们爱情中的自己与对方。

在克洛岱尔的《沙恭达罗》中，跪在男子面前的女子，双手紧紧拥抱着对方，唯恐失去，仰起的脸充满乞望。男子俯下头来表达深深的眷恋。这件作品很写实，就像他们情爱中的一幕。

但在罗丹的《永恒的偶像》中，女子完全是另一种形象，她像一尊至上的女神，男子跪在她脚前，轻轻地吻她的胸膛，倾倒于她，崇拜她，神情虔诚之极。罗丹所表现的则是克洛岱尔以及他们的爱情——在自己心中的位置。

将这两件雕塑放在一起，就是从1885年至1898年最真实的罗丹与克洛岱尔。

可以说，这一开始，他们的爱情就进入了罗丹手中的泥土、石膏、大理石，并熔铸到了千古不变的铜里。

罗丹用泥土描述他抚摸过的美丽的肉体，以石膏再现那些炽烈乃至发狂的情感，用黝黑而发亮的铜张扬他勃发的雄性，并放纵石头去想象浪漫的情爱。这些雕塑是他们爱情的记录，也是爱情的梦想。克洛岱尔的面容、表情、姿态、身体上的那种无与伦比的"法兰西民族线条"，时时出现在他的作品中。他用手中的材料去复制她，体验她，怀念她，想象她，抚摸她。他用充满着他生命感觉的手去再造她。她与他的人生搅拌在一起，也与他的艺术熔化在一起。除去他明确地为她做了许多塑像。她还明明灭灭地出现在他广泛的雕塑中。

罗丹曾对克洛岱尔说：

"你被表现在我的所有雕塑中。"

从《沉思》《圣乔治》《法兰西》《康复中的女病人》《永远的春天》《占有》《逃逸的爱情》《众神的信使伊丽斯》《罗密欧与朱丽叶》《拥抱》到《罪》《圣安东尼的诱惑》《坏精灵》《亚当与夏娃》《转瞬即逝的爱情》等等。可以看到克洛岱尔在爱情中的光彩，情感生活的千姿百态，以及性爱时肉体迷人的美。

这一切，都浸透了罗丹的激情。一切至美的形态，一切动人的线条，一切心神荡漾的意境，全是罗丹的感受与幻想。那种两情的缱绻、缠绵、牵挂和愉悦，以及两性的诱惑、追逐、快乐和狂乱，全都来自罗丹的心灵。

克洛岱尔几乎就是罗丹的一切。于是，我们也就明白，一位伟大的雕塑家为什么创作出如此数量惊人的私人化的作品。何况在《地狱之门》那数百个形象中，我们还可以辨认出克洛岱尔形形色色的身影。

进一步说，克洛岱尔不仅给他一个纯洁而忠贞的爱情世界，还让他感到生命自身的力量与真实。无论是肉体的、情感的，还是心灵的。

罗丹在雕塑史的最重要的价值，是他把古希腊以来一直放置在高高基座上的英雄的雕像搬下来，还以生命的血肉与灵魂。他真切的爱情经历，身体的体验，灵魂的感受使他更加瞩目于生命个体的意义。故而，就使得他同时间创作的《巴尔扎克》和《加莱市民》，都是"返回人间"的伟大的凡人。在罗丹美术馆里，我们能看到半裸的雨果和全裸的巴尔扎克。连巴尔扎克的生殖器也生机勃勃地暴露着。故此，这些作品面世之时，都引起不小的风波，受到公众审美习惯激烈的抵制与抨击。但是，当它们最终被人们心悦诚服地接受下来时，历史便迈出伟大的一步。但在这"历史的一步"中，他那些私人体验与私人化的雕塑起到了无形却至关重要的作用。

1900年以后，罗丹名扬天下的同时，克洛岱尔一步步走进人生日渐深浓的阴影里。

克洛岱尔不堪承受长期厮守在罗丹的生活圈外的那种孤单与无望，不愿意永远是"罗丹的学生"。她从与罗丹相爱那天就有"被抛弃的感觉"。她带着这种感觉与罗丹纠缠了十五年，最后精疲力竭，颓唐不堪，终于1898年离开罗丹，迁到蒂雷纳大街的一间破房子里，离群索居，拒绝在任何社交场合露面，天天默默地凿打着石头。尽管她极具才华，却没有足够的名气。人们仍旧凭着印象把她当做罗丹的一个弟子，所以她卖不掉作品，贫穷使她常常受窘并陷入尴尬，还要遭受雇来帮忙的粗雕工人的欺侮。这期间，罗丹已经日趋成功。他属于那种活着时就能享受到果实成熟的艺术家。他经历了与克洛岱尔那种迎风搏浪的爱情生活后，又返回平静的岸边，回到了在漫长人生之路上与他分担过生活重负与艰辛的罗丝身旁。他在默东买了大房子，过起富足的生活；并且又在巴黎买下了文艺复兴时期的豪宅比隆别墅，以应酬趋之若鹜的上流社会千奇百怪、光怪陆离的人物。这期间，还有几个情人进入了他华丽多彩的生活。当然，罗丹并没有忘记克洛岱尔。他与克洛岱尔的那场轰轰烈烈、电闪雷鸣的恋爱，是刻骨铭心的。他多次想帮助她，都遭到高傲的克洛岱尔的拒绝。他只有设法通过第三者在中间迂回，在经济上支援她，帮助她树立名气。但这些有限的支持都没有在克洛岱尔身上发生真正的效力。

在绝对的贫困与孤寂中，克洛岱尔真正感到自己是个被遗弃者了。渐渐地，往日的爱与赞美就化为怨恨。本来是个激情洋溢的性格，变得消沉下来。

1905年克洛岱尔出现妄想症。而且愈演愈烈。她常常与一切人断绝来往，一个人呆在屋里。身体很坏，脾气乖戾，狂躁起来就将雕塑全部打碎。1913年3月3日克洛岱尔的父亲去世。克洛岱尔已经完全疯了。3月10日埃维拉尔城精神病院的救护车开到蒂雷纳大街六十六号，几位医院人员用力打开门，看见克洛岱尔脱光衣服，赤裸裸披头散发坐在那里，满屋全是打碎的雕像。他们只能动手给克洛岱尔穿上控制她行动的紧身衣，把她拉到医院关起来。

这一关，竟是三十年。克洛岱尔从此与雕刻完全断绝。艺术生命的心律变为平直。她在牢房似的病房中过着漫无际涯和匪夷所思的生活。她一直活到1943年，最后在蒙物维尔格疯人院中去世。她的尸体埋在蒙特法韦公墓为疯人院保留的墓地里。十字架上刻着的号码为1943——No392。

在疯人院保留的关于克洛岱尔的档案中注明：克洛岱尔死时，没有财物，没有任何有价值的文件，甚至连一件纪念品也没留下。所以克洛岱尔认为罗丹把她的一切都掠夺走了。

在罗丹与克洛岱尔相爱的那些年，他们的作品风格惊人的相近。在克洛岱尔看来，罗丹"从她身上汲到不少东西去滋养了他的才能"。但那是些什么东西呢？其实那就是爱情！爱情不仅给了他们相同的激情与力量，还把他们的艺术语言奇迹般地同化了。那时，克洛岱尔不是感觉"我们惊人地相似，以致我们的手中再也产生不了任何题材新颖的作品了"吗？在那个伟大的时刻，他们从肉体、生命、精神到艺术全部融为一体。如果没有这爱情，克洛岱尔也创作不出《罗丹像》《沙恭达罗》和《窃窃私语》来！从这个意义上说，罗丹的全部私人化的作品都应是他们共同创造的。

克洛岱尔之后，那些走进罗丹情感世界的楚楚动人的女人们，没有人再给他的生命注入同样的"核动力"了。他给法克斯夫人、格雯·约翰、埃莱娜·德·诺斯蒂丝、舒瓦瑟侯爵夫人等都塑过像。他也爱过这些"美人"。但绝对没有一个塑像能够像《吻》和《情人的手》等一大批作品那样令人震撼!

应该说,造就那些伟大艺术,甚至是造就罗丹的人——同时又是最大的牺牲者,应是克洛岱尔。

那么克洛岱尔本人留下了什么呢?

卡米尔·克洛岱尔的弟弟作家保罗在她的墓前悲凉地说:"卡米尔,您献给我的珍贵礼物是什么呢?仅仅是我脚下这一块空空荡荡的地方?虚无!一片虚无!"

可是,克洛岱尔葬身的这块墓地,后来由于政府的征用也彻底地平掉了。克洛岱尔已经无迹可寻。最后我们还是得回到她和罗丹的作品中。因为艺术家已经把他们的生命留在作品中了。

在克洛岱尔被关进疯人院的同一年,罗丹突然中风。这是巧合,还是一种神秘的生命感应,无从得知,也永无人知。

这一切便是一位大师真实的艺术与人生。

最后的梵·高

(1888年2月21日—1890年7月29日)

我在广岛的原子弹灾害纪念馆中，见到一个很大的石件，上边清晰地印着一个人的身影。据说这个人当时正坐在广场纪念碑前的台阶上小憩。在原子弹爆炸的瞬间，一道无比巨大的强光将他的影像投射在这石头上，并深深印进石头里边。这个人肯定随着核爆炸灰飞烟灭。然而毁灭的同时却意外地留下一个匪夷所思的奇观。

毁灭往往会创造出奇迹。这在大地震后的唐山、火山埋没的庞贝城，以及奥斯威辛与毛特豪森集中营里我们都已经见过。这些奇迹全是悲剧性的，充满着惨烈乃至恐怖的气息。可是为什么梵·高却是一个空前绝后的例外，他偏偏在毁灭之中闪耀出无可比拟的辉煌？

法国有两个不起眼的小地方，一直令我迷惑又神往。一个是巴黎远郊瓦涅河边的奥维尔，一个是远在南部普罗旺斯地区的阿尔。它们是梵·高近乎荒诞人生的最后两个驿站。阿尔是梵·高神经病发作的地方，奥维尔则是他疾病难捺，最后开枪自杀之处。但使人莫解的是，梵·高于1888年2月21日到达阿尔，12月发病，转年5月住进精神病院；一年后出院前往奥维尔，两个月后自杀。这前前后后只有两年！然而他一生中最杰出的作品却差不多都在这最后两年、最后两个地方，甚至是在精神病反反复复发作中画的。为什么？

于是，我把这两个地方"两点一线"串联起来。先去普罗旺斯的阿尔去找他那个"黄色小屋"，还有圣雷米精神病院；再回到巴黎北部的奥维尔，去看他画过的那里的原野，以及他的故居、教堂和最终葬身的墓地。我要在法国的大地上来来回回跑一千多公里，去追究一下这个在艺术史上最不可思议的灵魂。我要弄个明白。

在梵·高来到阿尔之前，精神系统里已经潜伏着发生错乱和分裂的可能。这位有着来自母亲家族的精神病基因的荷兰画家，孤僻的个性中包藏着脆性的敏感与烈性的张力。他绝对不能与社会及群体相融；耽于放纵的思索；孤军奋战那样地在一己的世界中为所欲为。然而，没有人会关心这个在当时还毫无名气的画家的精神问题。

在世人的眼里，一半生活在想象天地里的艺术家们，本来就是一群"疯子"。故此，不会有人把他的喜怒无常，易于激动，抑郁寡言，看作是一种精神疾病早期的作怪。他的一位画家朋友纪约曼回忆他突然激动起来的情景时说："他为了迫不及待地解释自己的看法，竟脱掉衣服，跪在地上，无论怎样也无法使他平静下来。"

这便是巴黎时期的梵·高。最起码他已经是非常的神经质了。

梵·高于1881年11月在莫弗指导下画成第一幅画。但是此前此后，他都没有接受过任何系统性的绘画训练。1886年2月他为了绘画来到巴黎。这时他还没有确定的画风。他崇拜德拉克罗瓦，米勒，罗梭，着迷于正在巴黎走红的点彩派的修拉，还有日本版画。这期间他的画中几乎谁的成分都有。如果非要说出他的画有哪些特征是属于自己的，那便是一种粗犷的精神与强劲的生命感。而这时，他的精神疾病就已经开始显露出端倪——

1886 年他刚来到巴黎时，大大赞美巴黎让他头脑清晰，心情舒服无比。经他做画商的弟弟迪奥介绍，他加入了一个艺术团体，其中有印象派画家莫奈、德加、毕沙罗、高更等等，也有小说家左拉和莫泊桑。这使他大开眼界。但一年后，他便厌烦巴黎的声音，对周围的画家感到恶心，对身边的朋友愤怒难忍。随后他觉得一切都混乱不堪，根本无法作画，他甚至感觉巴黎要把他变成"无可救药的野兽"。于是他决定"逃出巴黎"，去南部的阿尔!

1888 年 2 月他从巴黎的里昂车站踏上了南下的火车。火车上没有一个人知道他的名字。更不会有人知道这个人不久就精神分裂，并在同时竟会成为世界美术史上的巨人。

我从马赛出发的时间接近中午。当车子纵入原野，我忽然明白了一百年前——初到阿尔的梵·高那种"空前的喜悦"由何而来。普罗旺斯的太阳又大又圆，在世界任何地方都见不到这样大的太阳。它距离大地很近，阳光直射，不但照亮也照透了世上的一切，也使梵·高一下子看到了万物的本质——一种通透的、灿烂的、蓬勃的生命本质。他不曾感受到生命如此的热烈与有力！他在给弟弟迪奥的信中，上百次地描述太阳带给他的激动与灵感。而且他找到了一种既属于阳光也属于他自己的颜色——夺目的黄色。他说"铬黄的天空，明亮得几乎像太阳。太阳本身是一号铬黄加白。天空的其他部分是一号和二号铬黄的混合色。它们黄极了！"这黄色立刻改变了梵·高的画，也确立了他的画！

大太阳的普罗旺斯使他升华了。他兴奋之极。于是，他马上想到把他的好朋友高更拉来。他急渴渴要与高更一起建立起一间

"未来画室"。他幻想着他们共同和永远地使用这间画室,并把这间画室留给后代,留给将来的"继承者们"。他心中充满一种壮美的事业感。他真的租了一间房子,买了几件家具,还用他心中的黄色将房子的外墙漆了一遍。此外又画了一组十几幅《向日葵》挂在墙上,欢迎他所期待的朋友的到来。这种吸满阳光而茁壮开放的粗大花朵,这种"大地的太阳",正是他一种含着象征意味的自己。

在高更没有到来之前,梵·高生活在一种浪漫的理想里。他被这种理想弄得发狂。这是他一生最灿烂的几个月。他的精神快活,情绪亢奋。他甚至喜欢上阿尔的一切:男女老少,人人都好。他为很多人画了肖像,甚至还用高更的笔法画了一幅《阿尔的女人》。梵·高在和他的理想恋爱。于是这期间,他的画——比如《繁花盛开的果园》《沙滩上的小船》《朗卢桥》《圣玛丽的农舍》《罗纳河畔的星夜》等等,全都出奇的宁静,明媚与柔和。对于梵·高本人的历史,这是极其短暂又特殊的一个时期。

其实从骨子里说,所有的艺术家都是一种理想主义者。或者说理想才是艺术的本质。但危险的是,他把另一个同样极有个性的画家——高更,当做了自己理想的支柱。

在去往阿尔的路上,我们被糊里糊涂的当地人指东指西地误导,待找到拉马丁广场,已经完全天黑。这广场很大,圆形的,外边是环形街道,再外边是一圈矮矮的小房子。黑黑的,但全都亮着灯。几个开阔的路口,通往四外各处。我们四下去打听拉马丁广场二号——梵·高的那个黄色的小楼。但这里的人好像还是一百年前的阿尔人,全都说不清那个叫什么梵·高的人的房子究竟在哪里?最后问到一个老人,那老人苦笑一下,指了指远处一个路口便走了。

我们跑到那里，空荡荡一无所有。仔细找了找，却见一个牌子立着。呀，上边竟然印着梵·高的那幅名作《在阿尔的房子》——正是那座黄色的小楼！然而牌子上的文字却说这座小楼早在二战期间毁于战火。我们脚下的土地就是黄色小楼的遗址。这一瞬，我感到一阵空茫。我脑子里迅速掠过1888年冬天这里发生过的事——高更终于来到这里。但现实总是破坏理想的。把两个个性极强的艺术家放在一起，就像把两匹烈马放在一起。两人很快就意见相左；跟着从生活方式到思想见解全面发生矛盾；于是天天争吵，时时酝酿着冲突，并发展到水火不容的境地。于是理想崩溃了。那个梦幻般的"未来画室"彻底破灭。潜藏在梵·高身上的精神病终于发作。他要杀高更。在无法自制的狂乱中，他割下自己的耳朵。随后是高更返回巴黎，梵·高陷入精神病中无以自拔。他的世界就像现在我眼前的阿尔，一片深黑与陌生。

我同来的朋友问："还去看圣雷米修道院里的那个精神病院吗？不过现在太黑，去了恐怕什么也看不见。"

我说："不去了。"我已经知道，那座将梵·高像囚徒般关闭了一年的医院，究竟是什么气息了。

在梵·高一生写给弟弟迪奥的八百封信件里，使我读起来感到最难受的内容，便是他与迪奥谈钱。迪奥是他唯一的知音和支持者。他十年的无望的绘画生涯全靠着迪奥在经济上的支撑。迪奥是个小画商，手头并不宽裕，尽管每月给梵·高的钱非常有限，却始终不弃地来做这位用生命祭奠艺术的兄长的后援。这就使梵·高终生被一种歉疚折磨着。他在信中总是不停地向迪奥讲述自己怎样花钱和怎样节省。解释生活中哪些开支必不可少。报告他口袋里可怜巴巴的钱数。他还不断地做出保证，决不会轻易糟蹋掉迪奥用辛苦换来的每一个法郎。如果迪奥寄给他的钱迟了，他会非常为难地诉说自己的窘境。说自己怎样在用一杯又一杯的咖啡，灌满一连空了几天的肚子；说自己连一尺画布也没有了，只能用纸来画速写或水彩。当他被贫困逼到绝境的时候，他会恳求地说："我的好兄弟，快寄钱来吧！"

但每每这个时候，他总要告诉迪奥，尽管他还没有成功，眼下他的画还毫不值钱，但将来一定有一天，他的画可以卖到二百法郎一幅。他说那时"我就不会对吃喝感到过分耻辱，好像有吃喝的权利了"。

他向迪奥保证他会愈画愈好。他不断地把新作寄给迪奥来作为一种"抵债"。他说将来这些画可以使迪奥获得一万法郎。他用这些话鼓舞弟弟，他害怕失去支持；当然他也在给自己打气。因为整个世界没有一个人看上他的画。但今天——特别是商业化的今天，为什么梵·高每一个纸片反倒成了"全人类的财富"？难道商业社会对于文化不是充满了无知与虚伪吗？

故此在他心中，苦苦煎熬着的是一种自我的怀疑。他对自己"去世之后，作品能否被后人欣赏"毫无把握。他甚至否认成功的价值乃至绘画的意义。好像只有否定成功的意义，才能使失落的自己获得一点虚幻的平衡。自我怀疑，乃是一切没有成功的艺术家最深刻的痛苦。他承认自己"曾经给一种不可抗拒的力量挫败过"。在这种时候，他便对迪奥说"我宁愿放弃画画，不愿看着你为我赚钱而伤害自己的身体！"

他一直这样承受着精神与物质的双重的摧残。

可是，在他"面对自然的时候，画画的欲望就会油然而生"。在阳光的照耀下，世界焕发出美丽而颤动的色彩，全都涌入他的眼睛；天地万物勃发的生命激情，令他颤栗不已。这时他会不顾一切地投入绘画，直至挤尽每一支铅管里的油彩。

当他在绘画里，会充满自信，忘乎所以，为所欲为；当他走出绘画回到了现实，就立刻感到茫然，自我怀疑，自我否定。他终日在这两个世界中来来回回地往返。所以他的情绪大起大落。他在这起落中大喜大悲，忽喜忽悲。

从他这大量的"心灵的信件"中，我读到——

他最愿意相信的话是福楼拜说的："天才就是长期的忍耐。"

他最想喊叫出来的一句话是："我要作画的权利！"

他最现实的呼声是："如果我能喝到很浓的肉汤，我的身体马上会好起来！当然，我知道，这种想法很荒唐。"

如果着意地去寻找，会发现这些呼喊如今依旧还在梵·高的画里。

梵·高于1888年12月23日发病后，病情时好时坏，时重时轻，一次次住进医院。这期间他会忽然怀疑有人要毒死他，或者在同人聊天时，端起调颜色的松节油要喝下去；后来他发展到在作画的过程中疯病突然发作。1889年5月他被送进离阿尔一公里的圣雷米精神病院，成了彻头彻尾的精神病人。但就在这时，奇迹出现了。梵·高的绘画竟然突飞猛进。风格迅速形成。然而这奇迹的代价却是一个灵魂的自焚。

他的大脑弥漫着黑色的迷雾。时而露出清明，时而一片混沌。

他病态的神经日趋脆弱；乱作一团的神经刚刚出现一点头绪，忽然整个神经系统全部爆裂，乱丝碎絮般漫天狂舞。在贫困、饥饿、孤独和失落之外，他又多了一个恶魔般的敌人——精神分裂。这个敌人巨大，无形，桀暴，骄横，来无影去无踪，更难于对付。他只有抓住每一次发病后的"平静期"来作画。

　　在他生命最后一年多的时间，他被这种精神错乱折磨得痛不欲生，没有人能够理解。因为真正的理解只能来自自身的体验。癫痫、忧郁、幻觉、狂乱，还有垮掉了一般的深深的疲惫。他几次在"灰心到极点"时都想到了自杀。同时又一直否定自己真正有病来平定自己。后来他发现只有集中精力，在画布上解决种种艺术的问题时，他的精神才会舒服一些。他就拼命并专注地作画。他在阿尔患病期间作画的数量大得惊人。一年多，他画了二百多幅作品。但后来愈来愈频繁的发病，时时中断了他的工作。他在给迪奥的信中描述过：他在画杏花时发病了，但是病好转之后，杏花已经落光。精神病患者最大的痛苦是在清醒过来之后。他害怕再一次发作，害怕即将发作的那种感觉，更害怕失去作画的能力。他努力控制自己"不把狂乱的东西画进画中"。他还说，他已经感受到"生之恐怖"！这"生之恐怖"便是他心灵最早发出的自杀的信号！

　　然而与之相对的，却是他对艺术的爱！在面对不可遏止的疾病的焦灼中，他说："绘画到底有没有美，有没有用处，这实在令人怀疑。但是怎么办呢？有些人即使精神失常了，却仍然热爱着自然与生活，因为他是画家！""面对一种把我毁掉的、使我害怕的病。我的信仰仍然不会动摇！"

　　这便是一个神经错乱者最清醒的话。他甚至比我们健康人更清醒和更自觉。

梵·高的最后一年，他的精神的世界已经完全破碎。一如大海，风暴时起，颠簸倾覆，没有多少平稳的陆地了。特别是他出现幻觉的症状之后(1889年2月)，眼中的物象开始扭曲，游走，变形。他的画变化得厉害。一种布满画面蜷曲的线条，都是天地万物运动不已的轮廓。飞舞的天云与树木，全是他内心的狂飙。这种独来独往的精神放纵，使他的画显示出强大的主观性；一下子，他就从印象派画家马奈、莫奈、德加、毕沙罗等等所受的客观的和视觉的约束中解放出来。但这不是理性的自觉，而恰恰是精神病发作之所致。奇怪的是，精神病带来的改变竟是一场艺术上的革命；印象主义一下子跨进它光芒四射的后期。这位精神病患者的画非但没有任何病态，反而迸发出巨大的生命热情与健康的力量。

对于梵·高这位来自社会底层的画家，他一生都在对米勒崇拜备至。米勒对大地耕耘者纯朴的颂歌，唱彻了梵·高整个艺术生涯。他无数次地去画米勒《播种者》那个题材。因为这个题材最本质地揭示着大地生命的缘起。故此，燃起他艺术激情的事物，一直都是阳光里的大自然，朴素的风景，长满庄稼的田地，灿烂的野花，村舍，以及身边寻常和勤苦的百姓们。他一直呼吸着这生活的元气；并将自己的生命与这世界上最根本的生命元素融为一体。

当患病的梵·高的精神陷入极度的亢奋中，这些生命便在他眼前熊熊燃烧起来，飞腾起来，鲜艳夺目，咄咄逼人。这期间使他痴迷并一画再画的丝杉，多么像是一种从大地冒出来的巨大的生命火焰！这不正是他内心一种生命情感的象征么？精神病非但没有毁掉梵·高的艺术，反而将他心中全部能量一起爆发出来。

或者说，精神病毁掉了梵·高本人，却成就了他的艺术。这究竟是一种幸运，还是残酷的毁灭？

令人匪夷所思的是，这种精神病的程度"恰到好处"。他在神志上虽然颠三倒四，但色彩的法则却一点不乱。他对色彩的感觉甚至都是精确之极。这简直不可思议！就像双耳全聋的贝多芬，反而创作出博大、繁复、严谨、壮丽的《第九交响乐》。是谁创造了这种艺术史的奇迹和生命的奇迹？

倘若他病得再重一些，全部陷入疯狂，根本无法作画，美术史便绝不会诞生出梵·高来。倘若他病得轻一些，再清醒和理智一些呢？当然，也不会有现在这个在画布上电闪雷鸣的梵·高了。

他叫我们想起，大地震中孤零零竖立的一根电杆，核爆炸废墟中唯一矗立的一幢房子。当他整个神经系统损毁了，唯有那根艺术的神经却依然故我。

这一切，到底是生命与艺术共同的偶然，还是天才的必然？

1890年5月梵·高到达巴黎北郊的奥维尔。在他生命最后的两个月里，他贫病交加，一步步走向彻底的混乱与绝望。他这期间所画的《奥维尔的教堂》《有杉树的道路》《蒙塞尔的茅屋》等等，已经完全是精神病患者眼中的世界。一切都在裂变、躁动、飞旋与不宁。但这种听凭病魔的放肆，却使他的绘画达到绝对的主观和任性。我们健康人的思维总要受客观制约，精神病患者的思维则完全是主观的。于是他绝世的才华，刚劲与烈性的性格，艺术的天性，得到了最极致的宣泄。一切先贤偶像、艺术典范、惯性经验，全都不复存在。人类的一切创造都是对自己的约束。但现在没有了！面对画布，只有一个彻底的自由与本性的自己。看看《奥维尔乡村街道》的天空上那些蓝色的短促的笔触，还有《蓝天白云》那些浓烈的、厚厚的、挥霍着的油彩，就会知道，梵·高最后涂抹在画布上的全是生命的血肉。唯其如此，才能具有这样永恒的震撼。

这是一个真正的疯子的作品。也是旷古罕见的天才的杰作。

除了他，没有任何一个精神病患者能够这样健康地作画；除了他，没有任何一个艺术家能够拥有这样绝对的非常态的自由。

我们从他最后一幅油画《麦田群鸦》，已经看到他的绝境。大地乌云的倾压下，恐惧、压抑、惊栗，预示着灾难的风暴即将到来。三条道路伸往三个方向，道路的尽头全是一片迷茫与阴森。这是他生命最后一幅逼真而可怕的写照。也是他留给世人一份刺目的图像的遗书。他给弟弟迪奥的最后一封信中说："我以生命为赌注作画。为了它，我已经丧失了正常人的理智。"在精疲力竭之后，他终于向狂乱的病魔垂下头来，放下了画笔。

1890年7月27日他站在麦田中开枪自杀。被枪声惊起的"扑喇喇"的鸦群，就是他几天前画《麦田群鸦》时见过的那些黑黑的乌鸦。

随后，他在奥维尔的旅店内流血与疼痛，忍受了整整两天。29日死去。离开了这个他疯狂热爱却无情抛弃了他的冷冰冰的世界。冰冷而空白的世界。

我先看了看他在奥维尔的那间住房。这是当年奥维尔最廉价的客房，每天租金只有三点五法郎。大约七平米。墙上的裂缝，锈蚀的门环，沉黯的漆墙，依然述说着当年的境况。从坡顶上的一扇天窗只能看到一块半张报纸大小的天空。但我忽然想到《哈姆·雷特》

年年过年都要把这两轴明代的祖先像悬挂起来,表示敬重与感激

在明代的炮台遗址考察时，发现一块古碑(1997年)

中的一句台词:"即使把我放在火柴盒里,我也是无限空间的主宰者。"

从这小旅舍走出,向南经过奥维尔教堂,再走五百米,便是他的墓地。这片墓地在一片开阔的原野上。使我想到梵·高画了一生的那种浑厚而浩瀚的大地。他至死仍旧守望着这一切生命的本土。墓地外只圈了一道很矮的围墙。三百年来,当奥维尔人的灵魂去往天国之时,都把躯体留在这里。梵·高的坟茔就在北墙的墙根。弟弟迪奥的坟墓与他并排。大小相同,墓碑也完全一样,都是一块方形的灰色的石板,顶端拱为半圆。上边极其简单地刻着他们的姓名与生卒年月。没有任何雕饰,一如生命本身。迪奥是在梵·高去世后半年死去的。他生前身后一直陪伴这个兄长。他一定是担心他的兄长在天国也难于被理解,才匆匆跟随而去。

一片浓绿的常春藤像一块厚厚的毯子,把他俩的坟墓严严实实遮盖着。岁月已久,两块墓碑全都苔痕斑驳。唯一不同的是梵·高的碑前总会有一束麦子,或几朵鲜黄的向日葵。那是来自世界各地的人们献上去的。但没有人会捧来艳丽而名贵的花朵。梵·高的敬仰者们都知道他生命的特殊而非凡的含义。他生命的本质及其色彩。

梵·高的一生,充满世俗意义上的"失败"。他名利皆空,情爱亦无,贫困交加,受尽冷遇与摧残。在生命最后的两年,他与巨大而暴戾的病魔苦苦搏斗,拼死为人间换来了艺术的崇高与辉煌。

如果说梵·高的奇迹,是天才加上精神病;那么,梵·高至高无上的价值,是他无与伦比的艺术和为艺术而殉道的伟大的一生。

真正的伟大的艺术,都是作品加上他全部的生命。

地铁中的乐手

倘若到了纽约,想听听音乐,内行的人一准会带你去麦哈顿岛南端那些小咖啡馆。几个黑人,两三件亮闪闪的铜管乐器,一架老掉牙的立式白钢琴,再加上一杯苦味的浓咖啡,就可以领略到地道又醇厚的美国黑人的爵士乐了。

那么到了巴黎想听听当地特色的音乐呢。更好办,不用任何人做向导,去买张地铁票到里边东南西北地转一转吧!

只要随着地铁中的人流走起来,便会自然而然进入音乐之中。你走着走着,便感到音乐出现了,并一点点离你愈来愈近。忽然,在一个拐角处,你看见一位乐手在拉琴。这乐手似乎很瘦,脸有些苍白。但他给你的印象也只是到此为止,因为你被流动的人群裹在中间,很快就会走过去。小提琴如泣如诉的声音在你的身后愈来愈小。不等你识别出这似曾相识的有一点凄凉的旋律出自什么曲目,前边——一个金属般男人的歌声迎面把你笼罩起来。你进了另一个同样动人的音乐空间。

整个巴黎下边全是地铁,它通往城中任何地方。在这纵横交错的地铁通道中,处处可以碰到乐手和歌手。他们往往在两条或多条通道的交口处,有时也在通道中间。大多时候只是一个人,拉提琴,或吹黑管、萨克斯管、风笛,有的连拉带唱,甚至加上一个鼓,连接上带蓄电池的小喇叭,演奏起来极有气氛。偶尔也会有两个人一起演奏,他们用不同的乐器美妙地搭配着。甚至还有三四个人一组,有说有唱,还有伴奏,够得上一支有声有色的小乐队了。

他们通常把琴盒打开放在脚前，有的则把帽子反过来撂在地上。过路赶车的人群中，时时会有人一猫腰，把几个法郎放在里边。他们并不一定被演奏的曲子感动了，才掏这几个钱。全巴黎的人都会这样做，以表示对艺术和艺术家的敬重与支持。而且，也别以为这些乐手都是在卖艺乞讨。他们有的是出于对音乐的爱好，为了让公众共享他们演奏的乐曲。有的则是喜欢这种流浪汉式的自由自在的艺术家生活。他们自娱自乐，当然也需要你的理解与帮助。在他们中间有很棒很棒、甚至很杰出的乐手。

　　一次，我们乘四路车，在夏特莱站准备换乘一路去往拉·德芳斯。在穿过一个低矮的通道时，有一个黑人乐手挎着吉他，边弹边唱。这黑人沙哑的嗓子粗犷有力，听起来宛如大漠上的飓风。他的吉他也弹得有滋有味。更绝妙的是，他一只脚踩着一个踏板，敲打着一面弹簧鼓；同时，弹吉他的右手的食指上套着一个铁箍，时不时举起来，"当、当！"敲两下脑袋上边一根露在外边的金属水管。歌声，吉他声，鼓声和敲水管清脆悦耳的声音，彼此相配，极有节奏感，新奇而又美妙。他声音的感染力、穿透力和演奏时随手拈来的创造性，都表现着一个民间乐手和歌手非凡的乐感与才华。我当时就想，国内歌坛上那些用媒体和电声包装起来的嗲声嗲气的"天王巨星"们，如果来到这位地铁中无名的乐手面前，恐怕连嘴都不敢张开呢！

　　我遇到一位来巴黎学习音乐的留学生，她说逢到周末常常买张票钻进地铁站。巴黎的地铁很自由，只要你不出来，在里边乘着车可以来回来去跑上一天。她就一站一站地去听这些民间乐手们的演唱。巴黎是个国际化的都市，乐手也像旅客一样来自世界各地。不用去辨认他们的模样，只要一听乐曲就知道谁是法国人、西班牙人、意大利人、奥地利人、苏格兰人，谁是阿拉伯人、非洲人和墨西哥人。近几年俄罗斯人和东欧人渐渐多起来。那些额头的头发向上翻卷着的小伙子，把挂在胸前的手风琴起劲地一拉，便使我们搞过几十年"中苏友好"的中国人感到亲切万分。在香榭丽舍站上，我见过一位中国姑娘坐在那里弹琵琶，她黑黑的披发瀑布一样从额头垂下来，弹得很投入。可是匆匆走着的乘客很少有人停下来听一听。也许这种古老的乐声对于法国人来说太遥远了。不同文化是很难快速沟通的。但她的琴桌上却放着一支深红色的玫瑰。说不定这是哪位执花去看情人的年轻男子，将手中的花儿转而献给了这位如奏天音的东方神女了。

我相信，把玫瑰放在这里的，一定是巴黎人。

巴黎的地铁简直是一个巨大的网状的音乐厅。地铁的通道四通八达。这些长长通道便是传送着动听的乐曲的管道。上百个乐手分布在各个站口，演奏着他们各自心中的歌。如果他们相遇，相互总要保持着一定距离。当这个乐手的乐曲在通道的某个地方将要消失时，另一种悦耳的歌曲便会及时地送入你的耳鼓。对于那些步履匆匆的乘客来说，如果这支乐曲没有引起他们的共鸣，他们便一掠而过；如果被哪一支曲子打动了，他们便会站下来，欣赏一阵子。那么，人们在地铁中走来走去，不只是为了赶车，也是为了寻找和选听音乐吗？而这些乐手们经常要"转移阵地"。从这个地铁站迁到另一个地铁站，换一换对场地的感觉。当他们提着乐器上车之后，忽然兴之所至，便端起乐器，即兴地把一支欢乐的乐曲撩人兴致地吹奏起来，整个车厢顿时一片光明。这时你会感到，整个巴黎全是音乐。

所以我说，巴黎的地上是绘画的世界，地下是音乐的世界。

音乐的世界五光十色。在这世界里你会感受万千。也许你的心被工作中的烦恼填满,但乐手们的几个闪光的音符会把你那些沉重的块垒挪开,他们哪来的这般魔力?也许你刚刚失恋,心灰意冷,空无所依,乐手们一段柔情的倾述便给了你深切的抚慰。这支曲子原本你就熟悉,但它缘何此时竟成了你的深切的知己?

一片欢快的节奏,可以为人助兴,使人奋发,激发生命的活力,终止心中一种黑色的抑郁的漫延;而一支感伤而多情的曲调,使人柔和和敏感,使人珍惜往事,还可以让空泛的心忽然丰富起来,生出一些美好的心境与爱意。音乐比任何艺术都伟大之处,在于它能够直接地进入与参与人的心灵。

于是,这看似寻常的地铁文化,这些无名的民间乐手,实际上处在巴黎生活的深层。这里不是高不可攀的艺术殿堂,却是人间真正的音乐生活的场所;这些乐手不是日月星辰般的音乐大师,但他们可以毫不费力地走进每一个巴黎人的心中。巴黎的地铁已经有一百年的历史,巴黎人每天的生活全都离不开地铁,他们的心灵早与这流动在地铁通道中的乐曲融为一体。你去问一问巴黎人,他们会告诉你,每个巴黎人至少被这些乐手难以忘怀地感动过一次、两次、三次。

拉丁区，我们那条小街

如果能在巴黎住上一阵子，一定要选择拉丁区。比如这次我和妻子就幸运无比。不用我们提出要求，就被邀请我们的主人安排在拉丁区的腹地——苏吉尔街。那天，到机场接站的法国朋友开车拉着我们进入巴黎市区后，穿街入巷，东转西转；一边指着车窗外说，这是康德生前总呆在里边的咖啡馆，那是杜拉斯住过的房子。在巴黎的街上只要转一会儿，便会感到和历史丝丝缕缕地纠结上了。当这位法国朋友把我们拉进一条又弯又长的老街里，车子一停，说："你们到了。"我下车来前后看了看，再抬头看看房子，很迷惑，我们好像站在了巴尔扎克的小说的某一页里。

苏吉尔街太小太没有名气，地图上连街名都不标出来。但苏吉尔（SUGER）这个人却是法国史上的一个大角色。这位法国中世纪最负盛名的修道士（公元1081—1151年），在世时的权力无人企及。他是路易六世和七世两代王朝的谋士，在国王统领十字军东征时竟摄政管理过国家。然而使我更感兴趣的是，这位手执权柄的人，十分迷恋历史。在封建时代，如果文化受宠于某一位权贵，乃是文化的一种幸运。比如苏吉尔，在他主持修复欧洲最古老的圣德尼教堂（建于630年）时，坚持要保护这座哥特式教堂迷人的古貌，于是修复手段仅以"加固"为之。这一前所未有的古建筑的修复思想，显示了人类在文化上的自觉，成为建筑保护史的一个起点。应该说苏吉尔是人类史上最早具有文化保护意识的人。我忽然想，我的主人把我安排在这里，是否为了契合我这些年近似偏执的文化保护的主张与行动？后来我知道，并不是这样。我们住在这里，只是因为我们居住的公寓恰好在这条街上。恰好是一种巧合。然而谁说巧合不含着冥冥中一种未知的暗示？

再说这条苏吉尔街，它不过一百多米。它是一种抻开而舒展的"S"形。但站在路口这端还是看不到路口那端。"S"形的街道总有一种迂回和纵深之感。在街上一边走，那些各色各样的古屋，就一边成双地在小街的两边出现。这些至少一二百年以上的老房子，最高不过四层。首层全是石头的，上边几层才是砖墙。而且，根据当时十分流行的一种建筑结构力学，这些老房子的首层都是垂直而立，上边几层却逐层向里倾斜。但这样反而造成视觉上的一种错觉——看上去首层像是向外倾倒。整条街似乎都在缓慢的坍塌的过程中。至于这些老屋本身更是苍老之极。有些石头的墙面已经粉化，雨水留下许多蜿蜒的槽痕，风儿把建筑上所有的棱角都磨圆，甚至还在许多地方吹出一些洞眼，有的黑黑的像历史留下的一只眼睛，怪诞地与你的眼睛相对视，向你的无知发难。至于那一扇扇古老的门，不管什么样式，一概简朴而笨重，推动起来必须双臂用上十足的力气；门环和门把上的兽头快磨成一个个形象含混的铁疙瘩了。人类的行为是一方面将万物从无到有地创造出来，一方面又把万物从有到无地泯灭掉。当然，人类在这方面的帮凶是时间。年深岁久之后，那种上端呈拱形的最古老的大门，上边的铁饰快消迹在门板中了。有些钉帽儿只留下一排排挺大的"锈红"色的圆点。

阳光不会把这种"S"形的街道整条街同时照亮。每当阳光离开我们的两扇窗户，我马上从窗口伸出头向西边看。阳光正在前边,无限妩媚地把那边的古屋照耀得如诗如画。时间的色彩学是调和。时间会把一切本来反差很大的色彩模糊了,谐调了,中和了。但是阳光的色彩学刚好相反。它偏偏要从万物中找出反差和亮色,强调出来。于是它把这些素雅的古屋所有窗前的花儿全都照亮。红色的、白色的、紫色的,还有旺盛而鲜亮的绿色。这样,古街便从它沉湎的历史中苏醒过来,一切变得生气盈盈。

我们要用最快的速度,把将在巴黎为期两个月的生活建设起来。其实,在这个属于法国人文科学基金会的公寓里,一个学者的生活必需都已十分齐备。包括一套带厨室的房间,还有洗衣房,电脑房,以及小型的座谈间。这公寓也是一座很古老的房子。而且典型地按照法国人的方式改造过。那就是,房子临街的立面包括门窗绝对地原封不动,原汁原味呈现其本来面貌。房子内部却进行"现代"意义的改造。这"现代"即在功能设施方面充分体现现代科技带来的恩惠。第一是舒适的卫生间,第二是通畅的通讯,第三是便利的设施,如电梯、供暖、消防通道和安全系统。这座经过"现代化"的公寓,走廊与共享空间全部使用金属钢架与玻璃,极具现代风格。但在某些局部,比如一小块古老的墙,一段当年的木栏杆,一片昔时的天花板却刻意地保留下来。甚至在老墙前还装了一层玻璃加以保护。玻璃上刻了几行字,说明这座房子的历史与年代。这种类似博物馆的做法,可感地表现出这一建筑空间的时间与文化的内涵,同时还显示了历史所处的尊贵的位置。

巴黎人的一只脚站在优越的现代世界,一只脚仍留在优美的历史空间里。前者享用物质,后者享受精神。这才真正是现代人的享受!

这样，我们只用了两个小时，就把生活安排得饱满丰盈。我们在不远的超市与商店，买来喜爱的食品，佐餐和烧菜的调料，还有一些小用品。依照我们的习惯，对这些日常小用品的色彩挑选得十分严格。我们尽量不叫一块颜色的"噪音"进入生活。妻子还在街头花店买了两束花。一束是黄色的球状的野花，另一束花是红边的白月季。这两种花在国内都没有见过。房间内备有筒状的玻璃花瓶。这种花瓶的优点是花儿插在瓶中之后，可以看到它浸在透明的水中碧绿的茎。我们将这两瓶花分别放在茶几与书桌上。新生活便从这花之中开始。我们心里充满了新鲜感和快意。

生活就是创造每一天。

风儿从我们的"S"形的街道中穿过时，画一条无形的曲线，流畅又舒适。风儿舒适时不留下任何声音。所以我们在巴黎睡得又深入又香甜。只是天天天亮前，必有一辆冲洗街道的车大吵大叫地把我们闹醒。冲洗街道是巴黎的传统之一。故此，一些老街在街道的正中央都有一条坡形的石槽，便于流水。但是从来没有人反对这种搅人好梦的水车。倘若谁被这水车惊醒，心里有气，骂这水车野蛮。但清晨出门，在沐浴之后分外洁净的街道上一走，步履轻盈，呼吸清新，心头爽快，不知不觉就会站在"传统"的一边了。

如果哪一天没有活动安排，也不想去博物馆。出门站在苏吉尔街上，我们便面临着两个选择——往西走就会纵入历史街区；往东走便是巴黎闻名于世的那一片名胜的天地。

往东走吧！一出口就来到圣·米歇尔广场。这个三角形的广场很小，前边横着塞纳河。河上一座桥，过桥是西岱岛。巴黎古老的历史一半都在这个狭长的河中小岛上。岛上的建筑如巴黎圣母院、正义宫、圣多佩勒教堂，全都闻名天下，故而天天门前都拥着一群群肤色各异的游客。每一幢建筑的本身，都是一部读不完的历史和讲不完的故事。于是，我们这边的圣·米歇尔一带便成了巴黎的交通枢纽。几条地铁干线在地下交叉着，从这直通城中各处。日夜不绝的人们从广场周围的几个地铁站口钻进钻出。于是，一个神奇的事情出现了，圣·米歇尔广场成了情人们约会的最佳之处。自然，它也成了浪漫的巴黎的情人们接吻次数最多的地方。

　　在巴黎的街面处处可见一种灰白色的圆点。它不是鸟粪，因为水车的水也冲不去。它是口香糖的痕迹。据说巴黎有一种口香糖是专用于接吻之前吃的。所以，圣·米歇尔广场一带的地面到处这种灰白色的圆点。特别是雨后，柏油的路面颜色变深，圆点更加清晰。这白花花一片称得上巴黎最奇特、最浪漫的城市装饰了。

　　我们穿过广场时，踏着地面上这些动人的斑点，与拥抱接吻的可爱的年轻人擦肩而过，仅仅走了五十米，就来到塞纳河边。西岱岛上的那些历史建筑我们已经去过多次。所以，我们更喜欢在河这边，隔河去细细品味历史创造的这些精致的画面。妻子则更喜欢走下河岸，在下边一条更低的河边小路上散步。在这下边的小路上，更接近汹涌的河水。塞纳河的水又大又疾，河中从无两岸的倒影，却有深刻而强劲的水纹在河中快速地驰过。只有在离河水很近的地方，才会有它从心而过的酣畅的感受。

　　同时，这低岸的小路，鲜有游人，宁静又幽闲。只有孤独的老人，遛狗的女子，享受着爱情的情侣，还有看书的人；偶有一个人边走边说，自言自语，他是一个精神病患者，还是一位诗人？当然，最常见的是架着画板在写生的人。他们多半不是画家，写生只是他们的一种生活。

我对妻子说:"我们也来写生吗?"

妻子笑了笑,手指着前边说:"最好的画家是秋天。"

河边的秋树的落叶已经把这小路一片一片地染成黄色,黄得很鲜很亮。连停泊在河边的游船的篷顶也铺了一层黄叶,像花瓣。

无风的天气里,不断飘下来的落叶落得非常慢。我一伸手,竟然捏住一片叶子,像是捏住一只飞舞中的蝴蝶。

一片娇小又夺目的叶子在手指之间。

我们都笑了。这是唯塞纳河边才有的"风景的奇迹"。

尽管我完全不懂法文,每每经过塞纳河边的旧书摊时,总会被它们"粘"住。我喜欢旧书。旧书和新书的意义不同。新书让你进入未知的世界,旧书却常常叫你自愧于知之有限。你会恍然大悟,原来今天奉为神明的那些话,很早很早以前就有人说过。人类创造过的财富一半遗失在旧书里。而且旧书总带着它往日的风采,引起你的怀念。当油墨的芬芳消失殆尽,变黄的纸会散发出一种凝重的岁月的气味。

我唯一能看懂的,是挂在那些漆成墨绿色书箱上的老画片。它们大多是从破损的老书中割取下来的版画。有的年代很久,甚至有十八世纪的,已经是古董了。就在我翻看这些老画片时,忽然一个画面闯进眼睛:几个洋兵冲入一间宽大的房子,一些便装的洋人和梳辫子的中国人露出惊喜神情。我马上认出这是一种描绘庚子事变的老画报,一看日期,果然是1900年。我对于珍罕的史料从来不会放过。马上将有相关内容的画报尽数买了。回来找朋友一看,这是1900年前后巴黎出版的一种画报。名为《小画报》。四开纸,彩色印刷,以图为主,伴有各类文章及消息。十天一期,每期两大张,对开十六版。我所买的几期的图画,都是对庚子事件的时事报道。时间由 1900 年 7 月至 11 月。包括《联军攻打总理衙门》《清兵在黑龙江与俄军开战》《东北义和团砸教堂》《德国公使克林德被杀》等。其中一页《联军攻打中国地图》尤为珍贵。这一收获使我高兴了好几天,也使我一连好几天都跑到塞纳河边流连不已、来回来去地逛旧书摊。

有一种说法:全法国的书百分之八十在巴黎,全巴黎的书百分之八十在拉丁区。这说法有理。由于远自中世纪,这个区就是学生区。最早的学生说拉丁语。拉丁区之名便由来于此。校园的食粮是书,出版社供应这种纸制的精神食粮。于是拉丁区也是巴黎各类书店和出版社最密集的地区。拉丁区地处巴黎的正中,一种浓郁的书香气味便由这里散布全城。我发现,在拉丁区人们看书的方式很像吸烟。坐着也看,站着也看,在车上也看,在电梯上还看,我还见过一个人一边走一边看书。这是因为这本书太吸引他,还是他太爱看书?他会不会一脚踩空掉进"地沟里"?

我的法国朋友大笑。说:"巴黎没有这种地沟。"

VCD 如今在中国已经相当普及。但在法国始终没有流行开来。这大概由于,不少法国人对书的兴趣依旧高过电视。他们不大看电视连续剧,不喜欢快餐文化。菲利普·德莱姆写的《第一口啤酒》那种描写得细致入微的书,之所以在法国畅销,问世当年就再版二十三次,其根本的原故是由法国人读书的习惯决定的。法国人习惯于这种在文字上有滋有味的咀嚼。可是当这本书被翻译到汉语文化博大精深的中国来,为什么受到冷遇?到底我们被来自港台的商业性的快餐文化弄坏了胃口，还是守旧的法国人在现代化的进程中慢了半拍？

妻子说我最顽固不化的是"中国胃"。我按照我的胃口每次在超市选购食品的结果，总是排骨、牛里脊、大白菜、番茄和菜花那几样。尽管如此，我还是要向法式的"饮食文化"让步。比如，我只有跑到很远很远的十三区的陈氏百货公司一带，才能买到我爱吃的油条和芝麻烧饼。我被迫改用了法式早餐。被迫的结果不一定很糟糕。这一来，我竟迷上了法国的"棍面包"。记得儿时，天津租界小白楼的面包房也烤这种面包。但要想吃纯正又地道的——又脆又软又韧又松又喷香的法式"棍面包"，还得到巴黎来。这也正体现了地域文化所独具的价值。

如果国内有朋友来看我们，想叫我们陪着逛一逛巴黎。那就一准要陪他走这样一条路线——出苏吉尔街西口，拐个小弯儿，又走进另一条"S"形的小街。而实际上这小街是由两个"S"形连在一起的。比我们的苏吉尔街多一个"S"。走在这小街里，觉得自己像条鳟鱼那样摆着身子在水溪里曲线地游动。

巴黎的建筑多用灰白或灰褐色的石料。这使小街显得十分的洁净。再加上墙壁老式的风灯，窗子上黑色的护栏，墙里墙外的花树。分外的优雅又温馨。巴黎很少有胡同，多是这种小街。小街又长又深又古老。走进这种小街才是真正走进巴黎的生活。

现在，我们走进的这条小街属于一种典型。它的尽头是一道锻铁打造的铁栅栏。栅栏的一半快被簇密的常青藤包上了。栅栏中间的一扇小门却常年开着。它开了九十度，却永远是九十度。它无法关上也无法开得更大。因为合页部分早已成锈死。

走进门是一道小院，左右各有一家。左边一家的门在底层，只有一扇，很小，但很结实，厚厚木板上钉满粗大的铁钉。当年设计这样一个紧巴巴的入口，是否为了安全？我几次经过这里，这门一直关得死死的，我怀疑是一座空楼，但一天晚上路过时，发现楼上几扇窗里的灯全都亮着，雪白的纱帘十分美丽，我还看见一个女人的侧影。至于右边一户，由一道石砌的台阶一直通上去，入口的门在二楼。油漆剥落的门板上，挂着一个为了欢迎客人而用红玫瑰编成的花环。这种画面我们在巴尔扎克和左拉的笔下都已经看过了。

院子的侧面是一个城门似的拱形的门洞。门洞上端仍是建筑的一部分。穿过门洞，又是一道院。这道院的四面墙上上下下都爬满了藤蔓。楼上的几扇窗子快被枝蔓遮满。他们为什么不除去这些碍事的藤条？此时入秋，藤叶变黄变红。红的颜色深深浅浅。再美的花色也没有这种秋藤的颜色丰富。我想倘若是我，也一样不舍得把它们剪去。

而此时，透过这些已然萧疏的藤叶，可以看出这道院比前一道院更古老，所有房子一概是石头砌的，宛如古堡。外墙上的雨水管全是铸铅而成，厚如炮筒，虽然管口早已蚀烂。但没有人去把它拆掉。因为巴黎人都知道：历史的生命保留在历史的原件里；历史的美也保留在历史的原件里。

从这道院走出去，另一条横向的街完全是十八世纪以前的风格。小咖啡馆是家庭式的，每张小桌上一盏台灯，柔和的灯光局部地照亮半张苍老或年轻的脸；地面的石头方砖已经全部被踩成光溜溜"石蛋"了。一家西班牙艺术品的专卖店里，地面有一块玻璃，里边用灯照着，是一条幽暗的地道。如果你表现出有兴趣，店员会过来告诉你,这地道很深,通着一间牢房,它至少有六百年。

如果你更有兴趣,她会讲给你一个发生在几百年前的可怕的故事。这故事的一半像传说。

当然,这些人都以历史为荣。

巴黎是个只修不改的城市。

它的街道不变,房子不变,门牌不变,如果一幢房子倾圮,便把它的门牌与相邻房子的门牌连起来。如 30-32。我所居住的公寓的门牌就是 16-18 RNE SUGER。它说明这里曾经还有一座古屋,不知在哪个世纪与我这座公寓合并一起了。故而一封一百年前寄住巴黎的信,辗转曲折,最终也会送到目的地。

哪个城市也能这样与历史通邮?

在我所居住的这个街区里,各种店铺应有尽有。由于拉丁区是学生区,店铺内商品的价钱都不高。没有金店,但有各种风格的首饰店。比如,非洲的、阿拉伯的、埃及的、墨西哥的……女学生们常常会光顾这里。至于饭店多为实惠的小吃。土耳其烤肉,比萨饼,中式快餐,应有尽有。但美国的麦当劳却很少见到。法国人排斥美国式浅薄的快餐文化。那种随餐奉送玩物的商业小伎俩只能讨好有送礼习惯的亚洲人。由于旅游者常常会闯进这种巴黎特有的历史街区,仰着头东看西看,举起相机不断拍照,故此一些古董店也在这里设下罗网。店内的东西是纯正的法国货色。我房后有一家古董店,品位很高,全是古老的家具、绘画、室内饰品与宗教艺术。它不以精致华贵取胜,却以一种岁月的沧桑感吸引人。店主是位老人。西服的款式很老,甚至有些破旧,胸前摇晃的一条怀表链已有些发黑;然而他的气质却十分儒雅,人瘦体弱,动作迟缓。一双蓝色的眼睛柔和而空濛。他在店中,与他的古董完全风格一致,融为一体。好像他是从某一幅画走下来的,或者退一步,又回到那个残缺和鎏金的镜框中去。

每每傍晚时分,妻子烧菜煮饭,我就会抽空跑出去,穿过圣日曼大道,去一趟王子路上的友丰书店。路不算远,走十分钟,便能在这家驰名巴黎的中文书店中买到当日的中文报纸——《欧洲日报》和《欧洲时报》。这两份报都在巴黎出版。客寓巴黎的华人就靠着这两份报一览天下。

王子路很窄很长,老式的路灯很暗,入夜便很黑。历史上这条街却有许多小型的出版社。书店、旧书店、善本书店以及修理旧书的店铺都很多。这里的咖啡店常常是作家和出版商交谈之处。别看这些咖啡店破旧之极,椅面磨出洞来,但不少大作家成名前都在这种咖啡店里,与出版商在版税上讨价还价,争执不休。如今那些往事与故人都成了这些小店的文化资本。然而在今天的商业文化狂潮和媒体霸权的打击下,人们的文化方式变了,王子街的不少书店和出版社在日甚一日的萎缩中歇业关张,但友丰书店却意外地一枝独秀,在日落之后依旧灯火通明。

支持书店的一是书,二是读者。

在友丰书店里,可以买到华人世界的一切新书。两岸三地,各地热点,此处皆知。于是这家书店便成了巴黎华人文化的一个信息中心。许多人到此一为买书,一为了解最新讯息,以摸清各地文学与社会文化的走向。高行健获诺贝尔奖的那些天,各种看法与说法便在书店随意表达，尽情褒贬。至于平日里，彼此相识的书客，在此碰面，交谈间常常会对某位大陆或台湾的作家作品评议一番，倘若意见相左，还会争论不已。此地此景，颇似沙龙。这样的书店在整个欧洲唯巴黎才有。在柏林，我见过一家"中国书店"，书架上却只见两岸三地的畅销书，言情武打，侦探冒险，供人消遣而已。此外便是一堆堆电视剧的录影带。这只是一种赚钱糊口的小铺子，没有任何文化的意义。然而巴黎的风景就全然不同了。此地汉学的基础原本就十分雄厚，法国人学中文的人向来不少，近年来国内大批学人来法进修，人多势众，成了气候。嗜书和爱书的人都聚到这里来，小小书店就演变成一个文化的磁场。

早在十几年前（1987年），我便结识了这家书店的店主潘立辉先生。那年我去比利时参加"布鲁塞尔国际书展"。他从法国驱车到比利时也来看书展。当时他的书店在草创时期。他是生在柬埔寨的华侨，由于一种神秘的文化血缘，他对中文书籍抱有极强烈的兴趣。此后他还出版了我的两本中法文对照的短篇小说集。从卖书到出书，我看出他对书的痴爱。

十几年过去，友丰书店已经颇具实力。在巴黎有两个铺面，两个很大的书库。每天吞吐量高达半吨。自己编辑出版的书已有二百多种。他出书的目的使我颇感兴趣。他从来不出通俗类，显然他不想出书牟利。比如近一年来他出版的《1912至1930年中国摄影集》《巴黎城市建设史》《陈建中画集》等等，销售起来颇要费些力气。这表明，当他认定了一本书有价值之后，出书主要是表达一种支持。现在国内的私家书商都处在"原始积累的初级阶段"，尚无这般境界。

在友丰的架上，我发现了我的几种书。连我新近在人文社出版的亦图亦文的《画外话》，也已出现在友丰书店。友丰货源的畅通，由此也可想而知。于是我想，下次再访法，不用自己再背一二十斤的书来。而且这两个月里，我在友丰还买了不少大陆以外出版的书，满满装了两箱呢！

一天，我们从西海岸诺曼底地区返回巴黎，当晚我觉得有什么事要办。妻子烧饭时，我便去到王子路的友丰书店转转看看，和几位店员聊聊天，然后买了近两天的报纸，还有一些新到的书刊回来。走在路上，我忽然想，在巴黎我已经离不开友丰了。它的意义已经远远地超出了一个书店。

这天，友丰书店的三位店员请我吃饭。这使我很愉快。我感觉我已经和巴黎这家中文书店融为一体了。而且我也很喜欢这三位店员，他们都很有学识；有的一边在书店工作，一边读博；他们都很懂书，通晓市场；而且一位来自中国大陆，一位来自台湾，一位是法国人。他们三人正好把海峡两岸和中法两国四个方面全覆盖了。

我们在王子路一家印尼馆吃饭。依照法国人的习惯，先饮了十一月份第三个星期的葡萄酒。嘴里带着新鲜葡萄又清又甜的醇香大谈拉丁区这里种种文化上的故事。谈到法兰西学院的开放的教育制度，巴黎理工大学的光荣历史，法国人和德国人读书习惯的不同，巴黎汉学界的张三李四，扯来扯去就扯到这一带有一处傅雷先生的"故居"。

傅雷是我年轻时代心中的神。我很想去看他的"故居"。饭后，那位来自台湾的店员余子超先生，便陪我去。这傅雷的故居还是他考证出来的呢。

我们走出了王子路，沿着日耳曼大街向东，左拐右拐，终于站在这座楼房下边。在夜幕中这座临街的楼房四四方方，没有任何特色，也没有装饰。大概当年是一座租金很低的公寓。经余子超指点，三楼外角一个黑黑的窗子便是昔日傅雷先生在巴黎居住的房间。傅雷先生1928年到巴黎，先住在郊区贝底埃镇一户人家学习法语。半年后到巴黎大学上学时，便住进这座楼。这座楼属于青年会，住过不少留法的中国学生。现在它依然是一座外国学生招待所。然而今天无论是法国人还是中国人，没人知道这是中法之间一座精神桥梁的伟大的建造者的居所。余子超说，首先中国人应该在这座楼上挂个牌子来纪念傅雷。于是我记下了这个地址：

3. RUE CLEZ CANMES

（卡尔曼街三号）

可是我又想，这牌子由谁来挂？我对谁说？

每个地方的气质，都会在某一个特定的日子分外突出地散发出来。有的是在一个纪念日，有的是一个风俗的节日；比如我的家乡天津独有的气息在大年三十表现得尤为强烈。那么，我们客寓于巴黎的拉丁区呢？在周末！

每逢周末我们都会深深感受拉丁区的气息。

一俟周五的晚上，所有餐馆咖啡店几乎都被放了假的学生们所占领。街头的咖啡店几无虚席。巴黎咖啡店的小桌的直径只有六十厘米。这种店只要人满，全是"挤成一团"。但是巴黎人太习惯在狭窄的空间里享受生活，连爱丽舍宫的国宴上每个人的座位规定也只有七十厘米。据说这样一来，人们必须收臂耸肩，腰板随之挺起，显得精神昂然。而吾国的会场都是大椅子，软靠背，容易东倒西歪，乃至呼呼入睡。

周末的拉丁区,到处是年轻人。他们把重负一般的学业扔在脑袋后边,所以人人的神气都很休闲。男男女女有说有笑。于是,艺术家们纷纷来到街头,把人们的兴致和生活的情感全都发挥出来。

只要艺术家高兴,他们就会站在街心连唱带跳。那种人多的小街,自动变成了步行街。很少有车行驶。然而这些演出没有固定的地点和时间,全凭艺术家们的随心所欲。如果你在街上遇上一个高超和绝妙的表演,那完全是一种运气。找也找不着,不找却碰到。拉丁区的生活充满了快乐的机遇。

有一天,我们在一家老面包房买面包,出来碰到一位艺术家。他骑一辆轻便摩托。车上绑着旗子、木枪、鸟网,并插满很大的棕树叶子。他的打扮使人想到当年在越南打仗的法国兵或美国兵。一身老式军装,军用太阳帽,上上下下也挂了不少树叶,似是防空伪装。他手拿一个苍蝇拍,见有人从身边走过,就朝肩膀和后背"啪"地打一下,像是拍打蚊子。后来,见人围观,索性下车,寻到一个路人,便用蝇拍追着打。打得并不用力,只是一种表演或一种玩笑。围观的人谁笑得厉害,他就过去拍打这人。后来,过来一辆汽车,他跑到车前把车拦住,并打手势叫车上的人下来,他要为他们清除身上的蚊子。车上的人只是笑,却不下来,他就一扭身坐在车头上。车上的人也和他开玩笑,开着车缓缓往前走。他便坐在车头挥着蝇拍神气十足表演一番,才跳下车来。车上的人一踩油门,大笑而去。

我与一位法国友人谈起这事。他说可能是讽刺当年法国兵在越南的行动。他说,在现在的年轻人看来,当年法国人在越南做的事,无非是打蚊子罢了。当谈到这种表演形式,他说这是一种现代戏剧吧。又像是一种行为艺术。不过,他说他没见过。拉丁区的艺术千奇百怪。某一个人见过的，可能这人所有认识的人都没见过。

然而不要以为拉丁区文化只是表面上的千变万化。一天夜里，我们从阿蒙区一位朋友的家中聊天回来，天下着很密的雨。在拐向我们的苏吉尔街的丁字路口，那个早已关了门的小杂品店的房檐下，一个人拉着提琴。这乐曲很熟，但一时想不起是谁的曲子了。曲子本来就是伤感的，但他拉得很深切；肯定他把一种内心的东西放进去了。尤其在这带着寒意的秋雨中，琴音裹在雨声里，便分外地动人心扉。我第一次听到这种混合着秋雨的感伤的曲调。在黑糊糊的屋檐，只能看到他的身影与轮廓。他不是一个街头艺术家，他更不是在表演，他一定也居住在这一带，一定被一种情感折磨得夜不能寐，跑到这细雨街头尽情地抒发出来。

这才是拉丁区最深的、也是最日常的一种生活。

可是当我们看到这一幕时，已经该整理行装打道回国了。

回国数月后，一次与妻子聊天中谈到巴黎，谈起在巴黎的那些日子，我忽问妻子："如果再去巴黎，你最先要到什么地方看看。"

她好像不假思索就说："拉丁区，我们那条小街。"

我笑了，点点头。这也正合我之意。我感觉我们和拉丁区已经丝连一起。但我不知道——到底是拉丁区已经在我的心里生根，还是我们的心在拉丁区里留下了一些依然活着的根须。

看望老柴

对于身边的艺术界的朋友，我从不关心他们的隐私；但对于已故的艺术大师，我最关切的却是他们的私密。我知道那里埋藏着他的艺术之源；是他深刻的灵魂之所在。

从莫斯科到彼得堡有两条路。我放弃了从一条路去瞻仰普希金家族的领地米哈伊洛夫斯克村，甚至谢绝了那里为欢迎我而准备好的一些活动，是因为我要经过另一条路去到克林看望老柴。

老柴就是俄罗斯伟大的音乐家柴可夫斯基。中国人亲切地称他为"老柴"。

我读过英国人杰拉德·亚伯拉罕写的《柴可夫斯基传》。他说柴可夫斯基人生中最后一个居所——在克林的房子二战中被德国人炸毁。但我到了俄罗斯却听说那座房子完好如故。我就一定要去。因为柴可夫斯基生命最后的一年半住在这座房子里。在这一年半中，他已经完全失去了资助人梅克夫人的支持，并且在感情上遭到惨重的打击。他到底是怎样生活的？是穷困潦倒、心灰意冷吗？

给人间留下无数绝妙之音的老柴，本人的人生并不幸福。首先他的精神超乎寻常的敏感，心情不定，心理异常，情感上似乎有些病态。他每次出国旅行，哪怕很短的时间，也会深深地陷入思乡之痛，无以自拔。他看到别人自杀，夜间自己会抱头痛哭。他几次患上严重的神经官能症，他惧怕听一切声音，有可怕的幻觉与濒死感。当然，每一次他都是在精神错乱的边缘上又奇迹般地恢复过来。

在常人的眼中，老柴个性孤僻。他喜欢独居，在三十七岁以前一直未婚。他害怕一个"未知的美人"闯进他的生活。他只和两个双胞胎的弟弟莫迪斯特和阿纳托里亲密地来往着。在世俗的人间，他被种种说三道四的闲话攻击着，甚至被形容为同性恋者。为了瓦解这种流言的包围，他几次想结婚，但似乎不知如何开始。

1877年他几乎同时碰到两个女人，但都是不可思议的。

第一位是安东尼娜。她比他小九岁。她是他的狂恋者，而且是突然闯进他的生活来的。在老柴决定与她订婚之前，任何人——包括他的两个弟弟都对这位年轻貌美的姑娘一无所知。据老柴自己说，如果他拒绝她就如同杀掉一条生命。到底是他被这个执著的追求者打动了，还是真的担心一旦回绝就会使她绝望致死？于是，他们婚姻的全过程如同一场飓风。订婚一个月后随即结婚。而结婚如同结束。脱掉婚纱的安东尼娜在老柴的眼里完全是陌生的、无法信任的，甚至是一个"妖魔"。她竟然对老柴的音乐一无所知。原来这个女子是一位精神病态的追求者，这比盲目的追求者还要可怕！老柴差一点自杀。他从家中逃走，还大病一场。他们的婚姻以悲剧告终。这个悲剧却成了他一生的阴影。他从此再没有结婚。

第二位是富有的寡妇娜捷日达·冯·梅克夫人。她比他大九岁。是老柴的一位铁杆崇拜者。梅克夫人写信给老柴说："你越使我着迷，我就越怕同你来往。我更喜欢在远处思念你，在你的音乐中听你谈话，并通过音乐分享你的感情。"老柴回信给她说："你不想同我来往，是因为你怕在我的人格中找不到那种理想化的品质，就此而言，你是对的。"于是他们保持着一种柏拉图式的纯精神的情感。互相不断地通信,信中的情感热切又真诚;梅克夫人慷慨地给老柴一笔又一笔丰厚的资助,并付给他每年六千卢布的年金。这个支持是老柴音乐殿堂一个必要而实在的支柱。

然而过了十四年(1890年9月)之后,梅克夫人突然以自己将要破产为理由中断了老柴的年金。后来,老柴获知梅克夫人根本没有破产,而且还拒绝给老柴回信。此中的原因至今谁也不知。但老柴本人却感受到极大的伤害。他觉得往日珍贵的人间情谊都变得庸俗不堪。好像自己不过靠着一个贵妇人的恩赐活着罢了,而且人家只要不想搭理他,就会断然中止。他从哪里收回这失去的尊严?

正是在这样的背景下,老柴搬进了克林镇的这座房子。我对一百多年前老柴真正的状态一无所知,只能从这座故居求得回答。

进入柴可夫斯基故居纪念馆临街的办公小楼,便被工作人员引着出了后门,穿过一条布满树阴的小径,是一座带花园的两层木楼。楼梯很平缓也很宽大。老柴的工作室和卧室都在楼上。一走进去,就被一种静谧的、优雅、舒适的气氛所笼罩。老柴已经走了一百多年,室内的一切几乎没有人动过。只是在1941年11月德国人来到之前,前苏联政府把老柴的遗物全部运走,保存起来,战后又按原先的样子摆好。完璧归赵,一样不缺——

工作室的中央摆着一架德国人在彼得堡制造的黑色的"白伊克尔"牌钢琴。一边是书桌。桌上的文房器具并不规整,好像等待老柴回来自己再收拾一番。高顶的礼帽、白皮手套、出国时提在手中的旅行箱、外衣等等,有的挂在衣架上,有的搭在椅背上,有的撂在墙角,都很生活化。老柴喜欢抽烟斗,他的一位善于雕刻的男佣给他刻了很多烟斗,摆在房子的各个地方,随时都可以拿起来抽。书柜里有许多格林卡的作品和莫扎特整整一套七十二册的全集；这二位前辈音乐家是他的偶像。书柜里的叔本华、斯宾诺莎的著作都是他经常读的。精神过敏的老柴在思维上却有着严谨与认真的一面。他在读列夫·托尔斯泰、屠格涅夫和契诃夫等等作家的作品时，几乎每一页都有批注。

老柴身高1米72，所以他的床很小。他那双摆在床前的睡鞋很像中国的出品，绿色的绸面上绣着一双彩色小鸟。他每天清晨在楼上的小餐室里吃早点，看报纸；午餐在楼下；晚餐还在楼上，但只吃些小点心。小餐室位于工作室的东边。只有三平米见方，三面有窗，外边的树影斑斑驳驳投照在屋中。现在，餐桌上摆着一台录音机，轻轻地播放着一首钢琴曲。这首曲子正是1893年他在这座房里写的。这叫我们生动地感受到老柴的灵魂依然在这个空间里。所以我在这博物馆留言簿上写道：

"在这里我感觉到柴可夫斯基的呼吸，还听到他音乐之外的一切响动。真是奇妙之极！"

在略带伤感的音乐中，我看着他挂满四壁的照片。这些照片是老柴亲手挂在这里的。这之中，有演出他各种作品的音乐会，有他的老师鲁宾斯基，以及他一生最亲密的伙伴——家人、父母、姐妹和弟弟，还有他最宠爱的外甥瓦洛佳。这些照片构成了他最珍爱的生活。他多么向往人生的美好与温馨！然而，如果我们去想一想此时的老柴，他破碎的人生，情感的挫折，生活的困窘。我们决不会相信居住在这里的老柴的灵魂是安宁的！去听吧，老柴最后一部交响曲——第六交响曲正是在这里写成的。它的标题叫《悲怆》！那些又甜又苦的旋律，带着泪水的微笑，无边的绝境和无声的轰鸣！它才是真正的此时此地的老柴！

老柴的房子矮，窗子也矮，夕照在贴近地平线之时，把它最后的余晖射进窗来。屋内的事物一些变成黑影，一些金红夺目。我已经看不清它们到底是些什么了。只觉得在音乐的流动里，这些黑块与亮块来回转换。它们给我以感染与启发。忽然，我想到一句话：

"艺术家就像上帝那样，把个人的苦难变成世界的光明。"

我真想把这句话写在老柴的碑前。

维也纳春天的三个画面

你一听到青春少女这几个字,是不是立刻想到纯洁、美丽、天真和朝气?如果是这样你就错了!你对青春的印象只是一种未做深入体验的大略的概念而已。青春,它是包含着不同阶段的异常丰富的生命过程。一个女孩子的十四岁、十六岁、十八岁——无论她外在的给人的感觉,还是内在的自我感觉,都决不相同;就像春天,它的三月、四月和五月是完全不同的三个画面。你能从自己对春天的记忆里找出三个画面吗?

我有这三个画面。它不是来自我的故乡故土,而是在遥远的维也纳三次旅行中的画面定格,它们可绝非一般!在这个用音乐来召唤和描述春天的城市里,春天来得特别充分、特别细致、特别蓬勃,甚至特别震撼。我先说五月,再说三月,最后说四月,它们各有一次叫我的心灵感到过震动,并留下一个永远具有震撼力的画面。

五月的维也纳,到处花团锦簇,春意正浓。我到城市远郊的山顶上游玩,当晚被山上热情的朋友留下,住在一间简朴的乡村木屋里,窗子也是厚厚的木板。睡觉前我故意不关严窗子,好闻到外边森林的气味,这样一整夜就像睡在大森林里。转天醒来时,屋内竟大亮,谁打开的窗子?正诧异着,忽见窗前一束艳红艳红的玫瑰。谁放在那里的?走过去一看,呀,我怔住了,原来夜间窗外新生的一枝缀满花朵的红玫瑰,趁我熟睡时,一点点将窗子顶开,伸进屋来!它沾满露水,喷溢浓香,光彩照人;它怕吵醒我,竟然悄无声息地又如此辉煌地进来了！你说，世界上还有哪一个春天的画面更能如此震动人心？

那么，三月的维也纳呢？

这季节的维也纳一片空濛。阳光还没有除净残雪，绿色显得分外吝啬。我在多瑙河边散步，从河口那边吹来的凉滋滋的风，偶尔会感到一点春的气息。此时的季节，就凭着这些许的春的泄露，给人以无限期望。我无意中扭头一瞥，看见了一个无论多么富于想像力的人也难以想象得出的画面——

几个姑娘站在岸边，她们正在一齐向着河口那边伸长脖颈，眯缝着眼，撅着芬芳的小嘴，亲吻着从河面上吹来的捎来的春天的风！她们做得那么投入、倾心、陶醉、神圣；风把她们的头发、围巾和长长衣裙吹向斜后方，波浪似的飘动着。远看就像一件伟大的雕塑。这简直就是那些为人们带来春天的仙女们啊！谁能想到用心灵的吻去迎接春天？你说，还有哪个春天的画面，比这更迷人、更诗意、更浪漫、更震撼？

我心中的画廊里，已经挂着维也纳三月和五月两幅春天的图画。这次恰好在四月里再次访维也纳，我暗下决心，无论如何也要找到属于四月这季节的同样强烈动人的春天杰作。

开头几天，四月的维也纳真令我失望。此时的春天似乎只是绿色连着绿色。大片大片的草地上，没有五月那无所不在的明媚的小花。没有花的绿地是寂寞的。我对驾着车一同外出的留学生小吕说：

"四月的维也纳可真乏味！绿色到处泛滥，见不到花儿，下次再来非躲开四月不可！"

小吕听了，就把车子停住，叫我下车，把我领到路边一片非常开阔的草地上,然后让我蹲下来扒开草好好看看。我用手拨开草一看,大吃一惊:原来青草下边藏了满满一层花儿,白的、黄的、紫的;纯洁、娇小、鲜亮;这么多、这么密、这么辽阔!它们比青草只矮几厘米,躲在草下边,好像只要一努劲,就会齐刷刷地全冒出来……

"得要多少天才能冒出来?"我问。

"也许过几天,也许就在明天。"小吕笑道,"四月的维也纳可说不准,一天换一个样儿。"

可是,当夜冷风冷雨,接连几天时下时停,太阳一直没露面儿。我很快就要离开这里去意大利了,便对小吕说:

"这次看不到草地上那些花儿了,真有点遗憾呢,我想它们刚冒出来时肯定很壮观。"

小吕驾着车没说话,大概也有些快快然吧。外边毛毛雨点把车窗遮得像拉了一道纱帘。可车子开出去十几分钟,小吕忽对我说:"你看窗外——"隔过雨窗,看不清外边,但窗外的颜色明显地变了:白色、黄色、紫色,在窗上流动。小吕停了车,手伸过来,一推我这边的车门,未等我弄明白是怎么回事,便说:

"去看吧——你的花!"

迎着细密地、凉凉地吹在我脸上的雨点,我看到的竟是一片花的原野。这正是前几天那片千千万万朵花儿藏身的草地,此刻一下子全冒出来,顿时改天换地,整个世界铺满全新的色彩。虽然远处大片大片的花已经与蒙蒙细雨融在一起,低头却能清晰看到每一朵小花,在冷雨中都像英雄那样傲然挺立,明亮夺目,神气十足。我惊奇地想:它们为什么不是在温暖的阳光下冒出来,偏偏在冷风冷雨中拔地而起?小小的花居然有此气魄!四月的维也纳忽然叫我明白了生命的意味是什么？是——勇气！

　　这两个普通又非凡的字眼，又一次叫我怦然感到心头一震。这一震，便使眼前的景象定格，成为四月春天独有的壮丽的图画，并终于被我找到了。

　　拥有了这三幅画面，我自信拥有了春天，也懂得了春天。

说美国人

美 国 人

在印第安纳州的伯明顿小城，我去拜访当地一位很有名望的篮球教练。他办公室设在体育馆内。进门就见一大堆漂亮的奖杯和花花绿绿的队旗中间，挂块牌子，写着这教练的一句话：

"我的客人脸上总是带着笑，无论是进来的，还是出去的。"

未见其人，先知其性格。表现个性是美国人最快乐的事，喜怒哀乐形于色，他们没有人生在世要如何做人的观念。自己为人处世无需由别人承认，也不追求与别人一致，我就是我，因此一个美国人一个样。

我夏天里遇到过一位美国教授，他穿一件衬衫，上衣的第二个扣儿敞着，露出胸脯粗糙的皮肤，衬衣口袋插着十几支笔，好像笔筒。他给我留地址时，先抽出支圆珠笔写几个字，似乎觉得不舒服，又换另一支笔。写这几行字之间就换了三支笔。冬天里我又见到他。他穿件皮夹克，拉链拉了一半，里边的衣服还是没扣扣儿，露在外边的皮肤给冷风吹得通红，皮衣胸前的口袋依旧老样子——插着十多支笔。他说他搬了家，又写地址，几行字又是换了几次笔。他并不觉得自己怪。他说换笔可以提兴致。我想我写东西时也有这种感觉。但我不会这么做。因为他是美国人。

中国人对人的赞扬是"老实"。一个美国人对我说，他不懂"老实"的实质指什么，是守本分，不欺诈，还是顺从听话。他往往听中国人介绍张三"人很老实",又介绍李四"不错,挺老实",可是相处一段时间,发现张三和李四完全不同,弄糊涂了。他说,老实好像一块布,把人遮起来。又说,他们对人的最高评价是"坦率",不管你的想法怎么样,肯都说出来就好。

他们帮事谈报酬时从不客气。价钱讲在明处,很少当面不好意思讲,背后抱怨不合算。相互之间要分得一清二楚,承担责任要摆在前边,所尽义务全由自愿。你跟他们谈这种事时也要直截了当,他们不会因此轻看你,因为这对他们理所当然。

每个人各做各的事,很少相互比较。我的一位搞汉学的美国朋友每月收入八百美元,很低,远不如搞别的收入高。但他过得非常快活,因为他做自己愿意做的事。美国人不习惯与别人比较。你富,是你的事,与我无关;可是往往街上遇到一个乞丐,你问美国朋友,他多半会说,谁知道,也许他高兴这么做。谁也不关心别人。当然他们相信这世上确有许多穷苦无助的人,他们会把自己多余的日用品送到教堂,任穷人去取。但那些人是谁,他们也不问。美国虽然开放,由于他们过分自我,对与自己无关的事情了解并不多。我与一个美国搞电脑的青年人聊天时发现,他还不知道中美早已建交。中国在美国知名度最高的却是熊猫,远不如中国青年对美国了解的更多。

再说美国人

在美国饭店中常可以看见一张招贴画,画一个人坐在椅子上,椅子背后还站着一个人,伸出双臂紧紧勒住他的腹部。这招贴画告诉你,一旦出现异物卡住喉咙应该怎么办。

1997年9月得知在大直沽拆迁中出土一件巨型山朅贔屃，火速奔往现场察看

与杨柳青镇宫庄子"画缸鱼"的年画人王学勤是多年好友

美国人性急，吃饭卡住喉咙是常有的事。美国菜中的鱼一般是无刺的，和这些急脾气的食客找麻烦的，经常是大肉骨头。

公共场所许多售货机的铁皮箱，上边有许多大瘪坑，大都是机器发生故障时，丢进钱后东西出不来，叫性急的美国人踹的。

性急却不能侵犯别人。要想保护住自我，必须不去触犯别人的自我。包括绝对不能在排队时"加塞儿"，在剧场饭馆不能大声说话影响别人，走路不能挤人、碰人，甚至不能在别人面前嚼冰块，使人听起来不舒服。还有便是不能随便问人年龄。至于打听人家收入、存款和家庭情况，探问人家的私生活内容，这涉及到隐私权，会遭到强烈反感。美国人对别人的私事不感兴趣很少干涉。

葛浩文——我最钦佩的一位美国汉学家——他说："我们最讲享受。"

这话不错。他们床上沙发上地毯上扔了许多软靠垫，怎么舒服就怎么拉过来一垫。大饭店都有个特别售货窗口，开车来买饭，到窗口前一停，不必下车，打开车窗就全办了。许多服务性企业也有这样窗口，比如到银行取款等。还有种汽车电影院，开车进去，找到席位（实际是停车位），就在车里看电影。他们所说的享受并非坐享其成，而是享受生活。美国的服务机构尽量满足他们这种特性。简化手续，提供方便，许多公共场所都有自动售货机。大商场有银行设置的电脑取款机。投入信用卡，在按键上按出所需钱数，钞票会自动出来。这种设置在欧洲的国家都远不如美国普遍。所以有人说美国人很懒，但他们玩的时候却很卖力气。

美国人一周工作五天。周五晚大多去采购东西，周六一早便外出度假，尽情玩上两天，周日晚回家。我在爱荷华时，每逢星期天黄昏就见一辆辆车从郊外往回跑。一家人坐在车里，车顶上放着折叠帐篷或游湖用的小舢板。有的在车后拴一些空的饮料罐子，拖在地上哗哗响，表示他们玩得很开心。还不时从车里发出一声兴奋的尖叫，好似余兴未尽，再发泄一下。

十一岁儿童开飞机，水下结婚，从几十层楼往下跳都是美国人干的。大概由于最早由欧洲和非洲到美国的移民都是拓荒者，冒险精神混在他们遗传因子中。做父母的不大担心孩子磕着碰着，这也去禁止那也去阻拦，往往眼瞅着自己两三岁的孩儿从草坡往下翻滚，高兴得连喊带叫。

他们冒险好走极端，所以《吉尼斯世界纪录大全》经常记录他们的姓名。在中国人认为值不得玩命的事，往往他们却付出性命。美国人最喜欢意想不到。

又说美国人

一位苏联旅游者开车从美国东部跑到西部。他说："美国人吃的只有一种东西——汉堡包。"

美国人拿这笑话挖苦苏联人，意思是苏联人不懂美国。其实美国更不懂苏联。一位美国教授对我说："苏联没有作家。过去只有托尔斯泰和陀思妥耶夫斯基。现在可能一个也没有。"我很惊讶，一口气说出二十多个苏联当代名作家，这教授脑袋摇得像拨浪鼓，说："不知道。"美国人认为他们很富，自给自足，有种优越感，加上极强的个人主义意识，不关自己的事根本不问，知识面很窄。学者们除去自己的事业，别的很少知道。这也与东西方文化传统不同有关。西方科学对世界用"剖析"方式，弄清一点，推进一点。学者们各守一摊，好比小贩，卖烟的不知道咸鱼的价钱。中国对宇宙万物的态度是"天人合一",讲究包罗万象。你问西方学者一个问题,他不知道就摇头,理所当然;你问东方学者一个问题,不知道却不轻易摇头,好像这么一来就显得没学问。西方尚精,东方尚博,故西方学者们的知识多为点的连接,东方多为西方的重叠。

再提起开头那笑话,并不假。最普遍的美国饭确实是汉堡包。无论机场、超级市场、游乐中心,还是公路旁,只要看见"M"的标志,便是闻名全美的麦克唐纳汉堡包快餐店。美国人对午餐极马虎,这种面包夹肉片生菜外加一杯冷热饮料的简易食品,极投合美国人胃口,因为他们凡事都图省事,极怕麻烦。美国人家庭做饭大多是成品加热,或半成品加工。烧鸡烤肉全是装在塑料袋里,买回家放在烤箱一按电门,熟了再把配好的佐料一浇即可。连鸡汤全都是罐头装的。

所有信封的封口都挂胶。在办公室或邮局,可以看见不管身份多高的人,粘信时都伸出又红又亮又长的大舌头,一舔。他们怎么省事就怎么干。

许多英语词汇到美国都简化了。比如见面时相互问候"你好"这个词儿,到美国变成一个"嗨"就行了。

有个中国留学生讲个笑话:

一次他和美国人吵架,他骂了这美国人半天,美国人回嘴就一句"一样"。意思是"你骂我的,就是我骂你的"。这就算回骂了。连骂街都图省事,这就是典型的美国人性格。

还说美国人

美国人喜欢轻松,追求快乐,互相接触,不论生熟,都要说笑话。逢到冲突的事，常常几句笑话，一笑了之。

芝加哥一位朋友讲过一个故事：

一个女人坐在汽车里按喇叭，招呼她楼上的朋友，大概她的朋友没听见，她就不停地按。街道另一边，一个胖老头坐在椅子上看报休息，听她喇叭声心烦，忍不住就走过来，站在她车前对她说："我和你约好是七点，现在才五点。"这句笑话挺俏皮。这女人听了微微一笑，回答他也是句笑话："七点我没时间。"胖老头无话应对，于是两人一笑，胖老头坐回到椅子上，这女人自然也不再按喇叭了。

说笑话需要机智、敏捷，反应快，思维灵巧，口才也要好。所以，在美国幽默感往往是一个官员是否有魅力的标准之一。人说笑话时，心理保持最松弛状态。学者在讲坛，官员在会场，如果能妙语如珠，引得人捧腹大笑不已，必定是气度和智能非同寻常。如果一本正经念讲稿，脸上肌肉抽筋般地僵硬，听者听得厌烦就离席而去，决不肯硬坐在那里打瞌睡，或心猿意马，思维跑到千里之外。他们不勉强别人，更不勉强自己。

但是，美国人的笑话与中国的笑话不同。美国的笑话重俏皮机智，中国的笑话重后味，笑话里总含着点什么。比如小丑，美国剧中小丑大多纯为逗乐，中国戏中小丑往往含着深意。大概中国长期封建社会的压抑，话不能直说，便藏在笑话中，也就造就了幽默艺术之高深。美国现代文学中的"黑色幽默"把笑的内涵引入深处，我国一些文学之士们以为时髦，仿效者颇多。黑色幽默的要素为"自嘲"，乃是人在困境中无以摆脱，苦中作乐，用嘲弄自己的办法嘲弄社会。其实这法子中国京剧中丑角常常为之，并不足怪。

我在佛拉斯达夫一家小店吃饭。服务人员是个打工的大学生。

她说:"我们这饭店无所不能,凡是你想到的都能做。"我说:"就来一份冰雹烩钥匙吧,钥匙烧得嫩点。"她听了很兴奋,马上说:"看来你想像力有限,还是看菜谱吧。"便把菜谱给我。这是美国人一般接触时典型的幽默。

美国的幽默有时叫人难以置信。纽约发生一起抢劫案。两个歹徒各戴一个面具,一个是里根,一个是国务卿舒尔茨。作案也没忘了逗笑。

对于他们,无论做出什么难以置信的事,我也相信,这就是我所理解的美国人。

游佛光寺记

辛巳深秋,应邀赴晋中考察民居保护,奔忙一阵后,主人表达盛情,说要请我们北上去往五台山一游。我说五台山寺庙一百二十座,先看哪一座?我这话里自然是含着心中的一种期待。

主人如在我心中。笑着说:"先看佛光寺。"此语使我直叫出好来。好叫出声,乃是心声。

当然,这一切都根由于梁思成和林徽因那个中国文化史上闻名而神奇的故事。1936年他们先是在敦煌六十一号石窟的唐代壁画《五台山图》上,发现了这座古朴优美的寺庙;转年他们来五台山考察时,在五台县以北的深山幽谷中竟然发现佛光寺还幸存世上。于是,这座被忘却了千年的罕世奇珍一时惊动了世界。

那么,我们就要去这佛光寺吗?仰头就能看到唐人宁遇公写在东大殿顶梁上那一行珍贵的墨书题记?还有梁思成他们用照相机留下的那些迷人的画面?可是忽又想,如今旅游日盛,佛光寺也会变得花花绿绿吧。

车子穿过太原,经新城、阳曲一直向北,至忻州而西。过定襄、河边、五台,窗外景物的现代气息渐渐淡化。然后车子纵入山路。道路随山曲转,路面多是碎石,车子颠簸如船。透过车轮卷起的黄土,却见山野入秋,庄稼割过,静谧中含着一些寂寞,只有阳光在切割过的根茬上烁烁闪亮。偶见人迹,大都是荒村野店。时而会有一座小小的孤庙从车窗上一闪而过。这种庙全都是一道褪了色的朱墙,里边只一道殿,一两株古松昂然多姿伸展出来。这些都是早已没了僧人的野庙吧！原先庙中的老僧呢？无人能知能答。只有一些僧人的墓塔零星地散落在山野间。有的立在山坡，面对阳光，依旧有些神气；有的半埋草丛间，沉默不语，几乎消没于历史。这些墓塔有石有砖，大都残破，带着漫长而无情的岁月的气息。塔的形制，无一雷同。有的形似经幢，有的状如葫芦，有的如一间幽闭的石室。它们的样子都是塔内僧人各自的性格象征么？每个塔内一定都埋藏着永远缄默的神秘又孤独的故事吧。

这时，我已是在时光隧道中穿行了。

恍恍惚惚间，我的车子变成了梁思成和林徽因所坐的马车。好像阎锡山还派了一小队士兵护送着他们。在那兵荒马乱的年代，他们长途跋涉来到这里为了什么？当时他们在这路上，对佛光寺还是一无所知呢！

车子一停。我的眼睛忽然一亮。一尊朱砂颜色古庙就在眼前。佛光寺！它优雅、苍劲、浑朴、高逸，像一位尊贵的老者，站在山坳间的高岗上含着笑意迎候着我。背面是重峦叠嶂，危崖巨石，长草大木。使我感到特别庆幸的是，这里的道路艰辛，来一趟十分不易。今日旅者多好游玩，不知访古与品古，佛光寺地处南台之外，没有人肯辛辛苦苦跑到这里来。而且，此处又属文保单位，不是宗教场所，没有香火，香客不至。所能买到的一种介绍性的小书，还都是二十世纪八十年代初出版的。于是，它就与当年梁思成和林徽因初到这里时所见的情景全然一样了。

我感觉自己就像梁思成先生那样踏入寺门。站在寥阔而清净的院中，一抬头，我实实在在感受到梁林二位当时的震惊！

东大殿远远建在高台之上。不必去品鉴它这举折平缓而舒展的屋顶、翼出的单檐、雄硕的拱架、阔大的体量，我想，单凭这雍容放达的气度，梁思成必定一眼就看出这是千年之前唐人的杰作！

殿门前，左右并立着两株参天的古松，不就像唐人塑造的天王力士把守门前？若要走进殿门，辄必穿松而过。除去佛光寺，哪里的寺庙会有这样奇观？虬枝龙干，剑拔弩张，力士一般的英武刚雄。繁茂的松叶鲜碧如洗，生机蓬勃，哪里的千年古松依然这样正当盛年？

哎，林徽因曾经站在这殿前拍过一张照片吧。好像她还在殿内菩萨和供养人宁遇公的塑像前也拍过一些照片呢！这些塑像虽然经过清代翻新的彩绘，但那形体、神态、形制、气息，以及发冠、服饰和面孔，一望而知，仍是唐风。且看佛前那几尊供养菩萨的姿态，不是唯唐代才特有的"胡跪"？至于殿内一块檐板上的壁画，简直就像从敦煌某一个唐人的洞窟搬来的。尤其画上翱翔的飞天，一准是大唐画工所为。那么，在大殿梁架上找不到寺庙建造纪年的林徽因，为什么还不肯善罢甘休？直到她在院中的经幢上切切实实地找到"大中十一年十日建造"这几个字，悬在心中的石头才算落地？

我忽然记起一本书记载着林徽因为了寻找这大殿的建寺题记，徒手爬上极高的梁架。她在漆黑的顶棚里，发现一个十分可怕的景象，上千只蝙蝠悬挂在上边！待她爬下来后，身上奇痒难忍，竟有许多臭虫。原来这些臭虫都是蝙蝠的寄生虫。

我还在一张照片上看到纤弱的林徽因登高弄险，站在院中一丈多高的经幢上。她正在丈量经幢的高度。

于是，面对着佛光寺，我很感动。正是梁林二位学者不惧艰辛的学术探求和确凿无疑的考古发现，才使得这座千年宝刹从历史的遗忘中被解救出来。否则，在近六七十年多灾多难的历史变迁中，谁能担保它会避免不幸！

中华之文物，侥幸逃过千年的，却大多逃不过这近百年。

于是，学者迷人的魅力与宝刹迷人的魅力融为一体。那美好感觉如同身在春天，说不好来自明媚的春日，还是一如芬芳地亲吻于面颊的春风。但觉丽日和风，享受其中。

临行时，陪伴我的主人见我痴痴站着，说我被佛光寺迷住了。我笑了，却没说出那二位感染着我的先人的名字。因为那不只是名字，而是一种无上的文化精神。

杨家埠的画儿

由济南驱车出来，一路向东，顺顺溜溜几个小时跑到了潍坊。再拐一个弯儿，便进入了寒亭区一个宁静和优美的小村，这就是数百年来四海闻名的画乡杨家埠。

杨家埠的男女老少，全都人勤手巧。既精于种庄稼种菜，又善于印画扎风筝。老时候这样，今儿还是这样。他们农忙时下地，潍坊出名的萝卜就是他们种出来的；农闲时人却不闲——比方现在——他们全都在家里忙着画画呢！杨家埠人最爱说的话是："俺村一千号人，五百人印年画，五百人扎风筝。"意思是说他们全是艺术家。说话时咧着笑嘴，龇着白牙，很是自豪。

杨家埠的年画很有个性。颜色浓艳抢眼，画面满满腾腾，人物壮壮实实，胖娃娃个个都得有二十斤重，圆头圆脑，带着憨气，傻里傻气地看着你。再看画上的姑娘们，一色的方脸盘，粗辫子，两只大眼黑白分明，嘴巴红扑扑，好比肥城的桃儿。你再抬眼看一看印画的姑娘，一准得笑。原来画在画儿上边的全是她们自己。

他们不单画自己的模样，还画自己心里头的向往。那便是家畜精壮，人财两旺，风调雨顺，平安吉祥。所以他们最爱画送福来的财神与摇钱树，辟邪除灾的钟馗、关公和各式门神，以及神鹰与猛虎。不过杨家埠的人"画虎不挂虎"。因为杨家埠的"杨"字谐音是"羊"，老虎吃羊，所以他们家中从不挂猛虎的画儿。他们印虎，那是为了给别人辟邪。瞧瞧，杨家埠的人心地多么善良！

杨家埠年画与天津的杨柳青年画特点明显不同。杨柳青年画的买主多是城里的人，城里的人钱多，要求精细，所以杨柳青年画大都一半印刷一半手绘，画面的风格富丽堂皇，文气雅致；杨家埠年画的需求者全是农民，农民钱少，年画便采用套版，很少手绘。这样，刻版和套版的技术就很高。杨家埠年画一般是六套版。墨色线版之外，再套印五种颜色。红、绿、黄、紫、粉。红与绿，黄与紫，都是对比色。年画艺人有句歌："红配绿，一块肉；黄配紫，不会死。"故此，杨家埠年画的色彩分外的强烈，鲜亮，爽朗，刺激，给人一种乡土艺术特有的颜色的冲击，喜庆和兴奋。这也正是人们过年时的心理与情感的需要吧！

我这次来杨家埠，是要拜访一位老艺人，名叫杨洛书，七十三岁。听说他是杨家埠年纪最大的年画艺人。他家经营的"同顺德画店"至少有二百年的历史。而且老人仍在刻版印画。我想，在如今全国许多木版年画产地几乎灭绝而成为历史的大背景中，这位老艺人该是一位罕世奇人了。而且，为什么单单杨家埠的年画古木不倒，反而生机盈盈呢？

杨洛书老人住在村中普普通通一个小院。院内堆着许多刻板用的木头。一南一北两房。北房内外两间，外间是画店的铺面，内间是老人干活的地方；南房支案印画。店中四壁贴满诱人的木版年画，有的是古版新印，有的是新版新印。这些新版都是杨洛书老人新刻的。刻板不是一件容易事。印画的木版为了坚实耐用，选材都是梨木，又沉又硬，年逾七旬的老人哪有这样大的力气？老人个子又小，也不壮，与我站在一起，竟矮两头，不像山东人，山东出大汉呀！但是他伸出两只手给我看，骨节奇大，还有些变形。他说：

"这手是刻版刻的，走样了。刻版得使大力气。白天刻一天，夜里两只手疼呵。"

"大爷，您得去医院看看，这怕是类风湿吧。"我说。我想他大概缺少医学常识，不懂得自己的病。

老人说："是刻版刻的。我一用劲，肚子上的筋全鼓成疙瘩！"

老人去年刻了《一百单八将》，一个好汉一张画，一张画儿五六块版。一年多时间刻了几百块版。今年开始刻《西游记》，连环画形式，八十幅一套。至少又是四百块版。他从哪里获得这样的激情？听说，老人的老伴患病在床。那么，老人又是为谁付出这样巨大的劳动？

老人告诉我，他爹杨俊三那代人把"同顺德"经营到了顶峰。杨俊三还将画店开到俄国的莫斯科。他拿出1917年3月13日俄国驻黑龙江铁路交涉局签给杨俊三赴俄开店的护照。护照上将莫斯科译成"毛四各瓦"。直叫我看了半天，才弄明白。一时，与我同来的一行人全笑了起来。

老人却没笑，脸上充满对先人成就的自豪。保住先人的业绩应是后人起码的责任。这是不是他依然奋力劳作的动力？

现今画店的经营是非常可观的。这两年他每年用纸八十箱，今年一百箱。每箱三刀，每刀一百张，每张印三四张画。一年单是他的"同顺德"就要卖出三万张年画。据说杨家埠全村一年卖画高达上千万张。买主除去海内外游客、各地的年画批发商，最主要的需求者仍是沂蒙山区里的农民。他们所买的年画多是门神、财神、摇钱树、猛虎、花卉和带"二十四节气表"的灶王。我对老人说：

"他们还这么爱年画吗？"

老人忽然变得挺激动，他说：

"没有年画——他们过不去年呵！"

这句话，使我一下子懂得了年画的意义。年画与年俗、与人们的生活理想早已是灿烂地融成一体。它绝非可有可无的年节的饰物，而是老百姓心灵最美好的依托。大概杨洛书老人深深感受这一点，他才一直不肯放下手中的刻刀！

于是，我对这位老艺人肃然起敬，也对民间艺术心生敬意。

走出老人宅院，到了村口，见到几位姑娘在放风筝。这里初冬季节也放风筝吗？一问，原来杨家埠人扎好的风筝，全要试放一下。今日无云，碧空如洗，悬浮在高天的风筝叫阳光一照，极是艳丽。三五只蜻蜓，一只彩蝶，还有一幅方形的画儿，画上画着胖娃娃，这些不全是年画上那些常见的形象吗？

放风筝的姑娘见我很感兴趣，叫我也放一放。我大概有四十多年没放过风筝了。待怯生生接过风车和线绳，但觉线绳颇有韧性和弹力，透明的风已经强劲地传递到我的手上。我顺着线绳抬头望去，只见银白的线极长极长，画着弧线，飞升而上，到了半空，便消没在蓝天里，然后在极高的空中飞着一只大红色的蜻蜓。但是它混在其他几只风筝里，弄不清到底是不是我的。我用手抻一抻线，高天上的大红蜻蜓与我会意地点点头；我把线向旁侧拽一拽，大红蜻蜓随即转了半圈。我忽然觉得，久违的儿时的快乐又回到身上。这使我不觉玩了好一会儿。

待到了杨家埠年画博物馆，人们叫我题诗留念，提笔在手，立时有了两句：

> 民间情味浓似酒，
> 　乡土艺术艳如花。

写了字，返回来坐在车上时，情不自禁接着又冒出了几句：

年画上天变风筝,
风筝挂墙亦年画。
七十三叟三十七,
杨家埠村寿无涯。

中国的雪绒花在哪里？

几个月前，在奥地利阿尔卑斯山的山村访问。当山民把两三枝雪绒花赠给我时，我被这种毛茸茸雪白的小花奇异的美惊呆了。那首无人不知的电影歌曲《雪绒花》油然在心中响起。山民告诉我，这种花只有在两千米以上的寒冷的高山上才有。倘若幸运地遇到它，便会采下几朵，晾干后插在小瓶里。人们不仅欣赏它奇特的美，更敬佩它不惧严寒的品格。偶有贵客来访，便会作为珍贵的礼物赠送来客。

这位山民问我："中国有雪绒花吗？"

我的回答很含糊："好像也有。"这是因为，我不知道我们的雪绒花在哪里。

可是没想到今年雪绒花和我竟这样有缘——

这几天，我在河北蔚县参加全国民间剪纸的抢救工作会议。燕赵之地的人真是朴实又慷慨，恨不得把他们家里的宝贝全塞在你的怀里才心满意足。会议结束了，还非要拉着我去看看他们的"空中草原"。

"空中草原"？这名字可是新奇又诱惑。这是个什么地方呢？

主人笑而不答。车子离开蔚县，穿过驰名全国的剪纸村南张庄，很快就进入了飞狐古道。这条在历史上连接着华北平原与内蒙古草原的古道，好似在乱山中蜿蜒穿行的巨蟒。和主人一谈，古今许多著名的战事原来全都挤在这条又狭窄又曲折的古道上。连当年杨六郎一箭射穿山顶的那个巨大的箭孔还在那儿呢。

夹峙在飞狐古道两边的山岩全都苍老而嶙峋，层层叠叠，陡峭参天，从车子里很难望见山顶。山岩是绛红色的，丛生在错综复杂石缝里的灌木是浓重的绿。红绿参差，美丽又深郁。然而，一出古道却是一片开阔的山野。在这太行山与恒山的交汇与碰撞之处，山的形态绝无重复，山的色彩也绝无重复。我不曾在别的地方见过如此丰富的山色，所以一直把脑袋伸在车窗外边，直到感觉山风变得凉起来，才知道我们已经上山了，去往"空中草原"了。

一层层的大山从车窗上落到车子下边去。这时，不可思议的奇幻一般的景象出现了——就在这千峰万壑俱在脚下的高山之巅，竟然展开一片浩无际涯的大草原。空中草原？对，就是它！它一马平川，没有任何起伏，白云在蓝天上飘动，草原上还有人骑马飞奔。我恍惚觉得自己一下子飞到了塞外！可是认真观察和感受一下，就完全不同了。瞧，云彩出奇地低，好像伸手就可以摸到，主人告诉我有时云彩下来，还会绕在马腿和汽车轱辘上呢；空气极凉，带着一种雪天里的清冽，因此草地里没有昆虫；天上也没有飞翔的鹰，鹰也飞不到这么高的地方呵；天边那山影，可不是什么远山，而是一些万丈高山的峰顶！主人说，这草原在一座两千一百五十八米高的山顶上，面积竟有三十六公里见方！在天地之初，是谁把这么巨大的草原搬到山顶来的？

待下了车。草原的美一下子把我拥抱其中。草又密又绿，至少有十五六种颜色的花掺杂其间。主人说，这"空中草原"一年四季的颜色总是在不停地变。春天里最先开的是黄色的蒲公英，那时草原一片金黄。随后是红色的野花——他说不出名字，整个草原像盖上一条天大的红毯一样。在夏天，颜色的变化最多。前半个月是粉色的，后半个月变成一片蓝色。有时五彩缤纷，真像是一个大花园。前些天草原上全是紫色的菊花。现在天凉了，到处是这种白色的花了——

我低头一看。呀！一种非常独特、似曾相识的奇异的美闯进我的眼睛。毛茸茸雪白的花，淡黄色球形的花蕊，淡绿色的茎，长长短短、如同舞者伸展着胳膊的花瓣——就凭着它这种独特的美，不需要回忆，我便失声叫出它高贵的名字：雪绒花！

我的发现，令我的主人颇为惊讶。他从来不知道这种花的名字叫雪绒花，更不知道他们这里有雪绒花。

我说了不久前我在阿尔卑斯山的见闻。我说，奥地利人把雪绒花做成精美的项链，还烧制在陶瓷上，非常漂亮。这是一种很名贵的花呀！

我的主人兴奋起来。他说，我们这里整个草原全是雪绒花！

我放眼望去，在这浩瀚的"空中草原"上，真的开满了雪绒花。向远看，好似盖着一层白花花的薄雪。花开密处，雪意深浓。这真是不可思议的奇迹！我知道，这种长着又细又密的抗寒的绒毛的小花，只要在海拔两千米以上的高山上就能成活，但在中国什么地方还会有三十六公里见方这样浩大的山顶上的草原，而且偏偏开满的全是雪绒花？在很久远的以前，到底是哪位仙人路经此处，迷上了这块神奇之地，把携带身上的雪绒花的种籽撒在这里，才创造了如此惊天动地的花的奇观！

我的主人说，明年这里就开发旅游了。这雪绒花就是我们的"空中草原"最响亮的一张名片了。

我听了，心一动，便说："旅游人一多，草原压力也就来了。你们可得保护好这个生态。这在全世界都是少见的！别忘了，这儿离北京不过一百多公里！"

离开草原时，我还不断地扭过头去望着这片旷世绝伦的草原——这人间的奇境。这天国的花园。此时，阳光下泖，小小的车窗外白花花如晶莹的雪，一片银白的世界。如是奇观，何处复有？此间，忽然又有一个发现：我手中捏着的几枝采自草原上的雪绒花，花朵个个奇大，比起阿尔卑斯山的雪绒花至少大三倍！我无意中捻动花茎，花朵一转，如同杨丽萍旋转她的白裙。我想，上天赐给我们中国人多少至上至圣至奇至美之物，我们应当感到骄傲，更该加意珍惜。

癸未手记

我从2004年的生命蛋糕中切一块给了《收获》，来写这个名曰"田野档案"的专栏。这便使我得以在终日未已的奔波中停顿少时，将癸未这一年堆满心中的那些非凡的见闻，以及所感所思，记录下来，也享受一下久违的书房特有的静寂与深邃。

书房是安顿心灵的地方，一如窗外的大地是无边的冰雪的下榻之处。

白雪是大自然特有的最美的植被。人在它的上边还可以用足迹证明自己的思想。写诗。

南乡三十六村

阳历年初，农历年尾，大年迫近，心切难抑。原由是年文化具有时间性的。濒危将亡的年画只有在这短短的一段日子里，才会把它仅存无多的活态充分显露出来。于是抢在"中国民间文化遗产抢救工程"启动之前，我们加急地召开"全国木版年画普查工作会议"。在与全国各地年画工作者聚首谈过，并将刚刚拟好的"普查提纲"发给大家之后，旋即组织一行人马，纵入身边著名的画乡杨柳青镇。

近数年，逢到腊月我都会到镇上来，想亲眼看着这个曾经五彩缤纷地覆盖了整个中国北方的杨柳青年画，怎样一点点悄无声息地死去。如今镇上真正的年画传人只有玉成号霍氏一家，二男一女都已年过五十。其"勾、刻、印、画、裱",全然保持着本地正宗的传统与艺术的真谛。其中霍庆有似乎比一般民艺学者更具文化眼光,一直致力于收集散落民间的年画遗存,并在他家小小的四合院内的回廊上充满诱惑地展示出来。然而,今年我们一入古镇,却好像这里刚刚刮过一阵全球化的飓风。

一座超级的流行于当今中国城市的大广场雄踞在古镇中央;一排无比巨大的罗马柱贯通东西;石家大院那一带高墙深院的历史街区已经被一条红红绿绿、旅游化的仿古街所代替。霍家那个沿河的、半掩在树阴下的小宅院玉成号呢?找了许久,才知道不久前已经拆除。家庭式的作坊已不复存在,弟兄几人分道扬镳。霍庆有搬进一座由香港设计师建造的洋楼里。去年我来镇上追寻《五大仙》的绘制者时,还到玉成号串过门呢,但如今好像被蒸发掉了。一千年的古镇就如此鬼使神差地在转瞬之间一扫而光?

抢救的急切感登时冲上心头。无疑,这件事已经进入"倒计时"。我把人马一分为二。一半人全力搜寻镇上的遗产,另一半人去对镇郊的南乡三十六村进行拉网式普查。看看田野之间还残余着多少农耕文化。

一二百年前,在杨柳青骄傲地作为闻名天下的画乡时,这南乡三十六村乃是镇上大大小小画店或版印或手绘的加工基地。各乡农人几乎都能画一手好画,人们说"家家能点染,户户善丹青",就是指这南乡而言。一入腊月,北至东三省、南抵中原各地的画商们,都云集于此。他们将成捆的艳丽五彩、活灵灵的年画,装上马车或运河里的货船,像运送粮米那样一车车拉到远近各省。俄国著名的汉学家阿克列谢耶夫在《1907年中国游记》中曾经详细记载过他在这画乡被震惊得目瞪口呆的种种见闻。

然而，始自辛亥，中国人的生活向近代文明转型，年画随之衰落。日本军队扫荡南乡，应是一个促使这片神奇的土地快速走向荒芜的转折点。再经过"文革"的暴力摧残，及至二十世纪八十年代，本地一位名叫张茂之的乡土文化工作者对南乡三十六村做过一次田野调查。在那个时候，其中十多座村庄的年画作坊就已完全绝迹。这中间包括周李庄、南赵庄、薛庄子、董庄子、康庄子、房庄子、东流城、小甸子、大沙窝村等。由是而今，又过了二十年。情景复如何？

一入南乡，雪就下来了；走着走着，雪不但没停，反而下得愈来愈紧，落在肩上"沙沙"的真的有些声音了。

这南乡三十六村看上去彼此极为相似。砖的或土的房舍，东一个西一个的水塘，横七竖八的沟渠，丛生的杂木，平平淡淡的田野……本来就连成一气，此刻大雪的白色又把它们浑然地涂成一体；再加上这种昔日的文明为之荡然的失落感，更显得一片苍凉！

我们撒下大网，慢慢拉上来一看，几乎是一张空网！在那些二十年前年画就已尽绝的村落里，更是毫无收获。当年健在的老艺人如今大半已经作古。我们访到的艺人只有区区的四位，也都是七老八十。

第一位名叫房荫枫。七十三岁，原住张窝，后迁入房庄子，搬进公寓式商品楼。他手绘神像极精，尤其是《五大仙像》，恐怕是绝无仅有的了。但他现在兴趣转向了中国画，基本上与年画绝缘。

第二位名叫杨立仁。八十二岁，住南赵庄。清代中末期其家开设的"义成永"画铺名噪南乡。雇工二十人，一人一天印一千张"画坯子"。北京城门上贴的八尺巨型门神就出自他们杨家。民艺专家杨先让先生自美国来信，说他曾在波士顿发现一幅巨型门神，极为精美，但不能断定它的产地。我回信说，杨柳青挨近京都，故有一种巨型门神专门供给京城的城门与王公贵胄的宅门使用。其他产地都不制作这种巨型门神。

杨立仁家的古版曾经满满地堆了三间屋，却全部毁于"文革"。他至今珍存的几套灶王和一块《八仙》老版是冒着危险，藏在干燥的灶膛里，才躲过劫难，幸存至今。其中一块《独灶》(30×20公分)线刻极精，流转自然。但随着祭灶风俗的衰微，这种年画的市场正在快速地萎缩，眼瞧着就退出生活了。近些年，逢到祭灶之前，年过八旬的杨立仁都要挽起袖子，挥刷使墨，每种印一百张，却不去卖，而不过是过一过手瘾送送人罢了。

第三位名叫董玉成，七十八岁，住古佛寺村。这位老画师是此次普查发现到的，尤使我惊喜的是，前些年我在杨柳青镇地摊上发现的《双枪陆文龙》《大破天门阵》《合家欢乐过新年》，原来都是他的作品。他属于写意性质的"粗活"，半印半画，风格十分率真与浑朴。他家中还有一块老版《大年初二回娘家》(53×78公分)，是我首次见到的风俗画品。足见此地对"回娘家"这一风俗的重视。董玉成代代都是农人，农忙耕地，农闲画画。人生得肩宽胸阔，腰板硬朗，一望而知是农稼地里的好手。但今年他停了笔。他说感觉自己画不动了。是真的画不动，还是买画的人日渐稀少的原故？董玉成的画艺无人承继，他停了笔等于这一传承脉络的断绝。

第四位名叫王学勤。六十七岁，住在地势低洼一些的宫庄子。善画缸鱼，画风朴实饱满，阳刚十足。颜色里好像加了硫酸，十分强烈和刺激，大红、浓绿、鲜黄、翠蓝，全是原色，原汁原味保持着杨柳青"粗路"年画的本色。他有一间小小的画坊，依我看比任何一位大画家的画室都更加迷人。小炕桌上堆满色碟墨碗，几百支画笔插在各种筒子里。四面墙壁上密密地排列着如同窗扇的"门子"。在门子的反正面贴上线版的画儿，然后在上边涂红抹绿地着色。于是一大排五彩大鲤鱼在他小屋的四壁上一顺儿地游着，摆着夸张之极的大尾巴，搅起流光溢彩的年意。王学勤像他上边一代代祖辈那样生活与画画。祖传的古版《鱼龙变化·海市蜃楼》（门画 48×28 公分）和《居家畜贵·百代长寿》（对美 48×28 公分）一直在他手中珍藏。他家中有个小院，一边是住房与小画坊；一边是小小的粮仓与马棚，养一头骡子。院里堆着草料，几把长杆农具倚墙而立，一棵歪脖小树斜在院中央。他春夏秋三季在田地里干活，待到地净场光，便钻入画坊里印画描画。家里不富裕，画坊里没有炉子，冷如野外，所以他总是把几件裤子杂七杂八一层层地套在身上，好像巴尔扎克在《邦斯舅舅》中描写的执政时期人们爱穿的那种"五层背心"……墨的气味散布在画坊内寒冷的空气里；涮笔用的小缸水面冻了一层薄冰，涮笔时先要用笔杆将冰片扰开；小桌上有一小碗，里边盛着从枯干的荆棘掰下来的"刺"，用来当做"按钉"把需要着色的画儿固定在门子上。每每画完一批，便卸下画，捆成捆儿，用自行车驮到静海、独流、唐官屯等地的集上，一边吆喝一边卖。画价低廉，一块钱卖两张，却往往卖不出去。这便是农耕形态应用性的杨柳青年画最后和最真实的景象了。

站在大雪纷飞的炒米店大街上，我心中全是迷雾。这里曾是南乡三十六村黄金般的年画集散中心。清末民初尚有画店百余家。如今竟了无痕迹，雪天里更是人影寥寥；临街只有零零落落几家乡间饭店与杂货铺，都紧紧掩着门。历史在这里好像没有任何作为。是历史的更迭就是如此绝情,还是我们从来没有把民间文化视为一种精神遗产?

在这样冷的天气里,冰凉的雪花变得硬了,蹭过脸颊有些发痛。我请同来的电视工作者记录下上述的一切。将"视觉人类学"的视角注入这次抢救行动是这次普查工作的特点之一。我们要记录农耕社会文化终结期的原生态,也要记录一切不能忘却的遗存,无论是物质还是非物质的。

我们的另一支人马在杨柳青镇上的工作成绩颇佳。他们对霍氏家族进行档案化的调查工作。同时,用摄影与摄像记录下霍家人年年腊月底祭祀先辈画工的仪式。还找到一位能用杨柳青口音来唱"白秀英卖年画歌"的七旬老人,也做了文字与视觉的记录。

于是,我们决心将这一著名画乡的遗产普查做到"一网打尽"。并在一个月后与杨柳青当地的志愿者牵起手来。

内丘神马

第一次见到内丘的纸马便很吃惊。如此古朴的版画还在印制吗?

待进入内丘这些疑讶便不问自解。

车子行在县城里,我们不知不觉不再说话,眼睛盯在车窗外边。暮色已经深浓,街两边的窗子却黑糊糊很少有点灯的,也没有路灯;垃圾就堆在道边。广告大都是单色的,一块块白板子上用红漆绿漆粗拉拉写着店铺名称。奇怪的是看不见行人,唯一有活气儿的倒只是我们这辆车子了。这使我恍惚想起二十年前去探望沦落在泊镇的姐姐时的那种凄凉。

在卢浮宫前我对妻子说,咱们搬到这儿来住吧!

对朋友描述着一种想象

此刻，我想起自己写过的一句话：愈是穷困和边远的地方，民间文化反而保存得更完整一些，纯粹一些。倘若真的这样，岂不更是悲哀。

我们的文化不是保护下来的，而是被历史遗忘在那里的。我们只不过没有力量去破坏它罢了。

内丘西邻三晋，东望齐鲁，北拱石门，南接邢台，身隅燕赵之地狭长的一角，与晋中以峥嵘跌宕的太行山相连。然而，贫瘠的生活总是与灿烂的想象为伴，生出奇异的文化；封闭的世界又使历时久远的文化仍处于活态。而这种存活着的古文化，不只是一种被应用着的形式，更是其内在的灵魂。

比如内丘这里纸马的"万物有灵"。

在遥远的古代，人们对天地万物种种莫测与不解，归结于神灵的摆布。从天上不测的风云，人的祸福，意外的房倒桥塌，椅散梯折，乃至倏忽而至的畜疫与车祸，全认做神灵一时的不快与愠怒。东方先人认识世界的方式是感悟。这种感悟是一种心灵的智能。早在西汉以前，我们的先人就知道用感悟得来的二十四节气来把握农耕的节律了。

于是在人们的想象中，天地万物无一不有神灵的存在。人们把这些神灵画出来，刻印出来，并在除旧迎新的日子里，对他们焚香行礼，表达虔敬，企望未来的日子里事事平安。这便是民间纸马的来历。能想象得出这巴掌大小的印着古怪形象的纸片上，承载着明天的祸福与安危吗？这粗糙的小画纸原是我们祖先一种庄重的精神符号。

此次对内丘纸马考察的重点是魏家村和南北双流村。内丘有三百零一个村，原本大都印制纸马，自印自用，自给自足。但经过近半个世纪的风云变幻，如今恢复刻印的只剩下七八个村庄（金店镇的魏家屯村、黄釜村、河巨村；城关镇的南双流村、北双流村、石家庄村、前鲁亭村和后鲁亭村等）。魏家屯村的魏进军家世袭此业，以家庭为作坊。印制时，夫妻联手，相当纯熟。魏进军尚有家传老版多种。诸如《连中三元》（30×20公分）、《关公像》（30×20公分）、《祖先牌位》（30×20公分）、《全神图》（30×20公分）等，皆为"大神灵"。只有一种《八仙祝寿图》（11×48公分）属于吉祥图。基本上是清末民初的刻品。

所谓纸马，就是在神像前备马一匹，供神乘骑，故称纸马。内丘的纸马分为大纸马（一称大神灵）和小纸马（一称小神灵）。大纸马是财神、灶爷、全神、门神，形式上与各地的灶王和全神一样，尺寸相同，都是30×20公分左右，也都是套版印刷，没有特别之处。但内丘的"小纸马"却极具特色。

在内丘的先人看来，只要有一种东西，必然有一种神灵在其中。有房子就有上方仙家，有井就有井神，有车子就有车神，有纺布机就有机神，有梯子就有梯神，有道路就有路神，有厕所就有粪神……小纸马上大多是这种万事万物中无所不在的神灵。前边所说在神像前画一匹马，主要是指大纸马；小纸马太小，只有神像，没有马，却也称作纸马，要不神灵怎么来到身边？

印制小纸马的画版通常采用杜梨木或枣木，刮平后雕刻。内丘盛产杜梨。宋代范成大就以七绝一首名曰《内丘梨园》，赞颂过内丘的梨子。小纸马的尺寸一律是10×20公分，单线黑色，但不是墨汁，而是用烟黑加上水胶煮成。如果想换换颜色，不换版色换纸色，印小纸马的纸张是一种价钱极廉的白线纸，通常使用的是黄色和粉红色两种。印刷十分简便。由于画版小，无需套色，印制时只在画版刷些墨色，将纸反铺在版上，不使棕刷，而是用手掌轻轻地边按边抹即成。在南北双流村一些家庭中，至今还用这种极其原始的方法来印制纸马。

小纸马印好，由妇女放在小簸箕里拿到集上，找块空地，铺块土布或硬纸板便卖。远近各乡各县来采买年货的人，谁不顺便请些神灵回去？当地人请神像不能称"买"，而是称"揭"。买纸马称作"揭码子"。人们"揭码子"时，全凭自己的需要。倘若常常出远门，便要揭一张"路神"；家中养牛，则要揭一张"牛王"；梯子出过事，伤过人，就要揭一张"上下平安"的"梯神"。但对于"天地神""财神""吉神""喜神""土神"等等，都是必"揭"的。

在三个村子与两个集市上，我采集到的小纸马共三十六种。如下：

门　君	南海大士	地　藏
药　王	土　神	地　母
山神土地	财　神	老　君
喜　神	吉　神	仓　官
行雨龙王	火　神	井　神
青　龙	白　虎	场　神
路　神	车　神	机　神
仙　女	鲁　班	上方仙家
小　仙	师　祖	中梁祖

五　道	鸡　神	猪　神
牛　王	马　王	牛王马王水草
水草大王神	牌　位	梯　神

每一纸马上，除神像外，上方有神名，简明而直观。最有特色的是，神仙的衣衫多用直线和排线，形象高古而怪异。比如土神从鼻翼两边各伸出一条胳膊，向上高举，叫人想起《山海经》中那些异人异兽。然而这奇怪的形象却颇有来头。相传土神在土里行走，故而双臂向上托举着大地；此外《世略》说："土者，乃天地初判黄土也，故谓土母焉。"再看这土神的肚子上有个◎，却正是女阴的符号。

内丘的纸马真的保持着这些古老文化的源头吗？

身在这荒僻的山村里，手捏着这些古老神灵的纸马，我的心忽地一动。如今，当现代科技的声光化电挟持着我们飞奔向前、全然不能自已之时，我们的历史生命在这里竟然如此的稳固与执拗！

此刻，已近年根。此地村人的家中，小小的神灵已经处处可见。大门两旁贴着"路神"与"喜神"，神像前还有一个小小的可以插香的香灰盒；院子正中摆放天地桌，上边的木龛内是"天地三界"，下边则是那双手擎地的土神。房上是"上方仙家"，梯子上是"梯神"，粮仓上是"仓官"，碾房是"青龙"，磨棚是"白虎"，房外是"火神"，房内是"财神"，车子上是"车神"，牛棚马圈上是"牛王马王"，鸡窝的门上是"鸡神"……有的一脸胡须，有的满面春风，有的立眉怒目，有的则神情肃穆，莫测高深。我们来自大城市的人看到这些从未见过的面孔，自然会感到怪异；此地的村人却深知这些神灵的性情与法力，并与之神交已久，心灵互通。在蒙昧的远古，没有科学，不能解释大千世界，人对天地万物全凭感知。物我相通的两极，一边是心灵，一边是神灵。这不是迷信，而正是我们祖先天人合一的方式。此中那一份对美好生活的苦苦盼切不叫我们深深地为之感动吗？

有趣的是，当今内丘的"车神"纸马，上边的神像已然换成一个戴头盔骑摩托的男子，这是他们新造的神吗？不是。它让我们感到现代生活的触角已经伸到了这里——包括对生命的威胁。

内丘的纸马多么敏感！

在中国，内丘与云南大理的纸马是一东一西两个纸马之乡。比较言之，云南多些浪漫神奇，内丘则更高古旷远。云南的画版曲线较多，轻灵优美；内丘的刻工擅长直线，朴拙凝重。内丘虽然与武强相距不远，间有滏阳河牵连，但在刻版上——尤其是小纸马的制作上，刻艺精良的武强对内丘似无太大影响。内丘小纸马的画版都是本地木匠所为。画稿图样代代相传，地域精神衍习不变。一代代木匠用虔敬之心和粗笨的扁铲与凿子，在木版上挖出这些形象，却一样饱含着一种对生活的忠诚与恳切之情。

然而，这种纸马是应用性的。依照此地习俗，年前请神，年后却无须送神。小纸马贴在墙上、房上、井上、马棚上，任其风吹日晒，自然消失，故而古老的纸马很难存留；印画的版子也是磨损便废，没有想到保存它。故此许多古老的纸马早已散佚。比如相传"七十二行"的祖师像，随着那些行业与作坊的消亡，大多泯灭于无。故此，在内丘我们就决定将此地纸马列入中国木版年画普查对象，并在日后出版《中国木版年画全集》时将内丘纸马与云南甲马合为一集。

我将"普查提纲"交给他们。请他们尽快成立"普查小组"，并嘱咐他们一定要对全县所有村落进行一次终结性的地毯式的调

查。有几种材料一定要通过普查挖掘和整理出来:

1. 内丘纸马营销地区图
2. 内丘纸马作坊分布图
3. 内丘纸马总目
4. 各种纸马的张贴处,风俗内涵及其相关的民间传说与故事。
5. 古版与老纸马的原件。尤其对那些已经不再制作的老纸马要着力搜寻。甚至要做到"捕风捉影"。

癸未年底,在山东潍坊的年画会议上,内丘来人告我,他们已经访到的纸马多达一百二十种。有的已是绝世的孤品。我欣喜难耐,晚餐时特意斟满了酒敬了他们一杯。

拜 灯 山

在燕北那些古村落里,我忽然感觉手腕上的表针停了。时间变得没有意义。历史在这里突变为现实。其实这并不奇怪,中国的现代化还只是神气十足地端坐在各省的一些大城市里,历史却躺在这些穷乡僻壤——尤其是各省交界的地方呼呼大睡。连数百年前那些为了防范"外夷侵扰"的土堡也依然如故。在中古时代多民族争战的燕北,每一座村庄外边都围着一道高高的土夯的墙,像是城墙,它历久益坚,尽管有的只剩下狼牙狗啃般的残片,却仍像石片一样站立着,在今天来看成了一种奇观。一些墙洞和豁口是图走近道的村人钻来钻去的地方。最坚固的是堡门,四四方方,秃头秃脑,好像碉堡,但早都没有了堡门。门上却清清楚楚写着村名和建堡年号。抬头一瞧往往吓一跳。有的竟是"康熙"甚至"嘉靖"和"洪武",已经三四百岁了。

堡内的历史似乎保存得更好一些。街区的格式还是最初的模样，老屋老宅只是有些"褪色"罢了；一些进深只有数尺的小庙，墙上的壁画有的竟是大明风范；那些神佛的故事画上，每个画面旁边都有一条写着说明文字的"榜书"。最令人神往的是，各个村口几乎全有一座戏台。据说半个世纪前，蔚县有戏台八百座，一律是木造彩绘，式样却无一雷同。数十年来不断地拆毁，遗存仍很可观。只是放在那里无人理睬，任凭风吹雨淋日晒鸟儿筑巢，小孩儿爬上去蹲在里边拉泡屎。

可是这些戏台往往称得上是一座博物馆。戏台两侧的粉墙上，有残存的绘画，有闲人漫题，有泄私愤的骂人话，有当年戏班子随手写上去的上演的剧目，有的还有具体的纪年；甚至还有"文革"期间全村划分阶级成分的名单公告。它们之所以至今还保留在墙上，就是没人把它们当作是一种历史。而现在仍然没人把它当作历史。

在上苏庄村北端一座数丈高的土台上有一座三义庙。庙前的台阶陡直，可谓直上直下。殿前对联写着"三人三姓三结义，一君一臣一圣人"。北方乡间建"三义庙"，多是为了从刘备、关羽和张飞三兄弟那里取一个"义"字，来维持人间关系的纯正。但上苏庄村的"三义庙"，却多了另一层意义。站在庙门前，居高临下，俯视全堡，细心体会，渐渐就会破解出此堡布局的文化内涵。

据说当年建堡时，风水先生看中一条自东南朝西北走向的"龙脉"，如果依此龙脉布局建村，可望兴旺发达。但这条龙脉不是直通南北，怎么办？从八卦五行上看，龙脉的"首"与"尾"都在"土位"上。这便要在"土"上好好做文章。由于火生土，就在南端建造一座灯山楼，敬奉火神，促其兴旺；可又担心火气过盛，招来火灾，于是又在北端建起这座三义庙来。因为相传刘备是压火水星，可以用来抑火。

这样，一个完美的村落就安排好了：堡内中间一条大道，由西北向东南，正是龙脉。南端是灯山楼，北端是三义庙；一火一水。火生土，水克火，相生相克，迎福驱邪。这使我们在不觉间碰到了中国文化中一个最本质的追求——平衡与和谐。

然而这一切，在上苏庄村特有的一个古俗中表现得更为深切。这古俗叫做拜灯山。

灯山是指灯山楼，就是堡南那个火神庙。拜灯山是敬祀火神。敬火神不新鲜，但这里敬神的方式可谓举世罕见。

本来拜灯山只是在每年正月灯节举行。此地的主人知道我们这些来蔚县参加"全国民间剪纸抢救专项工作会议"的人多是民间文化的学者，难得到这里来，便特意为我们演示此项古俗。

拜灯山的风俗分前后两部分。人们先要在灯山楼前举行奇特的敬神仪式，然后去到村口戏台前的广场上看戏听曲，载歌载舞，大事欢庆。

北官堡的灯山楼称得上天下奇观。说是神庙，其实只是一个神龛，灰砖砌成，高达三丈，龛内没有神像，空空的只有一个巨大的梯式的木架。一条条横木杠排得很密。这些木杠是拜灯山时放灯碗用的。平时没有灯碗，只有一个大木架。但绝没有小孩爬进去玩，因为这是神龛。

在拜灯山仪式举行的前一天，先由艺人按照一定的文字笔划在木架上摆灯碗，也就是用灯碗点状地组成特定的文字与花边图案。

这些文字构成的吉祥话，是用来表达心中美好与崇高的愿望的。如：五谷丰登，四季平安等等。灯碗是一种粗陶小碗，内置灯捻与麻油。灯楼内的文字年年不同，但艺人严守秘密，村人绝不知道，这也使拜灯山更具神秘性。

天色黑时，全堡百姓走出家门，穿过大街缓缓走向堡南的灯山楼。一路上，跨街挂着的方形纸灯都已点亮。上边饰着彩花彩带，灯笼上写着吉语。如风调雨顺、人畜两旺、国泰民安、和气生财等等。美好的词句渲染着人们的心情。据说，一般挂灯十二盏，闰月十三盏，寓意月月平安。当人们聚到灯山楼前，已是一片漆黑，没人说话，全都立在一种庄重又肃静的气氛中默默等待。

不多时，堡北高处三义庙的灯亮起来，如同启明星，很亮很白。跟着，堡内各处小庙燃灯烧香，神的气息笼罩人间，拜灯山的活动便开始了。三位艺人手持蜡烛，爬上楼内木梯，由上而下将木梯每一横木杆上的油灯点着。渐渐亮起来的灯火连结起来的笔画一点点、一个字一个字地显露出来。顺序而成是四个大字"天下太平"。四字形成，众人欢呼。艺人们将一道巨大的纱幕拉上，遮在外边，里边木梯的影子就被遮住，唯有灯光由内透出，朦朦胧胧，闪闪烁烁，亮亮晶晶，尤其风动纱帘时，灯光分外生动，仿佛有了生命，景象真是美妙之极！不多时，一阵锣鼓响起，由大街北边传来。随着敲锣打鼓，一群盛装艺人们鱼贯来到灯山楼前。主角是由孩子装扮的"灯官"——据说这孩子必得是"全科人儿"。他坐在"独杆轿"上，由四名扮成衙役的村汉抬着。还有一些身穿文武戏装的人物跟在后边。其中一男一女反穿皮衣，勾眉画脸，扮成丑角，分外抢眼。这一行人走到灯楼前，列队，设案，焚香，作揖，施叩礼，敬拜火神，其态甚虔。我暗中观察四周的村民，没有一个笑嘻嘻的,更没人说话,全是一脸的郑重和至诚。在这种气氛里自然会感受到火神的存在。

有人连着吆喝三声:"拜灯山喽!"声音是本地的乡音。

跟着鞭炮响起。据说燃放鞭炮,一为了助兴;一为了通知村口戏台那边,表示这边的拜灯山仪式已经完毕,那边的大戏即将开锣。

灯官一行转过身来,经来路返回。随行的戏人开始戏耍起来,刚才那种虔敬与神秘的气氛转为火爆。渐渐地那穿装怪诞的一男一女两个丑角成了主角。

村人们都知道这男的叫"老王八",女的叫"老妈子"。他们演的是"王八戏妈子"。但一般人说不清楚为什么王八要戏耍妈子。与我同来的民间文化的学者也无一能够说得明白。中国的民间文化从来都是这样——我们不知道的远比知道的多。

倘若听当地老人说一说,这两个人物的来历非同小可。他们竟是神话时代的北方之神玄武与玄武的妻子。

玄武在道教中主管北方,所以北方百姓对玄武尤其崇敬。然而,在中国的民间,人们对自己的敬畏者并不是远远避开,而总是尽量亲近,与之打成一片。敬畏龙王又戏龙舞龙,惧怕老虎却反而将虎帽虎鞋穿戴在孩儿身上。由于传说中玄武是龟蛇合体,民间称乌龟为王八,故戏称玄武为"老王八"。而"老妈子"是此地人对老婆的俗称。这样一来,神与人便亲密起来。人们把老王八的脸画成一个龟面;头上竖一根珠簪,舞动时,珠簪乱颤,好似蛇的芯子;脖子上还戴一串铃铛,一边跑一边哗哗地响。"老妈子"的脸被画成鸟面,头顶红辣椒,手挥大扫帚,两人相互追逐,滑稽万状,尤其到了十字街口供奉火神的灯杆下,有一番激烈的扑打,最后老王八将老妈子拥倒在地,引得人们哈哈大笑。据一位老人说,这不是一般打逗,是表示玄武夫妻在交媾。传说中玄武与妻子生殖能力极强,此中便有了多子多福的寓意,分明是一种原始的生殖崇拜了。对于远古的人,生殖就是生命力;生殖本身就是最强大的避邪。它正是这一古俗里久远与深刻的精髓。在这些看似戏闹的民俗里,潜在着多少古文化的基因呢?

老王八扑倒老妈子之后,这边的活动即告结束。此时,不远的村口锣鼓唢呐已经大作起来。那边欢庆的气氛与这边快乐的情绪如同两河汇流,顷刻融在一起。大批的人涌向村口戏台。

据说,身后的灯山楼那边,会有一些不孕女子偷油灯,拿回去摆在自家供桌上,传说可以早日得子;还有人举着娃娃去爬灯杆,寓意升高……据说,先前蔚县一带不少村庄都有拜灯山的风俗,但大都废而不存。衍传至今的独独只有上苏庄村。对于拜灯山,我所看重的不只是这种具有神秘感的风俗形式,更是其中那种对命运和大自然的虔敬,和谐的精神,还有亘古不变的执著与沉静。

打 树 花

一直来到暖泉镇北官堡的堡门前,也不清楚堡外民居的布局。反正我是顺着人流、沿着一条九曲十八弯的小街挤进来的。小街上没有灯,到处是乱哄哄来回攒动的人影,嘈杂的声音淹没一切,要想和身边的人说话,使多大的劲喊也是白喊。但这嘈杂声里分明混着一种强烈的兴奋的情绪。有时还能听到一声带着被刺激得高兴的尖叫。这种声音有个尖儿,蹿入夜间黑色的空气里。

北官堡的堡门像个城门。一个村子怎么能有这么大的土城？至少三四丈高的土夯包砖的"城墙"上竟然还有一个檐角高高翘起的门楼子。门前是个小广场。站在城门正对面，目光穿过门洞是一排红灯，前大后小，一直向里边向深处伸延。显然那是堡内的一条大街。这一条街可就显出北官堡非凡的家世与昨天。但这家世还有几人知道？

门前广场上临时拉了一些电灯，将堡门下半截依稀照见，上半截和高高在上的门楼混在如墨的夜色里。一个正在熔化铁水的大炉子起劲地烧着。鼓风机使炉顶和炉门不停地吐着几尺长夺目的火舌。这火舌还在每个人眼睛里灼灼发亮，人们——当然包括我，都是来争看此地一道奇俗打树花。我于此奇俗，闻所未闻；只知道此地百姓年年正月十六闹灯节，都要演一两场"打树花"。

当几个熊腰虎背的大汉走上来，人们沸腾了。这便是打树花的汉子。他们的服装有些奇异，头扣草帽，身穿老羊皮袄，毛面朝外，腰扎粗绳，脚遮布帘，走起来又笨重又威风，好像古代的勇士上阵。这时候，人群中便有人呼喊他们一个个人的名字。能够打树花的汉子都是本地的英雄好汉。不久人声便静下来。一张小八仙桌摆在炉前，桌上放粗陶小碗，内盛粗沙，插上三炷香。还有几大碟，三个馍馍三碗菜，好汉们上来点香，烧黄纸，按年岁长幼排列趴下磕头。围观人群了无声息。这是祭炉的仪式。在民间，举行风俗，绝非玩玩乐乐，皆以虔诚的心为之待之。

仪式过后，撤去供案，开炉放铁水。照眼的铁水倾入一个方形的火砖煲中。铁水盛满，便被两个大汉快速抬到广场中央。同时拿上来一个大铁桶，水里泡放着十几个长柄勺子，先是其中一个大汉走上去从铁桶中拿起一个勺子，走到火红的铁水前，弯腰一舀，跟着甩腰抡臂，满满一勺明亮的铁水泼在城墙上。就在这一瞬，好似天崩地裂，现出任何地方都不会见到的极其灿烂的奇观！金红的铁水泼击墙面，四外飞溅，就像整个城墙被炸开那样，整个堡门连同上边的门楼子都被照亮。由于铁硬墙坚，铁花飞得又高又远，铺天盖地，然后如同细密的光雨闪闪烁烁由天而降。可是不等这光雨落下，打树花的大汉又把第二勺铁水泼上去。一片冲天的火炮轰上去，一片漫天的光雨落下来，接续不断；每个大汉泼七八下后走下去，跟着另一位大汉上阵来。每个汉子的经验和功夫不同，手法上各有绝招，又互不示弱，渐渐就较上劲儿了。只要一较劲，打树花就更好看了。众人眼尖，不久就看出一位年纪大的汉子，身材短粗敦实，泼铁水时腰板像硬橡胶，一舀一舀泼起来又快又猛又有韵律，铁水泼得高，散的面广，而且正好绕过城门洞；铁花升腾时如在头上张开一棵辉煌又奇幻的大树。每每泼完铁水走下来时，身后边的光雨哗哗地落着，映衬着他一条粗健的黑影，好像枪林弹雨中一个无畏的勇士。他的装束也有特色。别人头上的草帽都是有檐的，为了防止铁水迸在脸上，唯有他戴的是一顶无檐的小毡帽，更显出他的勇气。

　　据当地的主人说，这汉子是北官堡中打树花的"武状元"。今年六十一岁，名叫王全，平日在内蒙古打工，年年回来过年时，都要在灯节里给乡亲们演一场打树花。

　　正像所有民俗一样，打树花源于何时谁也不知。只知道世界上唯有中国有，中国唯有在蔚县暖泉镇北官堡才能见到。除去燕赵之地，哪儿的人还能如此豪情万丈！

　　此地处在中原与北部草原的要冲，过往的行旅频繁，战事也忙，那种制造犁铧、打刀制枪、打马蹄铁的"生铁坑"（翻砂作坊)也就分外的多。人们在灌铁水翻砂时,弄不好铁水洒在地面,就会火花飞溅,这是铁匠们都知道的事。逢到过年,有钱的人放炮,没钱的铁匠便把炉里的铁水泼在墙上,用五光十色的铁花表达心中的生活梦想,这便是打树花的开始。当然,关于打树花的肇始还有一些有名有姓、有声有色的传说呢。

民俗的形成总是经过漫长岁月的酿造。比如最初打树花用的只是铁水一种,后来发现铁水的"花"是红色的,铜水的"花"是绿色的,铝水的"花"是白色的,渐渐就在炉中放些铜,又放些铝,打起的树花便五彩缤纷,愈来愈美丽;再比如他们使用的勺子是柳木的。民间说柳木生在河边,属阴,天性避火。但硬拿柳木去舀铁水也不行,这铁水温高一千三百度呢。人们便把柳木勺子泡在水桶里,通常要泡上一天一夜,而且打树花时每个汉子拿它用上七八下,就得赶紧再放在水桶里浸泡。多用几下就会烧着。湿柳木勺子的最大好处是,铁水在里边滑溜溜,不像铁水,好像是油,不单省力气,而且得劲,可以泼得又高又远。

铁水落下来,闪过光亮,很快冷却。打树花的过程中,常常会有一块两块小铁粒落在人群里,轻轻砸在人们的肩上,甚至脸上,人们总是报之以笑,好像沾到福气,我还把落到我身上的一小块黑灰的铁粘放在衣兜里,带回去做纪念呢。

有人说,蔚县的打树花至少有三百年。不管它多少年了,如今每逢正月十六——也就是春节最后的一天,这里的人们都上街吃呀,乐呀,竖灯杆呀,耍高跷呀,看灯影戏呀,闹得半夜,最后总有一场漫天缤纷的打树花;让去岁的兴致在这里结束,让新一年的兴致在这里开始。

中国人过灯节的风俗成百上千,河北蔚县暖泉镇北官堡的打树花却独一无二。

王 老 赏

我最初知道王老赏是四十年前。他刻刀下的那些活灵灵的戏剧人物被精印在硬纸片上，装在一个银灰色的纸盒里，让我着迷。我喜欢他那种朴拙中的灵动，还有古雅中的乡土气味。王老赏是较早地登堂入室的一位民间艺人。尽管蔚县剪纸发轫于清代末叶，但王老赏使那一方水土生出的剪纸艺术，受到世人的倾慕。

然而，当我去造访蔚县这块神奇土地时，就不只是去探寻王老赏的遗踪了，我还要了解这个闻名天下的剪纸之乡如今"活"得如何？怎么"活法"？

一入县城，一种商业化的剪纸的气氛就扑面而来。各种剪纸的广告、专门店，以及图像随处可见。

当今，各地方都在用自己的地域文化"打造品牌"，营造声势，建厂开店，拿它赚钱。这里也是一样，连王老赏的故乡南张庄也在村口竖一块巨型广告牌，写着"中国剪纸第一村"。

这种景象，比起陕西窑洞里那些盘腿坐在炕上的剪花娘子，在阳光明媚的斜射中，弯弯的眼角含着笑，用剪布裁衣的大铁剪子随手剪出一个个活蹦乱跳的生灵，完全是两种感觉。

可是进一层观察，整个蔚县剪纸已经进入了另一种存在的形态。

首先是此地的剪纸已经进入规模生产。从县城里国营的剪纸厂到南张庄那里一家一户家庭式的作坊，雇用着少则三五人、多则数十人的剪纸工，从熏样、打纸闷压、刻制到染色，分工进行流畅而有序的流水作业。每个作坊的主人都是剪纸艺人，他们主要的工作不再是制作而是设计和营销了。原先，剪纸的忙季多为秋收后转入农闲的日子，现在则是一年四季天天如此，因为他们多是依靠各地工艺品批发商包括外商的订单来制作。

当今，蔚县境内有十六个乡镇的九十六个村庄从事剪纸。剪纸专业村二十八个，家庭式剪纸作坊一千一百户，艺人二万余人。年产剪纸三百万套，年收入三千万元。在中国许多地方剪纸艺术如入秋后的山间野树，日渐衰颓和凋零，蔚县所展示的不是一个奇迹吗？

蔚县剪纸的奇迹与它独特的艺术魅力有关。各地剪纸普遍以单一的红纸为材料，这便使得用彩色点染的蔚县剪纸独领风骚。它使用阴刻，正是为了那些大块的纸面易于着色。它在色彩上直接吸收了木版年画成熟的审美经验，遂使这种艳丽五彩、强烈夺目的民间小品成为了中国文化一个典型的符号，并走向海外。如今蔚县剪纸已经不只是年节应用的窗花，它广泛地成为美化家居的饰品、馈赠友人的礼品和艺术欣赏品，融入现代人的生活。

能适应这种转变的，是因为蔚县剪纸还有一个优势——它是"刻"纸，不是"剪"纸。

中国剪纸有剪刻之分。剪纸用剪子来剪，刻纸用刻刀来刻。剪纸一次只能剪一张，刻纸一次能刻许多张，多至十几张甚至几十张，成品能够一模一样。剪纸比较随意，富于灵性，线条生动，朴实粗犷；刻纸必须按照画稿雕刻，容易刻板，但可以达到极其繁复和精细的境地。这也是刻纸与生俱来的优点。它使刻纸便于成批生产，满足现代市场大批量的需求。

进入了当代商品市场的蔚县剪纸，一边在复制传统的经典，如戏剧人物和脸谱；一边创新。新题材大量涌入。当代工艺美术在题材上的新潮流是彼此照搬，互通有无。如果刺绣去绣《清明上河图》，雕刻也雕，烙画也烙，剪纸也剪；如果雕刻去雕《九龙壁》，烙画也烙，刺绣也绣，剪纸也剪。于是圣诞老人、世界名都、各国总统、卡通人物，全进了剪纸。剪纸题材的开拓，原本无可厚非，尤其民间艺术是一种应用艺术，有市场就存活，没有市场就死亡。但在历史上，各个地域的民间文化都是在相互隔绝的状态下独立完成的，地域的独特性是它的本质。而民间文化与精英文化最本质的区别是，精英文化是个性的文化，是张扬艺术家本人个性的；民间的文化则是共性的文化，只有那个地域的人都认同了这种审美形态，它才能够生成与存在。但是，当在它进入当代商品市场之后，就要适应广泛的口味。地域性向世界性转化。随之便是原有的个性魅力的弱化与消损。

民间艺术中最重要的内涵是地域精神和生活情感。当民间艺术成为商品后，它原发的生活情感就消失了；招徕主顾成了它主要的目的。于是加金添银，崇尚精细，追求繁缛，叫人感到它们在向买主招手吆喝，挤眉弄眼，失却了往日的纯朴与率真，这也是我在当今蔚县的一些剪纸商店里感受到的。

当然，我也看到令人欣然的另一面。

那是在南张庄，一座极其普通的民居小院，简朴的小门楼的瓦檐下挂着一块黑漆金字的横匾，上边写着"民间剪纸大师王老赏故居"。我带着一种遥远而亲切的情感走进去。虽然这里的住家早已不是王家后裔；由于事隔至少五十年（王老赏于1951年故去，享年六十一岁），几乎没有王老赏的遗物，但这小院却真切地保存着王老赏昔时的生活空间。瓦屋，砖墙，土地，老树，马棚，柴房……看上去都不平凡。任何故居都有一种神圣感，因为先人生活乃至生命的气息——村人称作"仙气"，总是微微发光地散布在这里的一切事物里。使凡世景象化为神奇。

我忽然想，在中国，哪里还会把一位民间艺人的故居挂起牌子，原生态地保存着？天津的泥人张和北京的面人汤——恐怕全被那些拔地而起"穿洋装"的高楼大厦踢得无影无踪了吧。

蔚县剪纸的真正希望，还是在于他们把自己的民间艺术当回事。他们有一些民间文化的学者，长期从事这一宗地域文化遗产的调查、收集、整理，并已经出版一些颇具水准的图文专著，并一次次召开剪纸艺术的研讨会。有了这般学术保证，遗存就不会被轻易地随风散失。他们的文化眼光比一些大城市还要深远呢。

同时，逢到春节，此地贴窗花的习俗依然强盛。蔚县的传统根基很深，单是在不同形式上窗格上排列窗花的方阵，就深受周易八卦、天干地支和二十八宿的影响。此地学者在这方面有很精到的研究。看来，真正使民间文化的生态得到保护，还是要靠民俗生活的存在。

一边是传统犹存，一边是商品市场在加速膨胀，蔚县剪纸正在由农耕文化形态向现代的商品形态转化。他们将何去何从？从商品市场上看，民间文化在悄悄地变异，形存实亡；从文化生态上看，农耕文明正在日益衰竭。虽然蔚县剪纸风光尚好，也只不过由于天远地偏，真正意义的现代化大潮尚未来到罢了。他们感到这种远在千里又近在眼前的危机了吗？谁来帮助和提醒他们？

孤独的仁慈堂

初夏里,"非典"告罄,我从欧洲返回天津的第三天,即往海河沿岸跑一跑。因为海河正在大规模改造。我在维也纳时,住所的传真机上两次收到来自家乡百姓的告急书。回家后,又从成堆的来信中看到分别关于"江苏会馆"和仁慈堂濒临拆除而要我出面呼吁的信件。我必须先弄清实情。

及至河边,我的心受到强烈震撼。海河两岸已经完全成了大工地。遍地粉碎的瓦砾,连残垣断壁也没有。目光在荡平的两岸毫无阻碍,只有海河的水无力地流着。脚踩着被日头晒得发烫的乱砖破瓦,怎么也想不起这里的历史街区曾经是什么样子。这时才感到物质的世界竟是如此脆弱。没有物证的历史如同一团流烟。

我只得把自己的注意力放在那些尚且存在的事物上。跑遍了两岸,从划定为拆除的地区中调查出几处具有重要历史文化价值而必须保住的建筑。其中海河南岸为三处,北岸为一处。都是急中之急。

一是益德王戏楼。

地处原北门内。是津郡盐商巨富益德王的私家戏楼,是一座砖木结构罩棚式建筑,应建于十九世纪晚期。它位于原益德王大宅的后院,与大宅的建筑群为一个整体。1995 年"旧城改造"时,将益德王大宅拆除。由于戏楼位于拆迁"红线"之外,幸存下来。戏楼的占地面积约七百平米。一楼池座,二楼包厢,整个戏楼由七十八棵木柱支撑,精整又美观,极具晚清特色。天津为水陆码头,江湖戏班往来不绝,各色戏楼如百卉纷呈。既有广东会馆室内的公共戏楼，李纯祠堂院中的露天戏台，也有石家大院举行堂会的私家戏院；而益德王这座私家戏楼足以显示此地盐商鼎盛时期之殷富，以及当时戏剧活动的繁盛。自然是一个珍贵的遗存。

二是东安市场。位于东马路48号，大门开在一条小胡同内。这座与北京东安市场同名的木结构的古商场，尽管历时百年，早已成为"大杂院"，但楼内气质深郁，极具古风。屋顶是六边形的罩棚，靠顶一圈玻璃大窗，以使阳光射入。在建筑形制上颇似2001年拆除的天津总商会会所。总商会为平房，东安市场是上下两层，楼内大厅有木梯曲折而上，大气又美观。据楼中一位八旬老者回忆，当年各色小店云集在此，还有照相馆、小画铺、锣鼓店、石印社等等也掺杂其间，是一个颇具情味的购物小天堂。天津是北方商业重镇，这座古市场应是津门商业史一件罕见的文物。由于废弃已久，又夹在左右几家大商店中间，故无人能知。这一发现，也是我们此次调查的重要收获。

三是仁慈堂。

1864年（同治三年）法国天主教会在东门外海河边小洋货街上购买了一座深宅大院，把仁慈堂迁过来，同时将这里作为在三岔河口建造望海楼教堂的筹备处。1870年，由于仁慈堂的传教士和修女残暴地欺凌中国童工，遂爆发了震惊中外的望海楼教案。在教案中，百姓一举烧毁望海楼教堂和仁慈堂。这座仁慈堂是处理善后事宜时在原址上重建的。应在甲午海战（1894年）前后。由于时隔太久，这座法式的宗教小楼早已成为民居，被历史忘却，直到这次海河改造大举拆迁，才现出它昔时的姿容。它作为中国近代史上第一件重大教案的遗址，当然要受到保护。

以上三处都在海河南岸。

在海河北岸，一片正在拆除中的原奥地利租界的历史街区已经所剩无几。一座奥匈帝国领事馆似乎有幸被保留下来。但是大片建于上世纪初的巴洛克式建筑都被推土机无情地消灭掉。在二十世纪末，中国城市历史所遭遇的最大的恶魔就是推土机了。

奥地利租界于 1903 年划定。1907 年始建，1919 年被中国政府收回，其间二十余年。属于津郡外国住宅的老区。但此时已经七零八落，在缭乱不堪的瓦砾堆中，原先的街道只有凭着道路两边的树木才能辨认出来。此中有两座奥式建筑，一为大北饭店（原奥匈帝国俱乐部），一为"朱家大院"，似乎马上就要拆除。朱家大院的屋顶已经被挑落见天。立面上下两排华美的科林森式的石柱几乎一推都要跌落下来。阳台下雕工精美的巴洛克风格的"牛腿"，好像在向我呼救。我听见了它嘶哑的呼声。如果这两座建筑在维也纳，一定被当作历史的纪念品。

于是，我先找到主管海河南岸那一地区的政府领导，为益德王戏楼、东安市场和仁慈堂"说情"。这几位领导都很熟识，对我的道理也深信不疑，但他们表示很为难，因为这些土地已经"卖"给开发商，要想说服开发商恐怕难如上青天。此后，我又找到负责海河北岸原奥地利租界地段拆迁的主管人。我问道：拆掉奥地利租界后，那里要干什么？答曰：建奥地利风情区。我又问：把历史真的拆掉，再造个假的吗？答曰：会更好看。于是我再三阐述历史原物的价值，可是当我看着他们直怔怔的毫无感受的面孔时，竟开始怀疑自己的理由了。所幸的是他们最终还是答应把朱家大院和大北饭店保留下来。

两个月过后，原奥租界的大北饭店没有动，但朱家大院已化为乌有；东安市场和益德王戏楼也只是曾经和我照过一面而已，被推土机推到地狱去了。只是仁慈堂还在那里。我去看了仁慈堂一眼。它独自呆在那儿，四下空无一物，无所依傍，非常孤单，它的命运将如何？还在等待着生死裁决吗？可是它"活"下来又会怎样？如果将来周围全都是霓虹灯闪烁的酒楼商场，它即使呆在那里又能说明什么？说明自己的多余？

11月份。国土资源部请我去给全国国土局的局长做一次关于"城市文化保护"的演讲。我称那次是和土地爷聊天。我再三说："城市的土地不是野地。上边有许多历史财富和文化瑰宝。如果一块土地没有经过专家鉴定，请千万别卖给开发商！"我当时说得言之凿凿，感觉自己很有说服力。可是，事后我去到各地考察时，眼瞅着中国这场空前的波澜壮阔的造城运动之猛烈，之强劲，之势不可挡，心里才明白，我这句话也只是从嘴里说出来罢了。于往日无补，于今日没用，于来日何益？

四　堡

心里一团如花似锦的猜想，在四堡灰飞烟灭。

这猜想源自建安版的图书。曾经看过一部宋代的余氏靖安刻本《古列女传》，让我对这南国的雕版之乡心醉至矣。

在宋代四大雕版印刷基地中，福建的建阳一直承担着那片大地上文明的传播。其他几个雕版中心如汴梁、杭州和临汾，总是随着战乱与京都变迁或兴或衰，唯有这"天高皇帝远"的建阳依然故我。从遥不可及的中古一直走到近代。

我喜欢建安图书的民间感。它自始就服务于平民大众，也就将先民们的阅读兴趣与审美融入坊间。大众的文化总是要跳过文字，直观地呈现出图像来。于是建安版创造的那种"上图下文"的图书——比如著名的《虞氏全相平话五种》,至今捧在手中,犹然可以体味到古人读书时的快感。这种快乐被享受了近千年,并影响到1925年上海世界书局的连环图画的诞生。

明代以来,杭州、吴兴、苏州,以及相继崛起的金陵派和徽派刻印的图书,一窝蜂地趋向文人之雅致,刻意地追求经典,建安图书却始终执拗地固守着它的平民性。大众日常消遣的故事、笑话、野史,农家应用的医书、药书、占卜、堪舆以及专供孩童启蒙的读物,都是建安版常年热销的图书。平民大众是建安图书最强大的支持者。正为此明代戏曲小说才得以广泛流行。应该说,明代小说的盛行,自有这些民间书肆中刻工们的一份功劳和苦劳。今天看来,这种由民间印坊养育出来的纯朴的气质便是建安版特有的审美品格了。

然而,建安图书真正的福气,是它至今还保存着一个雕版印刷之乡——四堡。中国古代雕版基地大都空无一物,只剩下建安这个"活化石"。它犹然散发着书香墨香文明之香吗?

当今文化遗存的悲哀是,只要你找到它——它一准是身陷绝境,面污形秽,奄奄一息。四堡也不例外。尽管它挂着"文物保护单位"的金字招牌,却没有几个人看重这种牌子,因为人们弄不明白为什么要挂这块牌子。

四堡身在闽西,肩倚武夷山脉,一双脚站在连城、清流、宁化与长汀交界处。地远天偏,人少车稀,这种地方正是历史的藏身之处。但现代化法力无边,近几年古镇热闹起来了,居然还冒出几家汽车修理店、发廊、音像铺和洗浴室,红眉绿眼地在大街两旁伸头探脑。传统的古镇都是一条大街贯穿其间,而传统的商业方式则是把各种农副产品堆在要道边,甚至将道路挤成羊肠小道来争抢生意。别以为雕刻之乡还有多远,只要从这儿跳下车,躲过车尾骡头,踩着坑坑洼洼的地面往道边那一大片湿糊糊的老房子里一钻,就来到我心仪已久的雾阁村的"印房"里了。

令我吃惊的是,这里居然还完整地保留着二百年来声震闽西的印书世家邹氏的坊间与宅第。大大小小一百四十间房子,屋连屋,院套院,组成客家人典型的民居——"九厅十八井"。在四堡,这种房子都是一半用于生活,一半用于印书。可是,无论陪同我的主人,怎样指指点点地讲述哪间是客厅,哪间是印坊,哪间是纸库,哪间是书库,我也无法生出往日那种奇异又儒雅的景象来。

倘若留意,那又细又弯高高翘起的檐角,鸟儿一样轻灵的木雕斗拱,敷彩的砖雕,带着画痕的粉墙,还残存一些历史的优雅。但对于挤在这老宅子里生活的人们来说,早已经视而不见。历史走得太远了,连背影也看不到。高大的墙体全都糟朽,表面剥落,砖块粉化,有些地方像肚子一样可怕地挺出来;地面的砖板至少在半个世纪前就全被踩碎了;门窗支离破碎,或者早已不伦不类地更换一新;杂物堆满所有角落,荒草野蔓纠缠其间。唯一可以见证这里曾是印坊的,是一些院子中央摆着一种长圆形的沉重的石缸。它是由整块青石雕出,岁月把它磨光。当年的印房用它来贮墨,如今里边堆着煤块或菜,上边盖着木板;有的弃而不用,积着半盆发黑和泛臭的雨水。

生活在这拥挤的黏湿的腐朽的空间里,是一种煎熬。特别是电视屏幕上闪现着各种华屋和豪宅的时候,人们会憎恶这里,巴望着逃脱出去,切盼现代化早日来到,把它们作为垃圾处理掉。

这就是发明了印刷术的古国最后一个"活化石"必然的命运么?

应该说连城县和四堡镇还是有些有心人的。他们将邹氏家族的祠堂改造为一座小型博物馆,展示着从四堡收集来的古版古书,以及裁纸、印书、切书、装订等种种工具。还将此地雕版的源起、沿革、历代作坊与相关人物,都做了调查和梳理,并在这小展馆中略述大概。可是当我问及现存书版的状况时,回答竟使我十分震惊——只有一套完整的书版!难道这块生育出千千万万图书的沃土已然资源耗尽,贫瘠得连几套书版也找不出来?

其实并非如此,直到今天,无孔不入的古董贩子还在闽北和闽西各地进村入乡、走街串巷去搜罗古书古版。我忽然想起在天津结识的一位书贩子,书源甚厚,原来一些外地的小贩专门在晋、鲁、冀等地挨村挨户为他收集木版小书,然后装在麻袋里背到天津来,被他整麻袋买下。四堡人穷,自然就拿它们换钱。在四堡人的心里这些书版不值几个钱,"文革"时使它生火烧饭和取暖。河北芦台一带,人们还拿着带凸线的画版当作搓板洗衣服用呢!文化受到自己主人的轻视才是真正的悲哀。

四堡的雕版印刷肇始何时,仍是一个谜。但它作为建安版的一个产地,自然属于中华雕版印刷史源头的范畴。特别是宋代汴京沦落,国都南迁,文化中心随之南移,负载着文字传播的印刷业,便在福建西北这一片南国纸张的产地如鱼得水地遍地开花。我国四大发明中的两项——纸张与印刷,始终密切相关。明清两代五六百年,建安图书覆盖江南大地,这也正是四堡的极盛时代,连此地妇女民间服装也与印书有关。她们的上衣"衫袖分开",非常别致。每每印书时套上袖子,印书完毕就摘去袖子,如同套袖。这种服装如今在民间还可以找到。可是到了十九世纪，西方的石印与铅印技术相继传入，四堡的雕版便走向衰落。当一种历史文明从应用到废弃的过程中，最容易被视为垃圾而随手抛掉。四堡的这个过程实在太漫长了，人们早已把遥远的历史辉煌忘得一干二净。从大文明的系统上说，中华文明传承未断；但在许许多多具体的文化脉络上，我们却常常感受到一种失落！

在连城、龙岩、泉州和厦门，我都刻意去到古董店来观察建安书版的流散状况。很不幸，在四堡见不到的书版，在这些商店里很容易地见到。买一块雕工美丽的书版用钱不多。我收集了一些书版和插图版。其中一套清代同治甲戌年（1874年）《太上三元赐福宝忏全卷》，刀法相当精到，使的不过是两瓶酒钱。据说港台有人专门来福建买建安书版，韩国人与日本人更是常客。在二十世纪九十年代书版的买卖一度很红火。现在冷下来，因为好的书版差不多卖绝了。一位贩子对我说："你出大价钱也买不到明代的版子了。你得信我。这东西我干了十几年。我是专家。"

我相信他的话。这些年文化遗存大量流失的另一个负面，是培养出一大批具有专家眼光的贩子来。他们甚至比专家更具鉴别与判断力。在金钱的驱动和市场的渴求中，他们深入穷乡僻壤，扎进山村水寨，走街串巷，寻奇觅宝，他们干的也是一种田野作业，而且不怕吃苦，又肯用力，见识极广，眼光锐利。由于他们是自己掏钱花学费，自然练就了不能掺杂的真本领。

反过来，由于长期对文化的轻视，受制于经费的拮据，便捆住了专家们的手脚。在这些文化沃土上，到处是古董贩子，反倒很少看到专家的身影。

对于四堡来说，一边是文明的中断，人们对先人创造的漠视；

一边是没有专家来把历史的文脉整理出来,连接到当代人的心灵中。而四堡现有的书坊不会坚持太久,残剩在民间的古版又会很快地灭绝。照此说来,最终的结果是,我们这个曾经发明了印刷术的古国就不再有"活态的见证"可言了?

那么,谁救四堡呢?

客家土楼

能称得上人类民居奇迹的,一定有中国客家人的土楼。不管世界有多少伟大的建筑,只要纵入闽西永定和南靖一带的山地,面对着客家人的土楼,一准要受到震撼,发出惊叹。

这种巨型的土堡,带着此地土壤特有的发红的肤色,一片片散落在绿意深浓的山峦与河川之间。它们各异的形态不可思议。圆形的、方形的、纱帽形、八卦形、半月形、椭圆形、交椅形……最大的一座土楼占地竟有数千平米。遗存至今竟有三万五千座!

尽管人们对这种家族式和堡垒式的民居的由来猜测不一,我还是以为中古时代,时受强悍的北方民族侵扰的中原的"衣冠士族"一次次举家南迁而来时,心里带着过度敏感的防范意识,才把自己的巢修筑成这个模样。高大而坚固的外墙,下边绝不开窗,整座楼只开一个门洞,而且是聚族而居。是不是最初这些客家人与本地的原住民发生的激烈的摩擦——那种"土客械斗"所致?我分明感受到这土楼外墙曾经布满了警觉的神经。

定居于异乡异地的客家人很明白,家族是力量之源,是抵御外敌之本,也是生命个体的依靠与归宿,所以,他们把家族的团结和凝聚看得至高无上,甚至把祖先崇拜列在神佛的信仰之上。在每一座土楼里，设在正中的公共建筑都是一座敬奉列祖列宗的祠堂。不管各家土楼怎样安排内部的格局，也都必须严格地遵循长幼尊卑的伦理关系。来自中原的儒家的道德伦理是土楼最可靠的精神秩序。它使这些宗亲式的土楼奇迹般地维持了一二百年，甚至五六百年！像永定县高头镇高北村的承启楼和湖坑镇洪坑村的振成楼，人丁鼎盛时都在六七百人以上。一座楼几乎就是一个村落。一代代人生老病死、婚丧嫁娶皆在其中。各有各的规范与习俗，分别生成各自的文化。进入每一座楼，上上下下走一走，不单内部结构、家居方式、审美特征乃至楹联匾额都迥然殊别。它积淀了数百年的气息和气味也全然不同，这种感觉每踏进一座土楼都会鲜明地感到。任何一座土楼的历史都是一部胜似小说的独特的家族史。在人类学家看来，土楼的内涵一定大于它令人震惊的形态。它的魅力决不止于它外形的奇特，更是它的和谐、包容与博大精深。

　　土堡的"干打垒"的技术来自北方吗？如今，无论是丝绸之路上的古城遗址还是燕北的古村落，那些残存的夯土建筑都已是断壁残垣，只有这里千千万万巨大的土堡，依然完好如初。客家人缘何如此聪明，懂得从此地土产中采集竹片、糯米汁和红糖，合成到泥土中，使得这些"干打垒"的土堡历久不摧？现存最早的土楼竟然建于唐代大历四年（公元 769 年），更别提宋、元、明、清各朝各代大量的遗存，至今仍旧鲜活地被使用着。

　　然而土楼在瓦解！不是坍塌，而是内在人文的散失。

　　不管古代的客家人怎样的智慧，完美地解决了土楼的通风、防潮、隔音、避火、抗震、采光和上下水一切问题。但现代科学带来的方便和舒适无可比拟。于是人们开始一家一家搬出土楼，另择好地方，筑造新居。当前，客家人的后裔已经开始一次新的迁徙运动——和他们的祖先正好相反——他们在纷纷搬出土堡。随着现代化进程的加快，必然愈演愈烈。等到人去楼空的那一天，这数万座曾经风情万种的民居奇观交给谁呢？交给旅游局吗？

在已经被确定为国家重点文物保护单位的振成楼、承启楼、奎聚楼等处，已然可以看到人烟稀薄的迹象；许多屋门上挂着一把大锁，有的锁已经锈红。我们不能简单地指责客家后人轻视自己的文化，人们有权选择自己喜欢的和更舒适的生活方式。而且还要看到，在西方伦理的影响下，宗亲的情感也只是更多地残存在老一辈的心灵里。土楼失去了它精神上的依据和生存之必需。

同时，土楼正在申报世界文化遗产。我想，它无疑是人类珍贵的遗产。可是一旦"申遗"成功，便会成为全球性旅游产业的卖点之一。天天从早到晚一批批异地异国的游人涌进来，爬上爬下，楼中居民要承受这些陌生人在自家的门口窗口伸头探脑，时不时对着自己举起数码相机咔嚓一亮。如今这几座确定为文保单位并开放旅游的名楼中的居民已然日复一日地遭受这种商业骚扰了。对于土楼的住民，旅游业是巨大的压力，正在加速把他们逐出土楼。

倘若这些著名的土楼最终都成为空楼，它们只是一只只巨大而奇特的蝉蜕，趴在闽西的山野间，其中的人文生命与历史传承都不复存。那些古楼的记忆将无人能够解读。兀自留存的只是一种"不可思议"的建筑样式，再加上导游小姐口中的几个添油加醋的小故事而已。

这也是神州各地古民居共同的命运与相同的难题。

保护历史民居的最高要求是设法把人留在里边。这些问题恐怕还没人去想。那么谁想？何时开始去想？

革家·反排·郎德

不入深山，焉知苗寨。

然而，车子真的驶进大山，却像登上老虎的肩膀。狭窄的山路在一千米的高山上左拐右拐，所有折返全都是死弯儿，偏偏又下起了雨，从车窗下望，烟云弥漫的山涧深不见底，心里就打起鼓来。忽然一个鲜蓝色的大家伙出现在挡风玻璃上，连司机小阎——这个行走山路的老手也不觉脱口惊呼一声"哦"。原来一辆出事的大卡车歪在路边！幸亏路边多出一块半米宽的小平面把车子扛住，否则早已落下深渊，粉身碎骨。我说，这司机命有鸿福，被老天爷"拉了一把"，但听了我这话没有人笑，也没人搭话茬儿。车厢里隐隐有种恐惧感。只听见车轱辘在泥路上拧来拧去吱扭吱扭的声音。可是，当车子停在一个宽敞的地界，下了车，抬头一瞧，马上换了一种感觉和心境——就是再险的道路也得来。一片苗家的山寨如同一幅巨型的图画挂在天地之间。

几乎所有苗寨都藏在这偏远的大山的皱褶里。

现代化的触角伸到这里来了吗？喜欢异域情调又不畏辛苦的旅行者到这里来了吗？当我注意到又长又细的电线、电话线已经有力地通进山寨，我相信这里的文化一准会发生松动。这是我此行考察要关注的"点"。我要顺着这电线和电话线去寻找我的问题。

我把几天里跑过的山寨，按照它们所受现代化影响的程度由弱到强排一排队，前后顺序应该是黄平枫香寨、台江反排寨和雷山郎德寨。枫香寨和反排寨在2002年刚被当地县政府列为"生态保护区",而郎德早在 1986 年就被辟为省级"村寨博物馆",2001 年列为国家重点文物保护单位。早已是贵州省极富名气的旅游胜地之一。

黄平县革家的枫香寨包括四十九个村寨,鸟儿一般散布在云贵高原东南边缘的千米大山上。在刚刚修好的一条盘山公路之前,革家人基本上与世隔绝。驱车入寨时,常常会有一头水牛挡在路上,按喇叭也不动。它不怕汽车,这些老牛的祖祖辈辈也没见过这种家伙。至今革家人还在使用半原始的耕作方式。所以无论是自然还是人文这里都是原生态的。

革家人穿着他们红白相间的民族盛装夹道而立,唱着歌儿,并在村口中央设栏门酒,敬酒扣饭,把装在绿草编的兜儿中的红鸡蛋挂在我们的脖子上。此时,我着意地观察她们的表情,一概是真心实意,淳朴之极,没有任何表演之嫌。跟着那些花儿一般的姑娘们,一群群迎上来拉着我们的胳膊时,热情又亲切,她们自古以来就是这么迎接贵客。

革家人自称是射日的羿的后裔。这不仅象征性地表现在他们的头饰上——插着一根儿银簪;还在各家祭拜祖先和神佛的神龛上悬挂竹制的弓箭。革家人不承认自己属于苗族,是一支有待识别的民族。他们的文化自有完整和独特的体系。从语言、信仰、道德、伦理、建筑、器物、工艺、节庆、礼仪、服饰和文艺,都有独自的一套。这是世居此地两万多革家人千年以上历史积淀的结果。而今天,依旧活生生地存在于革家人的山寨里。祖鼓房里的香烟袅袅飘升;早晚就餐前以酒祭祖;房前屋后摆着泛着蓝色的用于"蜡幔"的巨大的染缸;墙壁上挂着许多牛角、猪蹄、鸭毛,是亲友间互赠牲畜礼尚往来的依据……我在这里只看到一件"外来文化",竟与我有关。在一位银匠家的神龛两边,居然贴着各一幅《神鞭》的电影剧照,却也是十几年前(1986年)的了。当地人说革家人是羿之后,天性尚武,故而对善使辫子的傻二抱有兴趣。他们从何处得知《神鞭》,读书?看电影?不得而知。反正当今的科学万能,世界上任何地方也无法封闭了。

革家人送别客人时的礼节可谓惊心动魄。当你从山上的小路走下来时,几百个身穿华服的革家女子会簇拥着你漫山遍野地随同而下。你走小路,她们就走在路两边青草齐腰的野山坡上。她们红色的服装在绿色的山野上像火苗一样跳跃,身上到处的银饰在阳光里闪闪烁烁,好似繁星闪着细碎的光芒。一路上她们还一直不停地唱着山歌,把一杯杯糯米酒送到你的口边。这种礼节充满着一种原始的纯朴、率真与激情。如果这里被开发旅游了,还会有这种场面,或者说它情感和文化的内涵还会这样纯粹吗?

台江的反排苗寨是一个十分独特的苗族分支。只有一千五百人,生活在大山夹峙的山坳坳里。依山而建的单坡吊脚楼与重重叠叠茂密的树木及其浓郁的沁人心脾的木叶的气息相融一体。反排苗人来自远古的长江流域,及今四十五代。在上千年漫长的历史时间里,反排苗寨是由一套极特殊的社会机构——"将纽"(祖先崇拜)、"议榔"(寨规民约)和理老(民间权威)来规范的。在山寨中间一个斜坡上,一块突出地面、半尺来高、黑色方形不起眼的小石柱,就是全寨最高贵的"议榔石"了。直至今天,山寨每有大事,鼓主、寨老和村长都要在这块具有无上权威的石头前商议并做出决断。至于这小小山寨的生活习俗、婚丧仪规、节日庆典、传说艺术、装饰饮食,也都有特立独行的一套。山寨里最引起我关注的是那些石头的神像。这些神都是自然神。人们相信万物有灵，井有井神，水有水神，山有山神，风雨桥的桥头有桥神，他们还敬拜大树和巨石；神像没有任何人工雕造，都是自然的石头，但都是些有灵气的石头。一块石头，前边神奇地伸出一个"头"，正面似脸，又有某种不可思议神气。这些石头的神像是从哪里发现的，谁搬到这里来的，有多少年，没人知道。

小小的反排寨驰名于黔东南，是由于他们能歌善舞。这种用于祭祀祖先的舞蹈极有特点。在木鼓与芦笙雄厚而和谐的伴奏中，年轻人有节奏并起劲地一左一右大幅度地翻转上身，四肢如花一样开放，动律强劲又流畅；姿态奔放又舒展，气氛热烈又凝重，单凭这木鼓舞就把这支苗人的历史精神、地域个性和独自的美感全展示出来了。

可是当他们在山寨前的小广场上以木鼓舞对我们表示欢迎时，站出来一个身穿民族服装的姑娘，用都市舞台上的腔调来报幕。马上让我感到他们在追求都市的认同。他们这样做，既是自觉的，也是不自觉的。这便反映了一种文化的趋向——即弱势文化向强势文化的倾斜；本土文化向全球性流行文化的倾斜。

反排苗寨的木鼓舞早在 1956 年就参加全国农民体育运动会的演出。改革开放以来，不仅跑遍大江南北的大都市甚至到中南海内献演，而且到许多欧美国家参加艺术节。在这样频繁的商业或非商业演出中，他们的木鼓舞还会保持多少原发的情感，那种祭祀祖先时心中庄重又豪迈的情境？他们的艺术名扬天下当然是好事，但是否会不幸应验了德彪西那句话：牧童的笛声一旦离开乡村的背景，就会失去生命。

更加引申我这个想法的是在雷山县著名的郎德寨中。一场音乐会式的演出中，报幕的女孩子居然带着港台腔。在这古老的村寨里，虽然山水依旧，风物犹在，但在吊脚楼下，街口处，常常会有身着民族服饰的妇女挎着小竹篮，上来兜售此地的土产。诸如仿制的银冠和银镯、玩具化的竹笙和简易的绣片等等。一些有特色的吊脚楼已经被开辟为"景点"。在一处临池的木楼上，几位盛装女子背倚"美人靠"在刺绣，墙上挂着她们的绣品；栏杆外的池水被一片青翠的浮萍铺满，再后边是秀美的山川与高高低低的山寨。这漂亮的场面好像在等待拍照，或是等着游人挤在中间合影留念。他们的风俗、特色乃至生活都在商品化吗？我忽然想，这就是革家香枫寨和反排苗寨的明天吗？

　　生活在这浩荡而峥嵘的贵州高原上的人们，有多达四十九个民族身份。其中三十二个民族，十七个世居民族。他们在相互隔绝的历史生活中，创造了斑斓多姿又迥然各异的文化。由于传承有序，很多文化都是高深莫测的"活着的历史"。然而，在进入二十世纪八十年代时却遭遇到它们的终结者——现代化和全球化。

　　它们也有幸运的一面，是此地的政府与文化界觉悟得早。自八十年代这里便有了初步的保护措施。九十年代以来，一些保持原始生态并拥有珍贵文化遗存的村寨被列入省级文化保护单位。1997年中挪合作分别在梭戛（苗族）、隆里古城（汉族）、镇山（布依族）和堂山（侗族）四处建立了"生态博物馆"，从而将这个诞生于法国的一种全新的文化保护的概念与方式，注入到贵州这些日见衰竭、亟待抢救的文化肌体中。法国人对待"生态博物馆"这一概念的明确定义是"在一块特定的土地上，伴随着人们的参与，保证研究、保护与陈列的功能，强调自然和文化遗产的整体，以展现其有代表性的某个领域及继承下来的生态方式。"无疑，这是现代文明最科学的体现了。贵州历来有一批专事民族文化研究的学者，他们的优良传统是一直坚持艰辛的田野调查。因此各民族的文化底细都在他们心里。在他们的参与下，贵州可否建成一个世界级的多民族生态博物馆群？

然而，事情又有不可抗拒和不幸的一面，便是历史文明在当代瓦解速度之快超出我们的想象。当代人被消费主义刺激得物欲如狂，很少有人还会旁顾可有可无的精神。失去了现实和应用意义而退入历史范畴的民间文化自然被摒弃在人们的视野之外。因此现代化和全球化对它的摧毁是急剧的、全方位的、灭绝式的。几乎是一种文化上"断子绝孙"的运动。只要看一看大江南北大大小小城市与县城的趋同化和粗鄙化的骤变就会一目了然。

尽管少数民族的村寨都在偏僻之地，但凡是被现代化触及到的，即刻风光不再。一些村寨已经被改造为单调的工业化产品一般的新式建筑群；大批年轻人摆脱了千年不变的劳作与生活方式，走出村寨到外地打工，一切人文传统因之断绝。单是黔东南地区到江浙一带打工的人数已逾三十万。逢到过年时带回来的往往是王菲和任贤齐的磁带。当电视信号进入山寨，人们自然会把现代都市生活视如缤纷的天国之梦。那些与生俱来的传统风习便黯淡下去。这种冲击是时代的必然，但也正从心灵深处瓦解他们独自的精神。他们怎样才能从人类文明的层面看到自己文化的价值而去珍惜它、保护它、设法传承它？

如今使用自己民族语言的村寨急剧减少。仅举天柱县为例：2002年侗族村二百一十三个，只有一百四十五个使用侗语；苗族村一百一十二个，操苗语的还剩下三十二个。眼下，三十岁以下的年轻人基本上不穿民族服装，在反排苗寨我还看见一位穿牛仔裤的女孩子，竟和那些站在上海外滩与北京王府井街头的女孩一模一样，那些母亲与祖母传下来的精美绝伦的头冠、项圈、手镯、耳环、压领、凤尾和头花呢？十年前，一位法国女子在贵阳市租了一套商品房，花钱雇人去到各族村寨专事收集古老的服装与饰物。这套房子是她聚集这些珍贵的民族民间文物的仓库，每过一阵子，便打包装箱运回法国。她在此一干就是六年。最后才被当地政府发现，警醒之后把她轰走。且不说这位法国女子弄走多少美丽又珍奇的文化遗存，看一看北京潘家园的古玩市场的民族物品商店里成堆的民族服装与器物，就能估算出那些积淀了千年的村寨文化飘零失落的景象。而他们口头不再传说的故事、歌谣和神话呢？又流散到哪里去了？不是正在像云烟一样消失得无影无踪？我们现在要做的是跋山涉水去到村寨里把那些转瞬即逝的无形的文明碎片记录下来，还是坐在书斋里怨天尤人地发出一声声书生的浩叹？

我看到一个村寨打算建立"文化保护区"的报告中的一句话是：要"在接待外来观光、旅游、采风、寻古探奇的客人的食、住、游、购、娱等方面形成一条龙服务"。如果真的实现这个想法，恐怕他们的民族文化最终都会像美国人夏威夷的"土著文化"——变成一种用来取悦于人而换取美元的商品。

少数民族存在于自己的文化里。一旦文化失去，民族的真正意义也就不复存在。这恐怕是对于少数民族文化的抢救和保护真正意义之所在。

而对于正在无奈地走向贫乏和单一的全球化的人类来说，则是要尽力扼守住一份精神的多样。

四访杨家埠

我坚持要在年底前召开"中国木版年画抢救中期推动会议",是因为这个项目启动于年初,历时一年,收获甚丰。不少年画产地(如山东杨家埠,高密;河北武强,内丘;河南朱仙镇;湖南滩头;山西临汾等)普查已经接近完成,应进入整理和编辑阶段;另一些产地(如天津杨柳青、陕西凤翔、四川绵竹等),也将普查工作细密的筛子推入田野与村落。此时急需做的事是进行各产地之间的交流,相互借鉴,规范标准,确定期限,使最终的"收割"工作整齐有序。

此项工作在基本上没有国家经费的情况下展开的,所仰仗的全是各地政府在文化上的自觉。山东潍坊的寒亭区和杨家埠深明大义,慨然出资支持这次会议,故而把会议定于12月26日在潍坊寒亭召开,邀请全国各产地派人来聚首一谈。当年事情当年办,不留尾巴进来年——此亦我做事的习惯。

既然来到寒亭,一定要去杨家埠村,看看那些依然刻印画品的小作坊,拜访杨洛书老人。他今年七十八,却照例是每年10月25日到集上去买四大样(猪肉、白菜、粉条、火烧),煮上一锅,然后按照祖上的规矩,摆供焚香,犒劳案子,开张印画。我还要把从贵阳捎来的一瓶茅台送给他呢。

这次已是四访杨家埠了,原以为只是重温故旧,不料竟有令我惊喜的新得。一是在老艺人杨福源家中,看到墙上挂着一幅《孔子讲学图》。孔子在杏坛讲学,下面坐着七十二弟子。每人一个模样,身边标示姓名。过去不知道杨家埠有这样题材的画,大约与孔子是山东人有关。这种画不是纯粹的年画,而是年画产地刻印的版画。画面上的文字用的是木版书籍上的字体。这个细节颇引起我的注意。

在寒亭的两日里,每晚都要寻一点时间,去拜访此地的民间年画的收藏者。杨家埠一个突出特点是当地有人从事收藏。收藏的本身是一种文化上的自觉与自珍。它的好处是把遗存留在当地,不像山东的平度年画都已飘散四方,致使这次抢救一直无从下手。此外,我也很想了解此地民间收藏的水准,希望从中能有重要的发现。这次见到的寒亭的两位收藏者很有趣,一位藏画,一位藏版,好像分工来做。

藏画者为马志强先生。所藏年画二三百幅,间有高密手绘年画,但大多还是杨家埠的遗存,其间孤品甚多。比方《西王母娘娘蟠桃会》《二进宫》《一门三进士》《文武财神》和《夜读"春秋"》等等都是杨家埠历史上罕见的力作。一些巨幅而豪华的家堂,应在杨柳青和武强之上。其中一连四幅条屏《治家格言》,以"朱夫子治家格言"全篇文字为画面衬托,形式很别致。我注意到文字是刻书的字体,颇见功力。难道杨家埠曾经有这样的刻书高手吗?此外,还有十多卷《避火图》也都是见所未见。

《避火图》是直接描绘性爱生活之版画。或作为性生活的助兴之用;或作为性启蒙,在女儿出嫁时,由母亲悄悄放在陪嫁的箱底。形式为手卷,只有十二至十四公分宽;一连八至十二个画面,内容稍有连续性。如此大小,便于藏掖。《避火图》平时高高地放在房梁上,相传具有避除火灾之力。实际上是由于这种画不便出示于人,避人耳目罢了。昔日画铺卖画,都是把《避火图》贴在门后。杨柳青、武强等地也有《避火图》,但不及杨家埠这样花样繁新。

马先生所藏的《避火图》中，竟在光着身子做爱的女子身边写上人名。有的是戏曲人物的女主角，有的是古典小说的女主人公。比如崔莺莺、青凤、莲花公主、娇娜、白娘子、荷花三娘、阿绣、花姑子等等；还有的是外国女子。看起来很荒诞，却由此可以窥见人们的心底。人们平时看戏时，戏台上那些艳丽五彩、谈情说爱的女主角都是可望而不可及的。现在居然这样公开做爱，不正是宣泄着那时人们被压抑的性心理和性想象吗？

马先生的个人收藏远远在杨家埠年画博物馆之上。杨家埠是我国三大年画产地之一。但几十年前便是不断革命的对象。一次次的暴力洗劫，差不多空了。马先生的收藏很少来自当地。他广泛地从当年应用年画的黄县、滨州、莱州等地的乡间去搜寻，反而将失散的历史汇集得有声有色。

另一位藏版者为徐化源先生，藏版百余块，全是杨家埠的刻品。杨家埠的代表作如《深山猛虎》《神鹰镇宅》《男十忙》《女十忙》《麒麟送子》和《摇钱树》，一应俱全。其中一种"精刻版"叫我领略到杨家埠刻版的独到之功。阳刻的线全用"立刀"，下刀很深，线条犹然婉转自如，版面精整之极，宛如铜铸，单是画版本身就是一件精美的浮雕艺术品。

另外两块版，更使我震惊。一块是杨家埠名画《天下十八省》的印版。画面巨大，描绘着中华山川与各省城镇，应是一幅可以纵览神州的古版地图。此版是其中失群的一块，约 40×30 公分。线刻之细，匪夷所思。现在杨家埠年画博物馆收藏一幅完整的版画《天下十八省》，但与此版不同。我相信这块版是那幅画的祖版。

还有一块也是一块失群的画版。反正面全是文字，依序罗列着夏商周以来历代皇帝称号与年代。类似武强《盘古至今历代帝王全图》。但没有图像，可能图像在其他版块上。尤使我关注的是这些文字都是书版字体，刀刻精纯老到，笔画坚实有力，肯定出自雕刻书版的刻工之手。它使我将杨福源所藏的《孔子讲学图》、马先生所藏的《治家格言》联系到一起，朦胧地感觉到一片刻书的背景。但目前对杨家埠年画的研究还没有旁及到此地图书刻印的历史。所以在会议的闭幕式上我特别强调：

1. 要注意调查年画产地与雕版印刷的历史渊源。像天津杨柳青、河南朱仙镇、苏州桃花坞、山西临汾，都与当时雕版印刷密切相关。年画是我国四大发明之一——印刷术发展的直接产物。

2. 要注意调查民间的收藏品。民间收藏已经聚集着相当一批遗存。对这些遗存中的精品也要设法记录、拍照、立档。

3. 民间年画遗存的一大特征是很少重复。每每发现一件，即是见所未见的孤品，它说明年画这宗文化财富的博大。因此，还要从细调查，避免漏失，尽量把遗存之精华发现出来，记录在"家底"上。

没想到，此次行动还有这样的收获。而意外的收获常常是田野工作的快乐。

可是，对于整个民间文化抢救工程却毫无快乐可言。一年里，耳朵里灌满了方方面面口头的支持，两手却始终空空，举步维艰，一如逆水行舟，偏偏又不肯放弃心中信奉的决定。一天夜里，一位好友自石家庄打电话给我，说："你为什么要把自己放在这样一个困境里？你是殉道者还是一个理想主义者？"

我没有回答，书案上放着两封信。它们在台灯雪白的灯光里一个个字清晰入目——

一封信是一位陌生的七旬老者。家住津西静海县城。他凭着回忆为我画出一幅绝妙的镇海县古城（一字街品字城）图，并告诉我这座世无其二的古县城，半个世纪来一直在不间断地拆除中，直到1989年拆掉孔庙与城隍庙后，便连一丝儿痕迹也没有了。然后他说希望我能出力抢救。我读着信，报以苦笑。从遗骨不存的亡者身上还能抢救回来生命么？陌生老者的信把我引入空茫。

另一封信是内蒙古的民间文化学者郭雨桥写给我的。他今年始发于新疆乌鲁木齐，终抵于内蒙古呼和浩特，途经四省，重点为二州、九县、十七乡，历时一百零八天，行程一万三千七百公里，进行草原民居建筑的普查。我很欣赏他不仅仅从建筑学而是从人类学角度来普查民居建筑。他把风俗、信仰、礼仪、服饰、节庆，乃至自然环境和野生鸟类也纳入调查对象；同时按照此次抢救工作规定以视觉人类学的方式，对文化遗产进行立体和三维的"全记录"。三个多月他拍摄胶卷一百零二个，摄像三十一盘，整理文字十五万字。我感觉他的收获如同我的收获，极是心喜。但是他在信中告诉我，今年已六十岁。返回呼和浩特便接到退休的通知。他感到困惑。他的整个草原民居调查还需要至少三年时间。像他这样弃家不顾的学者，终年在山野草场中踽踽孤行，默默劳作，还能有多少人？去年他在内蒙古草原上写信给我，说他早晨钻出蒙古包，看着一片静穆的白云覆盖的草地，他哭了，他被大自然圣洁又庄严的美感动了。他本想打电话把他的感受直接传递给我，但天远地偏，没有信号。这样的学者又有多少人？故而，多年来他个人的工资稿费全部都为他的责任感付出了。这位学者的信也把我引入空茫。

一年已尽。又是周天寒彻和严严实实遮盖着大地的白雪。

我从中辨认出这一年自己的足迹，纷沓而缭乱；到底是由于奔波还是徘徊不定？也许正是遍看了大地母亲般的民间文化在急速衰亡，才陷入这种焦灼的徘徊中。我知道，我们为之努力和奋争而得到的会十分有限。那无以估量的已知和未知的历史文明最终要像长江的遗存那样丧入浩荡的江底。因为，面对这全球化对本土文化的追杀，整个社会是麻木和不以为然的。我们真的对自己的文明如此绝情？为什么还偏偏自诩为文明古国？是无知还是虚伪？是说给自己还是说给别人听？

看不见窗外的景色，听得见簌簌的雪声。无风时雪花落下来似乎重一些，我感觉到外边的积雪在渐渐加厚。一年里走过的地方都被这大雪厚厚地包藏起来了吧。待冬去春来，揭去这大雪一看，下面尚有茸茸的翠绿还是一片荒芜和无尽的苍凉？

小雨入端午

今日进入端午假日,醒来很早,起身坐在我的"心居",身闲气舒意定神足。我这心居,不是斋号,乃是在阳台一角搭个棚屋,屋里屋外栽些花草藤蔓,屋间放置老家的绿茶、好吃的零食、有弹性的藤椅和心爱的木狮铁佛陶罐石砚等。这是一己的私人角落。平日在外边跑累了,回来坐在这里聚聚气力,抑或有什么未了的思考,便到这里舒展一下脑袋里的翅膀。

今日,我特意在那个木雕花架上挂了几件艳丽五彩的小物件——丝线粽子。这种端午特有的吉祥小品,给花架上青翠又蓬松的蜈蚣草一衬,端午的气息油然而生。其实,过这种古老的节日,不必太刻意表达什么深刻的精神内涵,随性而自然地享受一下传统情味就是了。

小雨从昨晚就来到这个城市里,此刻依旧未走。雨太小,看不到零零落落的雨点,却见屋外边绿叶被雨点敲得一动一动。

眼瞧着这优美地悬垂着的丝线粽子,悠悠地想起一件相关的老事:

念小学的时候,每逢端午佳节,都是班上同学们缠丝线粽子的一次热潮。大家先用硬纸叠成小小的粽子壳,然后使五彩丝线一道道缠起来,缠的过程中不断改变颜色,最后缠成一个个五彩纷呈却各不相同的小粽子来。这原本是课堂上老师教的一种节日手工,由于大家喜爱,课间休息时也缠,下课后不回家还缠。丝线粽子最大的魅力是,颜色完全任由自己搭配,所以每个人都想缠出一个特别又好看的丝线粽子,向别人显摆。于是,弄得教室满地都是彩色线头,做卫生可就费劲了,那些花花绿绿的小线头一扫全绕在扫帚上,得使好大劲才能摘干净。

缠粽子的丝线都是同学们从家里带来的。那时代母亲们在家都做针线,各色丝线家家都有,关键看谁配色好,想法出奇。

我们班上有一个女生,叫徐又芳——那时的孩子名字都是三个字,大概与家族的字辈有关。记得她个子高,短发,衣着很旧,据说她家里穷,家里没有好看的丝线,就从地上拾别人扔的线头来缠;可是她心细手巧,虽然拾的线头很短,但缠出的粽子反而色彩十分复杂和丰富,斑斓又精细,超过了所有的人。我向她借一个拿回家给母亲看,母亲也连连称赞说,这种缠法要每缠一道线换一个颜色,太难了。我说她的线都很短,只能缠一道,因为她的线是从地上拾的。母亲说:这孩子太可怜了,便用一个木线轴缠了各色的丝线,叫我带给她。

要命的是那时我太不懂事。丰子恺说:"孩子的目光是直线的。"其实孩子的一切都是直线的。转天我到班上,把线轴给她,真心对她说:"我母亲说你太可怜了,叫我把这线给你。"

我以为她会高兴,谁料她脸色立刻变得很不好看,只说一句:"我不要!"似乎很生气,转身就走,从此便不大搭理我了,一直到小学毕业各自东西;以后再没有见到她。这个带着对我的误解却无法接受我歉意的女孩如今在哪里?

我当时不明白她何以会那样气愤,后来明白了:

人的自尊是决不能伤害的。

哪怕是不经意的伤害。伤人自尊,那会是一种很深的伤害。

这事过了差不多六十年。虽然平时不会记起,但每逢端午悬挂丝线粽子时都会想起来。原来它深深地记在我的端午的情结里,一年一度提醒着我。

写到此处,小雨似停,天光渐明,外边的朱花碧草像洗过澡一样鲜亮。

2013 年 6 月 10 日

老母为我"扎红"带

今年是马年,我的本命年,又该扎红腰带了。

在古老的传统中,本命年又称"槛儿年",本命年扎红腰带——俗称扎红,就是顺顺当当"过槛儿",寄寓着避邪趋吉的心愿。故而每到本命年,母亲都要亲手为我"扎红"。记得十二年前我甲子岁,母亲已八十六岁,却早早为我准备好了红腰带,除夕那天,亲手为我扎在腰上。那一刻,母亲笑着、我笑着、屋内其他人也笑着,我心里深深的感动。所有孩子自出生一刻,母亲最大的心愿莫过于孩子的健康与平安,这心愿一直伴随着孩子的成长而执着不灭;而我竟有如此洪福,六十岁还能感受到母亲这种天性和深挚的爱。一时心涌激情,对母亲说,待我十二年后,还要她再为我扎红,母亲当然知道我这话里边的含意,笑嘻嘻连连说:好好好。

十二年过去,我的第六个本命年来到,如今七十二岁了。

母亲呢?真棒!她信守诺言,九十八岁寿星般的高龄,依然健康、面无深皱,皮肤和雪白的发丝泛着光亮;最叫我高兴的是她头脑仍旧明晰和富于觉察力,情感也一直那样丰富又敏感,从来没有衰退过。而且,今年一入腊月就告诉我,已经预备了红腰带,要在除夕那天亲手给我扎在腰上,还说这次腰带上的花儿由她自己来绣。她为什么刻意自己来绣?她眼睛的玻璃体有点小问题,还能绣吗?她执意要把深心的一种祝愿,一针针地绣入这传说能够保佑平安的腰带中吗?

于是在除夕这天,我要来体验七十人生少有的一种幸福——由老母来给扎红了。

母亲郑重地从柜里拿出一条摺得分外齐整的鲜红的布腰带，打开给我看；一端是母亲用黄线亲手绣成的四个字"马年大吉"。竖排的四个字，笔划规整，横平竖直，每个针脚都很清晰。这是母亲绣的吗？母亲抬头看着我说："你看绣得行吗，我写好了字，开始总绣不好，太久不绣了，眼看不准手也不准，拆了三次绣了三次，马字下边四个点儿间距总摆不匀，现在这样还可以吧。"我感觉此刻任何语言都无力于心情的表达。妹妹告我，她还换了一次线呢，开头用的是粉红色的线，觉得不显眼，便换成了黄线。妹妹笑对母亲说，你要是再拆再绣，布就扎破了。什么力量使她克服了眼睛里发浑的玻璃体，顽强地使每一针都依从心意、不含糊地绣下去？

母亲为我扎红时十分认真。她两手执带绕过我的腰时，只说一句："你的腰好粗呵。"随后调整带面，正面朝外，再把带子两端汇集到腰前正中，拉紧拉直；结扣时更是着意要像蝴蝶结那样好看，并把带端的字露在表面。她做得一丝不苟，庄重不阿，有一种仪式感，叫我感受到这一古老风俗里有一种对生命的敬畏，还有世世代代对传衍的郑重。

我比母亲身高出一头还多，低头正好看着她的头顶，她稀疏的白发中间，露出光亮的头皮，就像我们从干涸的秋水看得了洁净的河床。母亲真的老了，尽管我坚信自己有很强的能力，却无力使母亲重返往昔的生活——母亲年轻时种种明亮光鲜的形象就像看过的美丽的电影片段那样仍在我的记忆里。

然而此刻，我并没有陷入伤感。因为，活生生的生活证明着，我现在仍然拥有着人间最珍贵的母爱。我鬓角花白却依然是一个孩子，还在被母亲呵护着。而此刻，这种天性的母爱的执着、纯粹、深切、祝愿，全被一针针绣在红带上，温暖而有力地扎在我的腰间。

感谢母亲长寿，叫我们兄弟姐妹们一直有一个仍有母亲当家的家；在远方工作的手足每逢年时依然能够其乐融融地回家过年，享受那种来自童年的深远而常在的情味，也享受着自己一种美好的人生情感的表达——孝顺。

孝，是中国作为人的准则的一个字。是一种缀满果实的树对根的敬意，是万物对大地的感恩，也是人性的回报和回报的人性。

我相信，人生的幸福最终还来自自己的心灵。

此刻，心中更有一个祈望，让母亲再给我扎一次红腰带。

这想法有点神奇吗？不，人活着，什么美好的事都有可能。

2014年2月11日

双倍的悼念

没想到我竟用一篇文章，同时悼念两位心中敬爱的长者——王昆和周巍峙。这样薄薄一纸，何以能承住我此刻沉重的心！

两个月前，在圣彼得堡接到周巍峙去世的噩耗，拜托民协的同事罗杨送上花圈，并给王昆捎去切切的劝慰。因为我知道周巍峙与王昆一生的相依、相扶和相惜；更知道年近九十的王昆失去周老意味着什么。回国后，正想着赴京之时去看看王昆，谁知随即王昆也走了。

在年龄上，我和二位长者相差二十岁甚至还多，然而他们既无长辈的居高临下，更没有因担任过很高职务而与你不舒服地拉开距离；平易、祥和、真心，还有那种温馨感，一如他俩和你相握时柔和的手。可是，再也找不到那种握手的感觉了。

经典的歌曲最容易把人带回过往的岁月，使我们被往事感动，因而我们对这样的歌唱家与音乐家总是心怀敬意和神往。一唱周老的《中国人民志愿军战歌》，就立即被唤起心中二十世纪五十年代明快和铿锵的节奏；王昆唱响《南泥湾》时，与我不是在同一个生活的时空里，然而她那些唱得又美好又纯粹的歌，却叫我们感受到那个时代理想主义的虔诚与纯真。他们带着这些歌走了吗，还是永远留给了我们？

当然永远地留下了。任何历史都不会空白的，一定会留下一些文化经典见证自己和表达自己。比如《白毛女》《中国人民志愿军战歌》《兄妹开荒》《上起刺刀来》《南泥湾》等等。

早在二十世纪八十年代中期，我们就曾投身周老主持的"中国民间文艺十大集成"中民间文学的收集和整理；老实说，当时虽然在做这件事，却没有完全认识到这项文化工程包含的历史眼光与深远意义。直到二十一世纪初我们举行全国民间文化遗产抢救时，回过头看，才领略到周老当年所做的"十套集成"贡献之大。倘若当年没有存录下来那些海量的民间文化宝藏，今天再去找，早已荡然不存。

为此，周老曾经一个一个省去跑，磨破嘴皮子为经费化缘。这和我们后来做的事非常相像。我曾对一位领导说：支持一下周老吧，他都八十多岁了，还要跑到各个省，去请当地政府赞助。

我对周老更深的敬意源于对他的理解。

也许为此，他也理解我们，因而常常出席我们的会议和活动，发表演说，支持我们；甚至不顾高龄，参加我们的田野考察。他八十九岁生日那天，正赶在我们一起从南昌驱车去往赣中考察古村落的路上，还是我们给他买花度过的呢。

两位老人从来都是话不多，表情含蓄，但他们的感情却能让人深切地感受得到。朋友们——白淑湘、韩美林、陈晓光、王铁成、姜昆、资华筠、魏明伦等等都说他俩待人真诚，真好。我曾想，他俩是用什么方式把感情传递给我们的？

前年，我在北京画院举办名为"四驾马车"（文学、绘画、文化遗产保护和教育）的展览。开幕那天，很多朋友来祝贺，我忽然发现周巍峙和王昆竟坐在台下，我很慌张，怎么能叫二位老人坐在台下。据说周老是从医院来的，还坐在轮椅上呢。但是，谁也没办法把他俩请到台上去，只听周老说了一句："我高兴和大家坐在一起。"再一看，周围全是作家艺术家。李光羲、胡松华、张抗抗、濮存昕、刘兰芳、冯英、谭利华、郁钧剑等等。

为此,轮到我上台致词答谢时,我拉着话筒站到台的一端,侧对着台上和台下说:"我之所以站在这里讲话,是因为今天没有台上和台下。今天来出席我这个展览的,都是我的好友,我敬重的人。我表示心中的谢意!"跟着,把手伸向二老那边,示意。

二老看到了,笑了,还是那样的温和与温馨。

那一刻,我明白了,虽然他俩都做过文化领导,但出身于艺术家;更重要的是在他们心里艺术比职务重要。所以他们——他们的责任与感情——始终在艺术也在艺术家中间,在生活也在人民中间;在文艺家之间,所看重的不是你的地位,而是你的作品和你是不是真正热爱艺术,所以在文艺界中他们是深受爱戴的长者和朋友。

当二位长者几乎同时离我们而去,心中的哀痛自然是双倍的,悼念之情也是双倍的、加倍的。然而,我忽发奇想,想到他俩怎么会一前一后,如此接近,几乎是一起走的?这是生前一个太浪漫的约定,还是一种美好到极至的生命的偶然或必然?

在人间结伴一生,然后携手去天堂。还有比这更好的生死同盟吗?

若是如此,天慰我也。

2014 年 11 月 22 日

金婚有感

今年的元旦对我有点特殊——是我的金婚日。

很久很久之前有人对我说：

"你见到的长辈们正在经过的事，最终一件件也会发生在你自己身上。"

这话真的很对，一件件全应验了，结婚，生子，搬家，升迁，祸福；然后是儿子结婚生子。再有便是逢五逢十过生日，逢五逢十过结婚纪念日，却不曾想过"金婚"。今天，我和妻子居然迎来了"金婚"的日子。

记得二十世纪八十年代去看冰心老人，那天老人穿一身缎料制的新衣，十分光鲜，满面笑容；屋里放了香气四溢的盆花，还有一幅黄永玉先生赠送的大幅中堂，画着一树红梅，繁花满纸，更添喜气。冰心的先生吴文藻也是一身新装，不过式样古板一些。待问方知，原来那天是冰心和吴文藻的金婚。那时不知何为"金婚"，再问才知金婚是两个人整整半个世纪的携手相伴。那时我还年轻，心想多么遥远漫长的人生之路，多么长久相依为命的夫妻，才能共同迎来金婚？五十年间的朋友可以断断续续，时远时近，五十年的夫妻却需要天天实实在在生活在一起。什么力量使他们半个世纪不离不弃，怎么才能真正做到"执子之手，与子偕老"？那次拜访，使我对他们多了一层敬意。这敬意缘自他们彼此忠贞不渝的情感。

有人说这是一种持久的坚守。情感也需要坚守吗？人生的事没有体验不能做出回答。

如今我们也站在人生旅途中"金婚"这个驿站上。

我对自己金婚最鲜明的感觉首先是惊奇。

我们怎么这么快就到达这里,我们是飞来的吗?如今,我们不是和半个世纪以前一样说说笑笑吗?对生活与艺术的兴趣不是一点未减吗?过去的岁月只不过像堆在了昨天那样——为什么?是因为我们曾经的生活多经磨砺而不愿回头呢,还是我们天性总生活在希望里,所以不太在乎昨天?都不是。

不久前,我刚写过一部自传性的作品《无路可逃》。我用美国摄影写实主义画家怀斯那种苛刻地追求客观的手法,再现我所经历的崎岖、艰辛以及种种心灵的感受。那时真感觉岁月有种失去尽头般的漫长。然而今天看来,生活不管在当时感觉多么漫长,过后都会变得十分短暂。因为,人生最终会将其中平庸的日子抽掉,留给你的只是一个生命的梗概而已。

但生命的梗概可不是一串干巴巴的概念。它是活生生沉重的负荷、艰辛、险阻,甚至劫难——包括唐山大地震时房倒屋塌——我们都尝受过了。只有尝过,经受过,背负过,并一直相携、相助、相互砥砺,还有相互的宽容和理解,才能共同走到今天,才懂得人生的分量与意义,才知道为什么五十年的婚姻叫做金婚。

金子是炼出来的。然而金婚是怎么炼出来的?

金婚是人生稀有的果实。每一个金婚都是一个奇特的故事。有人问我,会不会把它写下来?我说不会。人生有些事要讲出来,有些事还是放在心里好。然而,我们会用各个时期有特殊意义的照片编一本私人化图集。我想用它构建自己过往的时光隧道,然后走进时光隧道重新认知一下自己。人只有自己的经历才是真正属于自己的。这样做,还为了一种纪念,也是为了一种再现和重温,同时给自己的亲朋好友看看,共享我们的此时此刻。

我喜欢在人生每一个重要的节点上,过得"深"一些,在记忆中刻下一个印记。让生命多一点纵向的东西;这因为前面还有路要走,可能路还挺长,还有曲折。我们想让未来听取过去的告诫。

那么,这个加上"金婚"标注的元旦之日该怎么过呢?按照我们五十年来的一个老习惯,在每一个重要的结婚纪念日里,共同合作一幅画吧。于是元旦这天我们又画了一幅,题目就叫《金婚》,还题诗在上边:

岁月如水入墨池,
此中滋味几人知,
相许一生风雨里,
光华自在金婚时。

2017 年 1 月 3 日

母亲百岁记

昔时中国人记忆里，总有一个挂在脖子上小小而好看的长命锁。那是长辈请人用纯银打制的，锁下边坠着一些精巧的小铃，锁上边刻着四个字：长命百岁。这四个字是世世代代以来对一个新生儿最美好的祝福，一种极致的吉祥话语，一种遥不可及的人间想往，然而从来没想到它能在我亲人的身上实现。天竟赐我这样的鸿福！

天下有多少人能活到三位数？谁能叫自己的生命装进去整整一个世纪的岁久年长？

我骄傲地说——我的母亲！

过去，我不曾有过母亲百岁的奢望。但是在母亲过九十岁生日的时候，我萌生出这种浪漫的痴望。太美好的想法总是伴随着隐隐的担虑。我和家人们嘴里全不说，却都分外用心照料她，心照不宣地为她的百岁目标使劲了。我的兄弟姐妹多，大家各尽其心，又都彼此合力，第三代的孙男娣女也加入进来。特别是母亲患病时，那是我们必需一起迎接的挑战。每逢此时我们就像一支训练有素的球队，凭着默契的配合和倾力倾情，赢下一场场"赛事"。母亲经多磨难，父亲离去后，更加多愁善感；多年来为母亲消解心结已是我们每个人都擅长的事。我无法知道这些年为了母亲的快乐与健康，我们手足之间反反复复通了多少电话。

然而近年来，每当母亲生日我们笑呵呵聚在一起时，也都是满头花发。小弟已七十，大姐都八十了。可是在母亲面前，我们永远是孩子。人只有到了岁数大了，才会知道做孩子的感觉多珍贵多温馨。谁能像我这样，七十五岁了还是儿子；还有身在一棵大树下的感觉，有故乡故土和家的感觉；还能闻到只有母亲身上才有的深挚的气息。

人生很奇特。你小时候，母亲照料你保护你，每当有外人敲门，母亲便会起身去开门，决不会叫你去。可是等到你成长起来，母亲老了，再有外人敲门时，去开门的一定是你；该轮到你来呵护母亲了，人间的角色自然而然地发生转变，这就是美好的人伦与人伦的美好。母亲从九十一、九十二、九十三……一步步向前走。一种奇异的感觉出现了，我似乎觉得母亲愈来愈像我的女儿，我要把她放在手心里，我要保护她，叫她实现自古以来人间最瑰丽的梦想——长命百岁！

母亲住在弟弟的家。我每周二、五下班之后一定要去看她，雷打不动。母亲知我忙，怕我担心她的身体，这一天她都会提前洗脸擦油，拢拢头发，提起精神来，给我看。母亲兴趣多多，喜欢我带来的天南地北的消息，我笑她"心怀天下"。她还是个微信老手，天天将亲友们发给她的美丽的图片和有趣的视频转发他人。有时我在外地开会时，会忽然收到她微信："儿子，你累吗?"于是我一边与她聊天，一边多方"刺探"她身体存在哪些小问题和小不适，想尽快为她消除。我明白，保障她的身体健康是我首要的事。就这样，那个浪漫又遥远的百岁的目标渐渐进入眼帘了。

到了去年，母亲九十九周岁。她身体很好，身体也有力量，想象力依然活跃，我开始设想来年如何为她庆寿时，她忽说："我明年不过生日了，后年我过一百零一岁。"我先是不解，后来才明白，"百岁"这个日子确实太辉煌，她把它看成一道高高的门坎了，就像跳高运动员面对的横杆。我知道，这是她本能地对生命的一种畏惧，又是一种渴望。于是我与兄弟姐妹们说好，不再对她说百岁生日，不给她压力，等到了百岁那天来到自然就要庆贺了。可是我自己的心里也生出了一种担心——怕她在生日前生病。

然而，担心变成了现实，就在她生日前的两个月突然丹毒袭体，来势极猛，发冷发烧，小腿红肿得发亮，这便赶紧送进医院，打针输液，病情刚刚好转，旋又复发，再次入院，直到生日前三日才出院，虽然病魔赶走，然而一连五十天输液吃药，伤了胃口，变得体弱神衰，无法庆贺寿辰。于是兄弟姐妹大家商定，百岁这天，轮流去向她祝贺生日，说说话，稍坐即离，不叫她劳累。午餐时，只由我和爱人、弟弟，陪她吃寿面。我们相约依照传统，待到母亲身体康复后，一家老小再为她好好补寿。

尽管在这百年难逢的日子里，这样做尴尬又难堪，不能尽大喜之兴，不能让这人间盛事如花般盛开，但是今天——

母亲已经站在这里——站在生命长途上一个用金子搭成的驿站上了。一百年漫长又崎岖的路已然记载在她生命的行程里。她真了不起，一步跨进了自己的新世纪。此时此刻我却仍然觉得像是在一种神奇和发光的梦里。

故而，我们没有华庭盛筵，没有四世同堂，只有一张小桌，几个适合母亲口味的家常小菜，一碗用木耳、面筋、鸡蛋和少许嫩肉烧成的拌卤，一点点红酒，无限温馨地为母亲举杯祝贺。母亲今天没有梳妆，不能拍照留念，我只能把眼前如此珍贵的画面记在心里。母亲还是有些衰弱，只吃了七八根面条，一点绿色的菠菜，饮小半口酒。但能与母亲长久相伴下去就是儿辈莫大的幸福了。我相信世间很多人内心深处都有这句话。

此刻，我愿意把此情此景告诉给我所有的朋友与熟人，这才是一件可以和朋友们共享的人间的幸福。

2017 年 9 月 23 日

太行山的老村子

那年在开封办完事,决定去到山西的长治平顺一带考察古村落;由开封到晋中有几条路可行,我决定取道豫北的新乡,穿越太行山,顺路看看山里边的老村子。早就听摄影家和画家告诉我,山中有许多古村美丽如画。

然而,当我们驱车在那些重重叠叠的雄山险谷中蜿蜒穿行时,一路上所看到的山村给我的震撼却不是美,而是一种死寂般的苍凉。这些大大小小的山村或隐身于林木茂盛的山坳,或依傍于溪谷,或伫立在一块巨大的石崖上,看上去像宋人绘画里的景象,可是现在全已经空空如也,绝无人烟,有如鸟雀飞去后扔下的空巢,黑糊糊、轻飘飘挂在树顶上,狂风一来,即可散落。我在一两处空村前停车,下去看看。屋里屋外扔着石碾、轧刀、锄头、瓦缸、破木凳木桌……晾衣绳还拴在树上,老门拴扔在地上,陶瓶土罐堆在窗台上,碎石头堆砌的小神龛立在绝壁前,甚至还有一尊石刻的土地爷发呆地坐在里边。无疑,这里的人们离开了他们祖祖辈辈、靠山吃饭、艰辛生存的地方,欢欢喜喜寻找新生活去了。那么这些"空巢"呢?没人顾得上。据说只是在夏秋之交,会有零星的摄影家开着吉普,带点吃的用的上来,在这空无一人的山村里找间屋子住几天,晚上睡,白天去拍照,待过足了拍摄瘾,扔下村子开车走了。这次太行之行,令我百感交集;既有为山里人跑出去奔往新生活的欣然,也有一种被遗弃、冷落的历史带来的伤感。

此次来到邢台的沙河开全国传统村落立档调查工作会议,听说这里也是太行山区，老村子也不少，有一些保存得相当不错，当地的人居然有心气儿想把自己的村子保护起来。这便勾起我数年前太行山之行的那些感触，寻得时间，一连看了好几个村子。

没想到沙河这里的老村子竟如此特别！它与我上次在山西那边看到的山村虽然同属太行，都是依山就势、就地取材，都是石板路石头房子，但沙河这边的民居这股子燕赵之地特有的豪迈和刚健，在三晋那边是看不到的。所有民居的墙体都是从山岩凿下的发红而粗砺的石块砌成的，石头的体积大似斗；所有的屋顶都是从叠层的山岩取下的巨大而光滑的石板铺成的，石板的面积宽如床。更看不到的是这里独自的历史给村庄方方面面带来的奇异的"特色"。

比方王硇村。传说它的创建者是一位王姓的四川人，五品武官，押运一批皇纲进京，途经这片几省交界、匪盗纵横之地，遭了劫，自家性命难保，便隐居山里生存繁衍，渐渐成了一个村子。为此，这个村子在建造上有很强的防御性。不仅每个道口都有一座可以瞭望的碉楼，家家户户还有暗道和地道相连。我爬到一处较高的民居屋顶上一看，层层叠叠，俨然一座坚固无比的石头山寨。而它最具神秘色彩的是每个院落的东南角都向内退进去一块地方，当地人称"有钱难买东南缺"，据说由于他们的祖先在四川，东南方向正对着自己的家乡，他们以此表示怀祖与乡愁；彰显着本村一个独有的传统：对根的依恋，至今依然。一个村子有这样的传统，人情事态自然独异于他乡。

与村人聊天得知，近十多年中，沙河这些老村子的年轻人也多外出打工，村民老龄化严重。但最近两三年悄悄有了变化，人们开始重视自己村子的历史及其遗产；那些在老人记忆中原以为是"陈谷子烂芝麻"的老事，都成了可以获得许多"新发现"的有价

从地震抢救的书籍中查找资料

在"三作家书画展"上作画(1979年)

值的矿藏。从抗战到解放战争这里一直是"革命老区"。由于这些村庄身处山地，隐蔽性强，加上自身构造的防御性，许多大人物如朱德、邓小平、刘伯承等都住过这里。这两年，人们把这些经历非凡的老院子老房子——县政府、独立营、交通站、抗日小学都收拾出来；人们还从自己家里翻腾出当年邓小平和刘伯承署名的立功牌匾，以及战时出入这些村子的路条，纷纷拿到一间小小的具有博物馆雏形的展室陈列出来；除去这些珍贵的"红色物件"，还有老农具和老家什。虽然这里还没有开展旅游，但到假日和周末陆续已有游客慕名而来；在一两个院落里，已经有农家妇女做纺线织布的演示。传统生活的一幕被他们活生生地保持下来了。他们哪来的这样的意识？别以为今天的农民还是封闭的。他们天天看电视，还出去旅游，手机上网，对天下的事知道得愈来愈多；王硇村的老村长王现增说村里曾经组织几十个青年人到皖南的宏村西递开阔眼光，学习经验。你与他们聊天时会发现，他们都知道"古村落"这个词儿了。你说他们村是古村落，他们就会高兴。

　　我问他们将来是不是也想搞旅游。他们都说"想"。他们已经懂得自己独特的历史与民俗是一种"天赐"的旅游资源；旅游对文化的正面效应是使当地的人们认识到历史文化的价值是什么，在哪里，从而有利于文化的保护与传承。他们向我征询开展旅游时要注意什么。我给他们的建议很简单。一要干净卫生；二要全是真的，千万别造假；三是不要做大做强，别透支。村子还得是人们安居乐业的地方，是家园，不是景点。不能一切围着旅游转。一旦开展旅游，这个尺度可得"拿捏"好。

　　我对沙河这些村子还是很放心的。因为他们很爱自己的村子，有的村子已经编写和出版了自己的村史了。十年前全国也没有多少村子有村史呀。但今天的沙河人已经开始整理自己的历史和文化财富了。在大坪村，村民们引着我去看他们的一座石头房子，这房子是借着一块巨大的岩石势头垒起来的，石屋与山岩浑然一体，坚实无比，显示他们先人的智慧。我拉着他们在这石屋前合影时，扭脸看着他们咧着嘴得意又自豪的笑。心想这笑里边不已有了一种"文化的自觉"了吗？老百姓的文化自觉才是村落保护最可靠和最根本的保证啊。

如果这种村民的自觉来得再早一些多好呢。上次在太行山里看到那些村子就不会全成了空巢，可是现在的"自觉"也不能说晚，我们还有不少优美和醇厚的古村正期待着他们主人的这种自觉呢。

2015 年 6 月 19 日

半浦村记

　　半浦在宁波江北,依江傍海,土沃草肥,人民勤快,是个古老的鱼米之乡,至今依然恬静地躺在这块土地上。由于历时久远,模样苍老了一些,但浙江的村子都很洁净。看起来像一个南方的老婆婆,满脸细细弯曲的皱纹,慈眉善目,一身干干净净的衣衫,鬓发梳得整齐,仪态安然地坐在那里。

　　村子不算大,一千多人。但外出打工营生的人很少,十之八九还住在村子里,人气儿依然旺足,这在当今的村落不多见了。只是时下天已入冬,田里没农活了,在周边企业里干活的人又都去上班,村里很静,鲜见人影,只有鸡呀狗呀在街上溜达,雀儿们时不时落到街心找东西吃。

　　一入村口就看见一溜儿几个牌子,上边写着这个村子的历史、遗存、族姓、物产、风习,明显带着几分挺自豪的神气。半浦虽然没列入国家级村落保护名录,只是个市级的古村落,但半浦人却把自己看得很重。由于它东达上海,北接慈城,通江接海,舟车往来,历史上的半浦比现在要大,也更重要,够得上一个乡镇。能想到这个小村子里曾经有一个藏书楼,还有过一个规模不小的"半浦小学"吗?现在半浦小学的建筑还在,一幢灰砖黛瓦、素雅又宽敞、带木廊子的两层楼房,带着民国时期的风情,叫人想起柔石《二月》电影里那座教学楼。但如今历史过去了,人去楼空,还没派上用场。中国的村庄很少文字史,百年以上事物只要没有人再去念叨,往往就会失忆。失忆了就没用了——干脆扔了吗?

半浦人没这么做，他们紧紧抓住自己仅剩无多的历史遗存。他们知道只有这些残缺不整却实实在在的历史遗存可以见证他们的身份与来历。所以，他们将村中仅存的二十四座有价值的老建筑视作珍宝，比如：祠堂、庙宇、府第和几座经典性的江南民居。我跑到这些建筑里看看，有的已经修好，修得很精意，保持着原先的气质；有的还没有修，依然断壁残垣，却不去乱动，连昔时挂在门廊上挂食篮的木钩子，还原原本本吊在那里，历史留下的每个特殊的细节里不都包含着一个美妙的故事吗？

半浦人对自己村落的保护是小心翼翼的。历时久远的古村大多陈旧落寞，支离破败，半浦人的做法是分期分批地整理，先把精华修缮出来，再着手其它；即使精华也一座座地精修细做，不急不躁。因为他们把自己的村落遗存当做引以为荣的宝贝，不是当做向游人吆喝的景点，所以在这里看不到大拆大建的工地。走在村中，有一种家园般的亲和感，可以看到浙东村落独有的气质与生活。比如说，南方多雨，村中所有门窗的上方，都伸出一块薄薄的石板做檐，以遮雨水；由于空气的湿度大，被褥潮湿，白天拿到院外，沿墙搭在绳子上晾晒，晒干了，晚上盖在身上就会舒服。走在街上，从这些沿墙的、晒暖的、花花绿绿的被子前面走过，会感到一种生活的柔软与温馨。在村口新建的文化礼堂里，我遇到几位中老年人正在自拉自唱，细一听是这里的家乡戏——越剧《情探·盟誓》；两位中年女子一青衣一小生，唱得投入；操琴的老音弦拉得更是起劲。于是，一种古村的情味油然而生。当然，时代新事物也正在渐渐走进村中，比如现代的家庭设施、电子设备、交通工具等等；在刚刚修好的半浦小学的楼前我见到一位女士，她来自一个民间的公益文化机构，正和村里商议，要利用这座空置的教学楼开办慈孝文化教育。因为宁波慈城是江南驰名的慈孝文化之乡，历史资源很深厚。我问她：会有多少孩子到这个村子里来参加活动？她说五万，这数字相当惊人，怎么会有这么多人？她说，他们面对的将是整个宁波地区的小学生，而且是纯义务的文化教育。他们想让新一代人能够继承中华民族这个优秀的传统，她希望我能在教育理念上和方式上给他们一些建议。

我听了很感动。心想，在半浦村这里所看到的不正是我们希望的古村落吗——

敬畏自身的历史与传统，不急不躁，量力而行，先把精华做好抓在手里，再步步为营地做下去。首先是环境洁净，有山有水。不仅有珍贵的遗存，还有鲜活的文化传承，更要有渐渐好起来的生活，有自己的特色与追求。这一切是从哪里来的，不是来自当地老百姓自己的"文化自觉"吗？如果老百姓明白了，自觉了，又何愁保护与传承。那么我们的工作应当从哪里开始，做什么和怎么做，不是已经一目了然了吗？

一句话，到村子里去，唤起那里民众的文化自觉。

2015 年 12 月 11 日

中国最古老的村落在哪里？

我们在做古村落调查时常会想，中国现存最古老的村落是哪个，在哪里，什么时代的，距今多少年？

可是，村落一般是自然聚居而成的，没有具体的建村年代，而我国的村落又鲜有村史，无从可考，缺少实证，从何处知得哪个村落最古老？

然而，最近在浙东做村落考察时，我却意外地"发现"到最古老的村落，就在宁波的河姆渡。它形成于史前的新石器时代，距今七千年。我一连两次跑到那里，是为了看看最早的村落什么样子，会给我哪些启示。

当然，它不再是活态的村落，早已化为一片大文化的遗址，但从这里至今犹存大量的干栏式建筑的残骸，可以想见河姆渡人曾经在浙东这块湿润而舒缓的土地上所建造的村落风景；尽管岁月遥不可及，但从留在这片遗址中发掘到的极其丰富的遗物，完全可以触摸到我们祖先最初迷人的村落生活。

这感受真是奇妙无比！

那时，我们的先人的生活充满了凶险与艰辛，各种猛兽时时来袭，野象、四不像、鳄鱼、猛虎；还不时遭遇到各类可怕的自然灾害，雷电、大火、洪水、疾病；面对这些直逼生命的威胁，人是孤立无援的；没有任何抵御的武器，没有医药，只有一双手；然而无比顽强与智慧的河姆渡人，就凭自己的双手用身边大自然的石头、木头、泥土、苇草，以及兽骨、鱼骨、鸟骨来制作各种工具与器具,猎杀野兽,盖房造屋,获取食物,建立生活;而且在这里还做了一件伟大的事——将"野生稻"培植成了人工栽种的谷物。这可是中华民族历史进程中走出的极其伟大的一步!这一步,从居无定所的渔猎时代跨入了定居生活的农耕时代;从而将自己的生命及其情感与土地牢牢地扭结在一起。一种全新的生活创造开始了。

最早的农耕工具出现了,翻土的耒耜、点种的木棒、收割庄稼的镰、舀米的杵、盛粮的陶罐。当然,远不只这些——

令人惊讶的是河姆渡人非凡的才智和高度的技术能力;他们能把石锛打磨得像经过现代"机加工"那么细腻光滑,将骨针的针孔雕琢得又圆又小、草绳子编得又长又韧、箭镞和钻头造得锋利逼人。他们可是七十个世纪前的远古人呵!最叫人惊叹的,是他们发明了形制那么多样的榫卯与木构件,柱脚榫、梁头榫、燕尾榫、销钉榫等等。直到现在我们的木工还在用这些种榫卯,那时可没有金属来破解木头和凿出榫孔呵。就凭着这些构件,他们在这片丰饶的土地上构筑起一座座坚固而巨大、可容三四十人居住和生活的干栏式建筑。尽管遗址保留的建筑残骸不是全部,但一个原始村落已经如画地呈现在我们眼前了。

我们的先人在这里过着群居式的集体生活。一边捕鱼猎兽,一边采集果实,一边耕种稻谷,而且开始驯养猪、牛、狗等家畜了。因此,他们能吃到大米和有荤有素的食物。村中一座木构的水井,是迄今为止发现最早的一口水井,说明他们竟然发现了地下水;这使他们有充足的水喝。水井的出现使他们的村落生活更加安定,只有安定才能不断地积淀与建设。为此,河姆渡人便开始追求更高级的生活——精神生活。

细心观察就会发现,他们已经很讲究物品的造形了;单是煮食烧饭陶釜的式样就十分繁多与优美，上边还雕刻着各种好看的图案与可爱的形象。各种工具上的装饰更是花样纷繁，这都体现着他们对生活的情感。至于那些佩戴在他们自己身上的骨坠、石珠、玉管，则表明我们祖先的爱美之心。有一块线刻的象牙蝶形器，是河姆渡出土的极品，上面用精细和流畅的阴线，刻划着两只昂奋欲腾的鸟与一轮灼热的太阳，鲜活生动，激情洋溢，不仅叫我们看到先人的精神想往，其雕刻技艺之精湛，令人惊叹不已。更令我震撼的是几件小小的雕塑，一头陶猪，一条鱼，一只羊，还有人面；那种简洁、洗练、生动与传神，即使在今天，亦是艺术的杰作。

更美好的艺术也在这个村落里出现了——音乐。这里发现的吹奏器骨哨，打击乐器木鼓，以及单孔的陶埙，在告诉我们这个原始村落的生活曾经如何动人。他们是否还有动律优美的舞蹈呢？

从河姆渡这些大批遗物中，能够鲜明看出我们的先人的精神世界：对大自然的敬畏，对美的崇尚，对美好生活的热爱与向往。他们已经不是为了求生的本能活着。这种精神是村落核心与本质的精神。七千年来，它不一直是我们村落赖以衍存不败的精神定力和不断进取的内心的动力吗？

应该说，河姆渡的村落已经是较为成熟的原始村落。不仅规模可观，而且具备一整套生产与生活的村落体系，拥有相当程度的物质与精神的村落文明。对富足的追求，促使他们生产技术不断地创新与进步，他们已经能够制造最早的织机和漆器了。这样，在技能性专业上如制陶、盖屋、捕猎、耕作、编织必然有了分工；分工愈清楚就愈要求彼此有序地配合；如果没有相互的配合与协调，这么大型的干栏式怎么能盖得起来？于是在这个村落里，我们看到人类历史上一个重要的文明形态——社会的出现。从而使我们认识到，最古老村落既是人类生产生活最初的聚落，也是社会形成的基地，文明的发祥地。我们今天村落所有根本性的元素，河姆渡那时都已经有了，虽然那时还是我们中华民族的"孩提时代"。它告诉我们村落的本质与意义。因此我们说，村落是我们最早的家园，是扎在大地上最深和最关键的根。

我们今天已进入比较高度的现代文明，但如果没有先人的创造，特别是对村落的创造，就不会有今天。然而，对古村落留给我们更广泛和深邃的内含，我们是否全都真正认识到了呢？

我们感谢河姆渡人！不仅因为他们创造了最早的村落，更由于它跨越七十个世纪，居然完整而神奇地保留至今。从而叫我们认识到村落的意义与价值，使我们敬畏与珍惜古村落。

在人类历史由农耕文明向工业文明转型的当代，我们保护好一些具有各类代表性的古村落，不正是为我们后代留下农耕历史的文明标本，让我们的后代对自己的文明永远有家可回吗？

2016 年 5 月 1 日

胡卜村的乡愁与创举

绍兴的胡卜村是个仪态万方的老村子。按照中国传统选址建村的风水观,这个村子的祖先可谓慧眼独具,选上了这块"风水宝地"。它背倚郁郁葱葱的七星峰,稳稳地坐在舒缓的山坡上,下临清澈又光亮的梅溪。村中有五六百户人家,都能有根有据说出自己村子一千年来厚厚实实的历史。这里一直保存着自己的村中名胜,胡姓家族的祠堂,优美的宅院,地方信仰的小庙,过街牌坊,还有滋有味地传承并享用着自己独有的习俗、民艺、小吃和传之久远的目连戏与越剧;村中一些参天的古木形姿如画,更令他们引为自豪。按照国家"中国传统村落名录"的标准和要求,如此典型和遗存丰厚的浙东古村是应当提出申报的;如果被认定为传统村落,就会进入国家的保护范畴。但是它的"命"不好,已经被划入浙江正在兴建的大型工程钦寸水库的淹没区内。钦寸水库事关宁绍平原的防洪、灌溉、饮用水与发电,意义重大。为此,胡卜村必将从地图上抹去,这命运别无选择。可是,世世代代生活在这里的胡卜村人不情愿、不甘心。他们知道自己古村的价值,不能叫它葬身水底,怎么办?

一年多前就有人找我说,浙江绍兴建水库,有个老村子要被淹,想请我写块碑刻在石头上,沉在水里,永志纪念。我听了,心一动,被这村子百姓的乡情而触动。后来又听说,百姓们想大家捐款,共同出力,把村子整体迁出库区,村民们竟然如此深爱自己的村庄,叫我颇受感动。可是原封不动地迁一个村子难度极大,这近乎浪漫的想法能实现吗？待到近日我要去慈溪参加传统村落保护的国际论坛，这村子有人得到消息，跑来找我，他们带来一个消息叫我大受震动，原来他们真的实现了自己的愿望，已经把整个胡卜村从库区迁出来了。他们想叫我过去看看，同他们一起研究如何重建。

在丘陵起伏的宁绍平原的一块高地上，我看到的已是拆散了的胡卜村。他们用铝板盖建了两座巨型的库房，进去一瞧，里边竟然堆满一个村落所有重要的遗存。从祠堂、庙宇、房屋宅院的所有构件，到农耕器具、交通工具和家具什物；只要是有特色、有特殊内涵、有记忆的有形元素，全被收集到这里。据说，他们在拆卸古建之前，全做了严格的测绘与标记，拆卸后整齐有序地摆放在仓库里，以备重建。至于他们日常生活那些花样百出的各类物品，如炊具、餐具、烟具、灯具、酒具、量具、文具、供具、玩具、雨具以及乐器、算盘、麻将、鸟笼、棋子、篦子、拐杖、针线、书本、衣物和鞋帽等等更是一样不少，应有尽有。看得出，他们对自己的生活与家乡的珍爱与依恋，一样也不肯丢弃，还执意叫它们"活"在世上。

令我最震撼的是仓库外的大片空地上，浩浩荡荡摆满村中的石础石板、石磨石臼、老砖老瓦，单是水缸就有一两千个。胡卜村的古树是他们村子的"传家宝"，全部迁了出来，树身上下扎满草绳，像一群腿壮腰圆、身高数丈的大汉立在那里，等待被安置在重建的古村中。这之中还有一屯屯黄土，一问方知，是村民从村中挖出的"故土"，这才是"故土难离"呵！面对这一切，我心里一阵阵感动，我被胡卜村人如此真挚而深切的乡情深深打动了。不是总有人问什么是乡愁，这不就是活生生、真切的乡愁吗？乡愁不就是我们的百姓对生养自己的故土故乡刻骨铭心的情感与爱恋吗？不就是家园真正的精神价值吗？现在，胡卜村人用自己的行动把它如此夺目地体现了出来。这真是一个非凡的壮举，一个世所罕见的创举！

后来进一步了解，知道了这里边更多的故事。

在胡卜村人为自己的村子筹谋出路时，一位老人对本村在外办企业的一位人士说："你有力量，这事你得管管。"这位人士在绍兴办一座科技含量颇高的现代化工医药企业，相当成功。他也深爱自己的故乡，愿意为家乡出力，慨然说："这是我们共同的老家，我应当管。"

这个企业对如何办好这件事反复做了研究。他们知道，要把一个村子迁出去重建并不简单，首先要有土地，重建要另做规划和设计，建成后还要长期管理好。还有，胡卜村的村民作为库区移民，都要被安置到异地他乡。重建的古村不会再是原先生活的胡卜村，那它应该是什么形态？谁来保存？谁来做？他们认为，只有用企业行为来做这件事，把古村建成一个类似欧洲的"露天博物馆"（或称乡村博物馆）：既是历史原真性的静态陈设，也含有一些活态的生活文化；既是本村本地区的百姓回来寻根问祖、寄托乡思之处，也是四方游人前来观赏一座原汁原味的千年古村之地。这样，一个遗存丰厚的千年古村不就保存下来了吗？他们把这个想法与地方政府一谈，得到支持，用地也确定了，就在现在仓库上边的山岗上。将来水库蓄满，这山岗会变成一个半岛，站在岛上可以俯瞰淹没胡卜村的水面。胡卜村的遗址将永沉水底，古村却神态依然地伫立在宁绍这块土地上。

在村民还缺乏文化自觉时，我们要启发他们这种自觉；当他们有了文化自觉，我们要帮助他们做好文化的事。

  我对他们说，我们当然应该帮助你们好好琢磨一下这个露天博物馆怎样建。这可是严格意义上中国第一个古村露天博物馆，要做就做成一个地地道道的"范本"，做成兼有很高旅游价值的历史文化精品，而不是粗糙的旅游景点。这样，既对得起胡卜村的历史，更不能辜负胡卜村民们如此深挚又美丽的乡情。

2016 年 5 月 17 日

白洋淀之忧

　　白洋淀，这片被孙犁先生以清亮透彻的文字描述过的燕赵水国，一直令我心迷神往。可是阴错阳差，直至今天才有机会去；什么机缘呢——是因为它可能成为未来雄安新区中风情独具的"明星"吗？

　　但是，到了今天的白洋淀。坦率地说，我心中那个"白洋淀"几乎一下被击碎了。站在游客蜂拥的码头上，面对着被芦苇围拢的大片水域，我看到的是大量橘红色：电动机发动的快艇，飞快地往来奔驰。每条快艇都掀起很高的水浪，并在这层层浪波中颠簸不已。为了安全，每位游客必须穿上橘红色惹目的救生衣。看上去像正在举行一场水上的飙艇比赛。当你被游艇载入芦苇荡中，完全感受不到那种心慕已久的世外的神奇与神秘，听不到孙犁先生所写的"鸟叫与歌声"，只有一艘艘汽艇从身边掠过，马达的轰鸣不绝于耳，想说话都得喊。

　　如果你被带到淀里的水村中，最多只是看到一些站在道边卖水产品的当地村民，在农家乐吃点鱼虾。近来，随着白洋淀旅游升温，刺激起这一带农村的开发热。乡村旅游原本是好事，但事起仓促，加上当地一些主事人急于求成和缺乏文化眼光，在翻新和新建的房屋上出了问题。虽说白洋淀曾有"北国江南"的说法，但村舍的形制自具特色，与江南截然不同。南方多雨，屋顶是坡顶；这里的村舍则不同，屋顶是晒粮食的地方，而且历史上淀里每逢水大洪泛，村民就得把屋里的东西搬到屋顶上。这种平顶的四周有一圈女儿墙，墙边有一些排水用的式样好看的陶制"滴水"。房屋彼此挨得很近，有些屋顶几乎相连，相距远一些的一步也能跨过去。因而屋顶往往是邻家相互间走来走去"串门"的地方。这样的民居唯白洋淀独有，开发时却一锅端了，竟然真造起一个"江南"了！有徽派的、江南水乡式的，甚至苏州园林式的，全都原封不动搬过来。在淀里驰艇，掠过眼帘的到处是灰砖青瓦的斜顶新房，宛如到了江浙。更可笑的是，村外还修上一道道蜿蜒曲折的苏州园林式的粉墙。墙上装饰着各种圆形、菱形、扇形等的花窗。有几幢房屋更怪，样子非中非西。细一问，原是一位在日本留学的建筑师干的。据说他喜欢日式建筑，就说服当地领导建了这么一些日式房子。这个抗战时期雁翎队出没的神奇地方，居然竖立起日式建筑，不叫人啼笑皆非吗？为什么我们的建筑总是不考虑历史的环境和环境的历史，不懂得也不研究地域的人文，凭着无知而胡作非为呢？

这就是白洋淀吗？

能够叫我们辨识白洋淀的只有芦苇了。可是芦苇也有危机。芦苇曾经是天赐白洋淀人的财宝。白洋淀人用它织席编帘，用它铺盖屋顶，当柴使唤，烧火煮饭。但是现在却很少有人再用它编席，用它造屋；拿它烧火会污染大气。失去了功能与应用价值的芦苇已经几年不割，不割就会萎缩，杆茎的弱化是白洋淀芦苇面临的时代性的威胁。更何况我已经注意到浸进水中的苇茎周围漂浮着游艇带来的亮闪闪、冒着蓝光的油花了。

唯一让我感到安慰的是东淀头村在村落开发重建中，留下该村五十年代一幢平顶老宅——虽然仅仅一幢，却还能让我们领略到此地祖祖辈辈生活的情状。还有大淀头村自建的一座小小的博物馆，保存着该村世世代代使用过的一些当地特有的渔具、编织机与生活器物，还有上世纪知青生活的某些珍贵的遗迹。这个博物馆虽然还嫌太小、太单薄和简易，但这是他们用心来做的。是对自己历史的敬畏和文化上的自觉。我对老村长说："你要提早留下几只老渔船和放鸭排，放进博物馆。社会发展得太快，这东西很快就没了。"老村长笑道："我会的，会的。"他是个难得和少有的明白人。

可是怎样使这种自觉成为这片土地上的文化自觉呢？这种事应由谁来做？知识界有多少人会到白洋淀帮助他们踏踏实实做些文化传承与建设上的事，而不是去找项目、盖房子——赚钱？

如果当地缺乏这种文化的自觉，我们就会渐渐失去白洋淀的风情、白洋淀的个性和白洋淀的精神。这恐怕是白洋淀必须面对的问题了。

2017 年 11 月 20 日

城市要有旧书市场

在一个城市里，买新书要去书店，找旧书要去旧书市场。新书是新出版的书；旧书却包括过去出版的所有的书。许多书出版后不一定再版，想看想用，只有到旧书市场去找。所以，到书店是买新书，到市场里是淘旧书。淘旧书时还总会有一些不期而遇和意外发现。发现到一本不曾知道的特殊的书，像发现一片未知的新大陆。对于一个爱书的人，旧书市场充满着太多的乐趣，有很强的魅力。

记得年轻时，我最喜欢去的地方之一是天津劝业商场与天祥商场"结合部"——那地方是新华书店的旧书部，架上桌上堆满旧书，但是线装书、洋装书以及各类不同内容的书全部分得清清楚楚。那时新华书店的旧书部分做两部分。收购部在和平路泰康商场旁一个临街的店面内。倘若人们有不看的书便可以拿到那里去卖。书店把买到的旧书整理好，放到劝业场这边的旧书店来卖。旧书的流动量很大，我经常从那里可以找到自己想要的书，还不时会感受到一本本未知的书带来的惊奇。我喜欢不同时代出版的书带着那些时代独有的风韵，惊叹于各式各样奇特的版本设计与制作的匠心。这些都是书的文化。很长一段时间里，我痴迷于"世界文学名著"，我曾有过一个"藏书工程"，是要将世界名著的中译本搜集齐全。译本要挑选最好的。比如巴尔扎克的书多人译过，最好的译本是傅雷先生的。但傅雷没译过《驴皮记》，只能选穆木天的译本。傅雷没译过《高利贷者》，只能选陈占元的译本。即使傅雷先生本人译的《亚尔培·萨伐龙》，也是二十世纪五十年代前出版的。这些书只能到汪洋大海般的旧书中去寻寻觅觅。寻找是被诱惑，一旦找到即如喜从天降，这种感觉只有淘书才有。它曾经给爱书的人带来多少"文明的乐趣"！可是它为什么从我们的城市中不知不觉地消失了呢？连新华书店的旧书部也早就撤销了。多亏还有一个"孔夫子旧书网"！

　　二十一世纪初，我曾去巴黎考察文化遗产保护。我住的地方是巴黎原汁原味的老区——拉丁区。侧临塞纳河，河的对面是古老又幽雅的巴黎圣母院。这一面，一条沿河的短墙边摆放着几十个旧书摊，每隔几米一个，一律是一种漆成绿色的铁皮的棚柜。白天打开来卖书，晚间盖上锁好。每个书摊都堆满花花绿绿的旧图书，藏龙卧虎，夹金埋玉，十分诱人。这些旧书摊是巴黎著名的引以为荣的景观之一。我很想从中找到一些法国古典作家的初版书，却意外发现到一些一九〇〇年彩色石印的《小巴黎人报》。这画报上有当时大量义和团运动时期的图文信息。我欣喜异常，搜集了不少。没想到二十年后，这些具有鲜明的那个时代西方人东方观的画报在我写作长篇小说《单筒望远镜》时派上了用场。

　　旧书市场如一个小世界，蕴藏之博大与深厚，永远不可思议。那本古代散文的经典《浮生六记》的原稿，当年不就是在苏州的书摊上被发现的吗？常书鸿二十世纪四十年代在巴黎学习美术时，不就是在塞纳河边的旧书摊上看到二十世纪初伯希和出版的《敦煌石窟笔记》，便毅然放弃学业，返回中国，只身到戈壁滩去保护敦煌？一次我去逛伦敦的古董市场，市场的一部分是旧书摊。在一个书摊上我居然发现一整套瑶族的《盘王图》，共十八轴。此图是湖南江华一带瑶族祭祀其始祖盘王之图。庄严富丽，沉雄大气。然而，由于过去我们不知其文化价值，没有珍视，自二十世纪八十年代以来几乎被欧洲学者与藏家搜罗一空，如今国内已极难见到。没想到在伦敦的旧书市场上撞见了。自然不能叫它再失去，即刻买回来，放到我学院的博物馆中。

旧书决不是旧的书。旧书市场和图书馆的意义有相同之处，它们都是人类知识的海洋，蕴藏着无法估量的令人敬畏的人类的精神财富；它们还都是人与书亲密接触的地方，是人探寻书籍的宝地。它们也有不同，图书馆保存和提供图书，旧书市场则是盘活社会图书资源的地方，它将这些资源直接而灵活地提供给需要它的人。

旧书市场的价值不可替代。换一个角度看，一个拥有一些生气勃勃的旧书市场的城市，必定是个"书香社会"。

可是，我们是不是错把旧书市场误判为旧货市场了？把旧书摊误判为破烂摊或旧货店。扪心自问，我们到底懂不懂书？

不要羡慕人家怎么爱读书，先要看看人家怎么对待书。

进而说，如果我们推动阅读与推销新书连接得太紧，就会有意或无意地把阅读与卖书捆绑起来。新书需要大力推介，但它只是我们阅读生活的一部分而已，并不是阅读的本身。

一个缺少旧书市场的城市，必定会缺少着一种深层的韵致吧。

2013 年 6 月 10 日

我们的生活为什么没有诗?

有时会听到一种抱怨,说我们的生活愈来愈没有诗,这抱怨令我深思。

回过头看,历史上我们是一个伟大的诗的国度。诗,曾经让我们为国家民族的兴亡慷慨悲歌,为无所不在的生活与性情之美而吟唱。可是从什么时候开始,诗从我们生活中离去了,到哪里去了呢?是它弃我们而去,还是我们主动疏远了它。我们真的没有诗也一样能活得挺满足,真的不需要享用诗了?没有诗的生活究竟缺乏了什么?

你有没有因此而感到某种心灵上的荒漠感?

其实,诗的小众化在世界上已是共同面临的问题。许多曾经产生过诗神诗圣的国家,诗也在被公众淡漠。十多年前,我在维也纳中心拉什马克地铁站内,看到墙壁上贴了许多纸块,以为是留言的条子。这里的人有这种奇特的"留言"的习惯吗?一问方知,这些纸块上写的都是长或短的诗句。原来是一些诗人,也有爱好诗的普通人,写了诗无处发表,受众少,便贴在这里,有的纸上还写着个人的手机号码。如果谁读了,喜欢他的诗,便可以给他打个电话私下交流一下,仅此而已。据说后来有了互联网,就很少有人这么做了。

当今我们的互联网也是诗的传播工具。我们有出色的诗人和出色的诗,可是与欧洲人不能比,在欧洲还可以见到日常的诗的生活。我在阿尔卑斯山里碰到过村民的诗会,在俄罗斯遇到过老百姓聚餐时一个个站起身朗诵自己喜爱的诗歌。可是我们的诗和诗人却身处生活的边缘又边缘，可有可无了。

那年，汶川大地震时，我们赶到北川抢救严重受损的羌文化。我们站在一个山坡上，下边是被震成一片废墟的北川城镇。当地文化馆的负责人手指着一个地方告诉我，地震时当地著名的"禹风诗社"的四十多名诗人正聚在那幢房子里谈诗论诗，大地震猝不及防，天灾中无一幸免，全部罹难。于是我们站成一排向那个方向深深躹躬致哀。当今，真正痴迷于诗的人究竟不多了。

有人说，诗的消退是因为这种文学方式不适于当代人的需要。还说这种文学体裁早已渡过盛年，走向衰老，失去了生命的活力；比如说，唐人写诗，宋人写词，宋代之所以改用长长短短字句的词，正是由于诗的能量已被唐人用尽。真的是这样吗？诗只是一种文学体裁吗？我们读古人的诗句而受到了触动和感动，是因为这种文学体裁，还是其中那些对生活深在的韵致的心灵感知与发现？我们现在对生活为什么没有这种敏感与发现，没有这种表达的情怀呢？我们的心灵变得粗糙而愚钝了吗？

其实，问题还是出在我们的心灵上，而不是文学上。

如果我们现在眼睛里全是微信，问知全靠电脑，天天找寻的大多是商机，心中关切的只是眼前的功利？如果我们的快乐大都从盈利、从物欲、从消费中获得，诗自然与我们无关。

在市场时代里，消费不仅要主导市场，也要主导我们。消费文化是消费的兴奋剂，所以消费文化都是快餐式的、迎合的、被动的、刺激的、欲望的，又是便捷的。消费过了就扔掉。一切都是暂时的快意与满足。消费方式异化着消费者，商业文化也在把我们商业化、浅薄化、粗鄙化。这样，诗一定没有立足之地。因为在所有文学样式中，诗是最不具有消费价值的。

诗需要什么样的生活呢？那就要先弄明白诗的本质。首先，诗是精神的，精神愈纯粹，诗愈响亮。诗是情感的，情感愈真纯，诗愈打动人。诗还是敏感的、沉静的、深邃的、唯美的、才情的。我们的生活能给诗提供这样的生存环境吗？更关键的是我们有这种精神的需求吗？如果没有，还奢谈什么诗？如果有，如果需要，诗可不是奢侈品，它会不请自来。

如果我们不需要它，我们一定会失掉与它相关的那些东西。那就是精神的纯粹、心境的宁静、生活的韵致，还有对美与才情的崇尚等等。那么，我们的生活不就会变得平庸、乏味、浅薄和枯索了吗？

有诗与没有诗的生活是不一样的。

如果诗离我们远了，怎样才能把它召唤回来？

2016 年 7 月 25 日